W0368187

OLIVIER BOCQUET

Olivier Bocquet est né a une époque où l'on considérait sans rire qu'il était possible d'aménager son salon avec des meubles gonflables. Il ne s'en est jamais vraiment remis.

Issu du croisement entre un *french lover* et une correspondante anglaise, il babille bilingue très tôt: sa première question est « pourquoi not ? ». Biberonné aux contes et légendes que ses parents lui lisent au bord du lit, inventeur de blagues et collectionneur d'histoires drôles, il est le créateur d'univers mythiques peuplés de peluches en détresse, de pirates Playmobil et de Big Jim héroïques. L'apprentissage de la lecture lui est fatal : depuis lors, il vit dans la fiction.

C'est pourquoi, de manière générale, il vaut mieux se méfier de ce qu'il raconte.

TURPITUDES

OLIVIER BOCQUET

TURPITUDES

POCKET

Le papier de cet ouvrage est composé de fibres naturelles, renouvelables, recyclables et fabriquées à partir de bois provenant de forêts plantées et cultivées durablement pour la fabrication du papier.

ISBN : 978-2-266-20071-4

Les *faits divers* reproduits dans ce livre sont authentiques. Ils datent de fin 2003.

Comme toujours, ils posent plus de questions qu'ils ne donnent de réponses.

En particulier celle-ci : comment en est-on arrivés là ?

ÉPILOGUE

Juché sur le perron de l'église, le père Arthur Bouvier serrait la main des derniers fidèles qui sortaient, s'efforçant d'avoir un mot gentil pour chacun.

Il avait drastiquement écourté la messe de minuit. D'ordinaire, l'église Saint-Louis n'était jamais aussi fréquentée que pour célébrer la naissance du fils de Dieu. Même en ajoutant toutes les chaises pliantes possibles il y avait toujours quelques dizaines de personnes qui restaient debout au fond.

Mais ce soir, l'église n'avait été peuplée que d'une petite cinquantaine de personnes, étrangement clairsemées sur les bancs – peut-être par peur de la contagion. En quarante-deux ans de prêtrise, le père Bouvier n'avait jamais vu ça. Le prêtre et ses enfants de chœur – les deux qui avaient pu venir – avaient forcé sur l'encens pour tenter de dissiper l'abominable odeur qui stagnait entre les pierres froides, mais la plupart des femmes avaient gardé le nez plongé dans leur carré Hermès – les hommes se contentant de respirer par la bouche. Pendant toute la durée de la cérémonie, des gens s'étaient levés pour partir plus ou moins dignement selon le degré d'urgence que leur dictaient leurs intestins. Le prêtre lui-même, affligé d'une intense nausée et de terribles crampes d'estomac, avait dû produire un effort surhumain pour avaler le corps et le sang du Christ sans vomir. Il n'y avait pas eu de chorale : la majorité des choristes s'était désistée et Éva Kuklinski n'avait pas donné de ses nouvelles.

Finalement, en vingt minutes, la messe avait été dite.

Parapluies ouverts, les paroissiens tentaient maintenant de rentrer chez eux sans s'étaler dans l'eau boueuse (*pourvu que ce soit de la boue !)* qui inondait les trottoirs. À quelques mètres en contrebas, au carrefour de la Grande Rue et de la rue de la Paroisse, le père Bouvier vit un attroupement se former. Des clameurs résonnaient. Quelque chose sur le sol semblait valoir la peine qu'on s'y penche. Il s'agissait peut-être d'un SDF, ou d'une personne qui était tombée sans parvenir à se relever. Le père retroussa sa soutane jusqu'aux genoux et descendit sur le trottoir.

En s'approchant, il entendit quelques rires qui le rassurèrent. Il se fraya un chemin parmi les gens agglutinés, et comprit pourquoi ils s'étaient amassés.

Le trou du caniveau crachait des billets de banque. Des bulles marron clair éclataient en déversant sur le pavé des coupures de 500 euros. Les gens empoignaient les billets gluants et puants avec des cris mélangés de joie et de dégoût. La manne semblait inépuisable. « Un vrai miracle de Noël, n'est-ce pas, mon père ? » dit quelqu'un.

Mais au fur et à mesure que l'argent sortait, les rires se firent plus nerveux, la petite foule plus agitée. Des voix s'élevèrent pour protester contre les quelques privilégiés qui étaient aux avant-postes et ramassaient tout.

L'ambiance bon enfant se transforma en bousculade. La bousculade devint émeute. Le père Bouvier fut tiré en arrière et dut se rattraper au feu tricolore pour ne pas tomber.

Épouvanté, il vit les hommes, les femmes, les enfants

qui dix minutes plus tôt se recueillaient pieusement dans son église, en venir aux mains pour s'arracher quelques coupures. À un moment, une femme vêtue de fourrure se jeta dans le caniveau en hurlant des insanités, et ce fut la mêlée. Un enchevêtrement de manteaux, de gants, de chaussures, de parapluies, de chapeaux qui s'étalaient dans la boue et donnaient des coups au hasard. Des billets imbibés volaient en tous sens, une écume brunâtre moussait autour de l'agglomérat humain déchaîné.

Une écume qui, constata le prêtre avec horreur, se teintait progressivement de rouge. Sous l'éclairage doré des décorations de Noël, il n'y avait pas de doute : du sang coulait dans le caniveau.

Le vieux père Bouvier se précipita dans la mêlée, agrippa des morceaux de vêtements et tira les gens en arrière du mieux qu'il put. « Arrêtez ! Pour l'amour du ciel, arrêtez ! Vous êtes devenus fous ! »

Il reçut un coup sur le crâne et s'écroula sur le trottoir.

Lorsqu'il reprit connaissance, un pompier était penché sur lui.

— Ça va ? Vous allez bien ? Vous pouvez me dire combien j'ai de doigts ?

— Quatre.

— C'est bien. Ne bougez pas, je vais chercher une civière.

Le pompier se leva. Le prêtre tourna la tête. Il y avait quelques personnes assises ou debout sur le trottoir, tachées de boue et de sang, certaines avec des bandages. Une femme pleurait, un enfant hurlait. Sur le sol, quatre silhouettes allongées sous des couvertures de survie. Les couvertures couvraient leurs visages.

« Comment en est-on arrivés là ? » pensa le père Bouvier.

Plus près de lui sur le trottoir, il aperçut un billet froissé. Il tendit le bras, et serra les doigts autour de la petite boule de papier.

MERCREDI 10 DÉCEMBRE 2003

Prison ferme pour [redacted]

L'ancien élu Vert du conseil régional a été condamné […] à quinze mois de prison (dont douze avec sursis assortis d'une mise à l'épreuve) pour avoir consulté des sites Internet à caractère pédophile. […]

Quinze mille photos ont été retrouvées sur son disque dur, dont une centaine mettaient en scène des mineurs. […]

JOURNAL DE RACHEL MARTIN-KUKLINSKI

10 décembre 2003. 00 h 01.

Ça y est ! Depuis une minute, j'ai dix-sept ans et un jour. Plusieurs constatations :

— Premièrement, je suis toujours vierge, ce qui fait de moi un cas social. Il paraît que 2 filles sur 3 se font dépuceler à 16 ans. Je viens donc d'entrer à mon corps défendant (mais complice) dans une minorité. C'est un peu comme faire partie d'un club, sauf qu'il est difficile d'en connaître les membres. Qui est vraiment vierge ? Qui ne l'est pas ? Il semble y avoir autant de raisons pour une fille de cacher sa virginité que de la revendiquer. Et donc autant de raisons de mentir sur ce sujet dans un sens ou dans l'autre. Mélanie est pucelle, aucun doute là-dessus. Avec son physique, son odeur et surtout sa désespérante bêtise, elle est un peu l'équivalent de la ration de survie du canot de sauvetage : à n'utiliser qu'en dernier recours. Je ne suis pas certaine d'être heureuse de faire partie du même club qu'elle. Sarah, grosse salope, n'est plus vierge depuis au moins deux ans. À mon avis, elle ne sait même pas le nombre de mecs qui lui sont passés dessus. Je l'ai même surprise en pleine copulation dans les toilettes du lycée avec Kevin Marbot ET le gros blond de terminale S (cf. 24.09.2003). Hélène l'a fait avec Marc mais ils sont amoureux, je suppose que c'est une bonne raison. Ça fait 6 mois qu'ils sont ensemble et ils sont toujours collés l'un à l'autre. Romantique et gluant... Pour les autres, en dehors de Karen (oui), Anne (oui, mais n'en garde aucun souvenir en dehors de sa gueule de bois), Marie Bernier (oui) et Farida (oui), impossible de savoir. Quant aux garçons, si on les écoute ils ont tous déjà fait grimper aux rideaux la moitié de l'école.

— Deuxième constatation : Je me sens plus vieille. Ça me fait toujours ça avec les chiffres impairs, je ne sais pas pourquoi, mais cette année il y a quelque chose de plus. C'est comme si j'avais « presque » 20 ans. Je ne parle même pas de mes 18 ans qui me semblent moins « symboliques » malgré tout le tralala sur la majorité, le permis de conduire et le droit de vote. Voilà, j'ai presque 20 ans. Ça fait bizarre.

— Troisièmement : Mes parents sont toujours aussi doués pour les cadeaux. Ma mère a sans doute voulu se faire pardonner l'engueulade d'il y a deux semaines à propos de mon piercing au nez (cf. 28.11.2003) ; piercing qui d'ailleurs ne me fait plus mal et surtout ne me fait plus un pif tout rouge. Donc, ma mère a dû vouloir faire un geste de réconciliation, un cadeau symbolique qui dirait « oui, ma fille, je sais que tu es une femme maintenant, tu as droit à une certaine intimité et finalement tu fais ce que tu veux de ton corps ». Alors qu'est-ce qu'elle m'a offert ? Trois STRINGS !!! Avec les soutiens-gorge assortis. C'est pathétique. Je veux dire : en soi pourquoi pas, j'aime bien la lingerie, mais ce qui est vraiment pathétique, c'est la description qui suit : Premier ensemble (ma mère appelle ça des « parures », la pauvre) : coton blanc, motifs de petits lapins bleus. Deuxième ensemble : coton blanc, motifs de fleurs jaunes et bleues. Troisième ensemble : coton bleu layette avec pois blancs et roses. Je n'arrive même pas à croire qu'on vende des horreurs pareilles, elle a dû les faire fabriquer sur commande, c'est pas possible autrement. Et, bien entendu, ma mère est tellement sûre de son goût qu'elle est la seule personne que je connaisse qui ne garde pas le ticket pour le cas où la personne à qui elle offre son cadeau pourri voudrait faire un échange dans la boutique de lingerie hors de prix de la place de l'Étape. Le pire, dans cette histoire, c'est que je vais être obligée de les porter parce que, évidemment, elle le prendrait mal si elle se rendait compte que je ne les mets jamais à laver. Et mesquine comme elle est, elle remarquerait tout de suite si je mettais à laver plus d'une culotte par jour. Il y a toujours l'option « débordement de règles » pour justifier mais bon, ça devient un peu compliqué et je ne peux pas le faire systématiquement.

Je viens de compter : j'ai douze culottes (dont trois dans un état que je qualifierai de filandreux) et dix soutiens-gorge (dont quatre que je ne peux vraiment plus mettre sans risquer qu'ils craquent d'un seul coup, en plein cours de sport par exemple). Ça me fait un string tous les treize jours au mieux, tous les dix jours au pire. Je peux donc faire coïncider le port diplomatique des parures maternelles avec le dimanche, ou au moins avec les jours où je porte des pantalons, ce qui limite le risque d'être ridiculisée par un coup de vent vicelard à la Marilyn Monroe. Éviter à tout prix les soirs de fête (genre garçon insistant auquel je pourrais vouloir ne pas résister) et les jours de sport (genre vestiaire hilare).

Mon père m'a offert quatre disques qui m'ont l'air pas mal. Il y a le dernier disque de M, dont j'avais déjà l'album live, il y a un vieux disque de Gainsbourg, que je suis en train d'écouter et qui est très sympa ; il y a un CD de Tom Waits et le dernier Massive Attack. La bonne tenue de ce choix ajoutée au fait que mon père n'écoute que de la musique classique prouve une fois de plus qu'il a dû demander à sa secrétaire Leslie de m'acheter un cadeau de toute urgence cet après-midi. En plus, il va sûrement le faire passer en note de frais. Je l'aime bien, cette Leslie.

Faut-il que je raconte mon dîner d'anniversaire ? J'ai du mal à croire que c'était MON anniversaire. C'était à l'Abeille Dorée, LE resto bourge de la ville. Exactement l'ambiance que je déteste : pianiste discret dans un coin, lumière tamisée pour adoucir les rides des vieux qui viennent tester leur dentier sur le foie gras maison, serveur (je crois qu'on dit « maître d'hôtel ») obséquieux qui fait goûter le vin (mon père qui goûte le vin, c'est quelque chose : on dirait qu'il se brosse les dents ou qu'il va faire un gargarisme et tout recracher dans le verre, je crois que l'imperturbable serveur a été perturbé), et carte incompréhensible pour des portions minuscules avec trois petits pois autour et des arabesques de sauce pour décorer l'assiette. Je n'ai même pas eu le temps de me faire au goût de ce que je mangeais que j'avais déjà fini. Maman m'a dit que je bâfrais comme une truie, ce qu'elle ne dit jamais à la maison ou qu'elle bâfre pire que moi. Mais là, elle avait son petit air pincé et découpait tout tellement petit qu'elle avait du mal à y planter sa fourchette. J'ai l'impression qu'elle ne s'est servie que de ses dents de devant ce soir. Et qu'elle a mangé froid.

En dehors de l'épisode de la truie, on n'a pratiquement pas parlé, comme d'habitude. Un peu de l'école, deux trois questions sur des trucs que je ne me rappelle même plus, c'est tout. Mon père était aux petits soins avec ma mère, il a même réussi à la convaincre de danser un peu. J'avais parfois l'impression d'être une intruse dans un dîner d'amoureux. Ça m'énerve ! Frédéric (qui m'a offert une barrette de shit achetée à un grand Black super bien gaulé à l'arrêt de cars) me dit que j'ai de la chance d'avoir des parents encore amoureux après tant d'années de mariage, n'empêche que moi je les trouve ridicules. Ils ont passé l'âge de se comporter comme des adolescents. Ça me fait honte quand ça leur prend ! En sortant du resto, ils se tenaient même la main ! J'étais tellement gênée que je les ai plantés là et que je suis rentrée toute seule. Et puis tant de tendresse doit cacher quelque chose. J'ai toujours l'impression que mon père surjoue son rôle de mari modèle. De toute façon, je suis sûre qu'il a une maîtresse. Tous les hommes en ont une, c'est bien connu.

Vivement vendredi soir que je fête vraiment mon anniversaire !

Allez, au lit...

J'oubliais ! Le pompon de la soirée, ça a été quand mon père a offert à ma mère un collier qui doit valoir au moins trois fois la totalité de ce que j'ai reçu ce soir pour la « remercier de m'avoir mise au monde » ! Je rêve...

TROIS HEURES DU MATIN

Robert tendit l'oreille. Avait-il entendu un bruit au rez-de-chaussée ? Les fenêtres étaient-elles bien fermées ? Le bruit venait de son bureau, il en était presque sûr.

— Tu n'as rien entendu ?

Éva grommela dans son demi-sommeil. Ce n'était sûrement rien.

Ils venaient de faire l'amour. Longuement, tendrement. C'était Éva qui avait voulu. Ils s'étaient massés, mordillés, léchés, et avaient eu leur petit orgasme traditionnel.

Plus aucun bruit ne monta de son bureau. Il avait dû rêver. Il paniquait pour rien. Il se faisait vieux. Il avait soixante-six ans, vingt-six de plus qu'Éva. Lorsqu'il voyait leur fille, il appréhendait de manière quasi physique ce que représentaient ces presque cinquante ans qui séparaient leurs deux naissances. Rachel n'avait rien à voir avec les jeunes filles des années cinquante, rien à voir avec ce qu'il était à son âge et pourtant il lui semblait que lui-même avait eu dix-sept ans l'avant-veille.

À cet âge, il aurait considéré un homme de soixante-six ans comme un vieillard. Aujourd'hui… Aujourd'hui, il avait dû changer de point de vue. En dehors de quelques cheveux gris, de quelques rides et d'une légère tendance à la presbytie, qu'est-ce qui le différenciait objectivement de ce qu'il était à l'époque ? Juste un stock de souvenirs et un sens du passage du temps très affûté.

La mémoire de la chronologie, des dates, des causes et des conséquences n'avait commencé que lors de sa conscription. Depuis la guerre d'Algérie, il savait le poids d'une journée, d'une heure, d'une minute. Il sentait le temps s'écouler, chaque battement de son cœur était un grain qui tombait dans un sablier. Un homme politique n'était pas crédible s'il n'avait pas de montre au poignet, mais Robert ne regardait la sienne que lorsqu'il lui fallait se débarrasser d'un importun. Elle était pour lui un accessoire de théâtre qui ne marquait l'heure exacte que deux fois par jour : à 8h07 et à 20h07 (la trotteuse était bloquée à vingt secondes). Il n'avait pas besoin de regarder le réveil au-dessus de l'épaule d'Éva pour savoir qu'il était 3 heures du matin, peut-être 3 heures une. Le réveil n'était là que parce qu'il rassurait Éva, lui n'en avait pas l'utilité. Même avec quarante de fièvre et après deux nuits blanches, s'il décidait d'ouvrir les yeux à 6h15, il ouvrait les yeux à 6h15. Lors de ses nombreux voyages à l'étranger, il ne lui fallait que quelques minutes pour assimiler le décalage horaire. Il le sentait instinctivement comme d'autres sentent l'eau sous la terre. Il comprenait le temps. Mais ce talent inutile ne lui était pas venu seul, il faisait partie d'une super promo spéciale à prendre ou à laisser : son horloge interne était accompagnée d'un échantillon gratuit de peur. C'était la peur qui faisait tourner les aiguilles du temps.

Encore un bruit en bas. Il avait rêvé ou bien… ?

La peur. Née pendant la guerre, elle était toujours là, délicatement posée sur son épaule, respirant doucement contre sa nuque, chuchotant à son oreille. Depuis l'Algérie, sa vie avait essentiellement consisté à trouver tous les stratagèmes pour ignorer cette peur, la contourner, l'étouffer, la dominer. La meilleure défense étant l'attaque (selon lui et un certain Napoléon Bonaparte), il avait compris que le plus sûr moyen de ne pas avoir peur était de la susciter autour de lui. Ses adversaires, ses concurrents, ses clients et même ses collègues ou sa famille vivaient sous le joug d'une angoisse diffuse. Si la plupart d'entre eux ne savaient pas réellement de quoi il était capable, tous ressentaient comme une vague menace en sa présence. Une menace plutôt attirante d'ailleurs, sexy, comme la fascination que peut exercer un tigre.

Mais avec l'âge, Robert le tigre se sentait de plus en plus comme un chaton sursautant au moindre souffle de vent. Il entendait des bruits dans la maison, il avait peur de traverser en dehors des clous, de croquer dans une pomme sans l'avoir lavée, il regardait les marches des escaliers qu'il descendait, il mettait des capotes quand il trompait Éva, il vérifiait toujours deux fois que les fenêtres de la maison étaient bien fermées avant d'aller se coucher… Il découvrait sans cesse dans sa vie quotidienne de nouveaux sujets d'inquiétude. Son horloge intime était là pour lui rappeler qu'il ne lui restait plus que sept ans d'espérance de vie, qu'il ne s'agissait que d'une moyenne, que ça pouvait être moins et que la plus petite erreur à son âge pouvait lui être fatale. Son expérience de maire pénalement responsable, obligé de renforcer la sécurité pour arriver à un hypothétique « risque zéro » dans tous les domaines possibles et imaginables avait sans doute accru sa peur. Qu'un enfant s'étouffe avec une arête dans une cantine municipale, qu'un vieillard dérape sur une crotte de chien un peu grasse, qu'une branche tombe sur la tête d'un passant, qu'un feu tricolore se détraque, qu'un poisson se noie dans l'étang du château, c'était sa faute. La vie était truffée de pièges terrifiants que personne ne voyait. Il fallait être vigilant.

Il y avait bien un bruit dans le bureau.

Ce ne pouvait pas être Rachel, ce son n'était pas familier, il avait résonné comme une faute de goût. Robert se leva, enfila en silence son pyjama et sa robe de chambre, prit son revolver dans la table de chevet (un homme qui a peur a besoin de petits fétiches pour se rassurer, le sien crachait du 9 mm à tête creuse et laissait un trou de la taille d'une balle de tennis dans tout ce qu'il atteignait), et se glissa vers l'escalier avec une démarche de chat (de tigre), posant la pointe du pied en premier, se coulant dans l'obscurité tel un fantôme. Il avait peur mais c'était une peur saine, une peur focalisée. Elle tenait son corps comme un désir sexuel. Il descendit les marches sans les regarder, tendu vers son objectif, et s'adossa à côté de la porte du bureau. La lumière était éteinte, le silence absolu, mais il y avait quelqu'un, c'était certain. L'air avait une densité particulière. Il ferma les yeux un instant, les rouvrit, puis pivota très calmement sur lui-même, se planta sur le seuil de la porte et alluma la lumière.

Il y avait un grand Noir debout devant la bibliothèque. Il avait couché tous les livres des deux premières colonnes et venait d'attaquer la troisième. Surpris par la lumière, il sursauta très violemment et se retourna d'un coup, prêt à bondir vers la sortie lorsqu'il vit le revolver pointé sur lui et décida de ne pas bouger.

— Bonsoir, dit Robert. Vous cherchez quelque chose ?

Le Noir, qui était resté figé dans sa position, penché en avant, les mains comme des serres ouvertes, les jambes à demi fléchies, se redressa lentement.

— Vous avez deviné que la bibliothèque est escamotable, ce qui témoigne d'un certain métier. Sans lumière en plus, chapeau… Mais la commande d'ouverture n'est pas cachée derrière les livres, il faut vivre avec son temps, dit Robert en s'approchant du bureau sans quitter le Noir des yeux. J'ai une télécommande, regardez.

Il se saisit d'un porte-clés pachydermiforme posé

sur son sous-main, appuya sur le ventre de l'éléphant de plastique et la troisième colonne d'étagères pivota, dévoilant une alcôve de la taille d'une petite penderie au fond de laquelle se trouvait un coffre scellé dans le mur. L'alcôve elle-même était à moitié pleine de boîtes en carton, de dossiers et de classeurs.

— Mais en admettant que vous soyez tombé sur la télécommande, vous auriez peut-être eu un peu plus de mal avec le coffre. C'est ça qui est embêtant quand les occupants de la maison sont là : on n'a pas la possibilité de dynamiter les coffres.

— Vous vous êtes fait avoir avec ce coffre, répondit le Noir avec un ton de défi. Ch'pourrais l'ouvrir en deux minutes si j'voulais.

Robert fronça les sourcils.

— Vous n'avez pas l'impression que c'est vous qui venez de vous faire avoir ?

— Tout c'que j'dis, c'est qu'vot' coffre, c'est de la camelote. C'est comme vot' porte blindée avec son super verrou, là. Si vous étiez pas descendu, ch'rais reparti avec les poches pleines et vous auriez même pas su qu'j'étais passé !

— D'accord. Alors allez-y, ouvrez-le. Vous avez deux minutes.

— Ça va, on n'est pas au cirque ! Kess vous croyez, que j'vais faire mon numéro de chien savant juste paske vous avez un gun ?

— Vous croyez que vous avez le choix ? demanda Robert en redressant son arme.

Le Noir croisa les bras et soutint le regard de Robert.

— Allez-y, shootez-moi.

Robert n'arrivait pas à être en colère. L'insolence du garçon lui plaisait. Il fit mine de le viser à la tête. Le Noir cilla, mais ne bougea pas.

— Si vous ouvrez ce coffre en moins de deux

minutes, je n'appelle pas la police, dit Robert en gardant son 9 mm pointé entre les yeux du Noir.

Après les quelques secondes d'immobilité nécessaires pour ne pas avoir l'air de céder à un chantage, le Noir se tourna vers le coffre. Il posa son oreille contre la porte laquée de noir et commença à faire tourner la première molette. Par souci d'honnêteté, Robert jeta un œil à sa montre. Pour la majorité des gens, son chronomètre interne n'était pas un instrument de mesure homologué.

— Il est trois heures, six minutes et quarante-cinq secondes.

Le Noir ne répondit pas. Il s'affairait sur la deuxième molette.

— L'oreille sur la porte, c'est pas un peu ringard comme méthode ? On se croirait dans un vieux *Columbo*.

— Coff' de baltringue, méthode de baltringue, répondit le Noir en s'attaquant à la troisième molette. Puisque vous avez vu que ç'coffre était pourri dans *Columbo*, pourquoi vous l'avez acheté ? Vous êtes tous pareils, c'est comme si d'faire du blé, ça vous lobotomisait du cortex ! Et après, vous vous étonnez d'vous faire pouiller… Voilà, pas besoin d'regarder vot' montre, ça doit faire trente secondes.

Le Noir ouvrit le coffre et regarda à l'intérieur.

— Vous pouvez vous écarter maintenant, ordonna Robert.

— Bon, alors c'est bon ? Ch'peux m'en aller maintenant ?

— J'ai dit que je n'appellerais pas la police, pas que je vous laisserais partir. Asseyez-vous.

Le Noir se figea. Son corps se tendit dans l'ébauche d'une position d'attaque. Mais Robert savait se montrer persuasif. Une simple inflexion dans la voix pouvait suffire, le revolver n'était qu'une ponctuation.

— Assieds-toi, inflexionna-t-il.

Lentement, le Noir s'assit dans le fauteuil de Robert.

DÉMARRAGE À FROID

L'ambiance du petit déjeuner était glaciale. En réalité, il faisait glacial. Le carrelage était tellement froid que François ne sentait plus ses pieds. Les vieilles chaussures bateau qu'il mettait à l'intérieur devaient bien traîner quelque part, mais il n'osait pas demander à sa femme. Catherine lui répondrait qu'elle n'était pas sa bonne, ou qu'il n'avait qu'à mieux ranger ses affaires, ou alors qu'elle ne savait pas. Ce qui était faux. François avait l'intime conviction qu'elle les avait cachées dans le secret espoir qu'il soit obligé de lui demander où elles étaient et qu'elle puisse se montrer désagréable. Il était d'ailleurs tout à fait possible qu'elle lui indique simplement l'endroit où elles se trouvaient, mais elle aurait son ton agacé. Elle n'admettrait jamais qu'elle avait caché ses chaussures. Rangées, elle les aurait rangées. Sous-entendu : je passe mon temps à ranger derrière tout le monde, vous êtes des fardeaux insupportables, regardez tous les sacrifices que je fais pour cette maison, et ensuite on vient me dire que je vais trop souvent chez le coiffeur.

Il regarda ses pieds frigorifiés et s'étonna de les trouver encore là, dans leurs chaussettes. Il remua les orteils et les regarda s'agiter comme s'ils ne lui appartenaient pas. Comment peut-on commander à une partie de son corps dont on a perdu la sensation ? Il regarda Catherine qui était en train de boire son thé. Il regarda le dos de Catherine qui était en train de boire son thé. Un dos plein de reproches, un dos prêt à en découdre au moindre mot, un dos hostile et froid. Le dos de Catherine.

La veille à la boutique, un ordinateur avait planté au milieu d'une partie de Counter Strike en ligne et Catherine s'était fait agresser verbalement par un adolescent qui pesait deux fois son poids et exigeait d'être remboursé des quatre heures qu'il venait de passer à cliquer sur tout ce qui bougeait dans le but avoué de transformer des tas de pixels en tas de pixels sanglants. Elle s'était stupidement accrochée à ses 20 euros au motif que l'abonnement n'incluait pas de clause antiplantage, jusqu'à ce qu'elle comprenne qu'il était aussi tout à fait prêt à lui cliquer la gueule. À peine le garçon était-il parti avec son « dû » qu'elle laissait un message à François pour lui demander de passer la voir après les cours. Durant toute la soirée, François l'avait entendue vociférer qu'elle en avait assez de cette boutique, qu'elle en avait assez des adolescents pleins de sébum, qu'elle en avait assez de cette maison trop petite, qu'elle en avait assez de tout. Depuis longtemps, il ne prenait même plus la peine de l'écouter. Il s'était contenté de préparer le dîner, de manger en silence avec Nathalie et Frédéric pendant que Catherine boudait à l'autre bout de la maison, puis il s'était réfugié devant son ordinateur, dans le coin du couloir de l'étage qui lui servait de bureau. Mais elle l'avait rejoint pour continuer son déversement de rancœurs et il lui avait fallu attendre que la fatigue prenne le dessus pour qu'elle le lâche enfin. Sauf qu'ils partageaient le même lit, et qu'elle avait passé sa nuit à tousser, à se retourner, à se moucher, à se lever, à allumer la lumière comme elle le faisait toujours quand elle était contrariée, c'est-à-dire au moins deux cent cinquante jours par an.

C'est ce climat, disait-elle, c'est cette humidité qui m'empêche de respirer, qui me rend malade, je suis allergique aux moisissures et il a fallu qu'on décide de vivre à Fontainebleau ! Au milieu de la forêt ! Et regarde cette maison, aucune ventilation, on a l'impression de vivre dans une cave. J'ai de l'asthme, moi, je ne peux pas vivre dans des conditions pareilles, qu'est-ce qui nous retient ici de toute façon ?

François, lui, n'y voyait qu'une stratégie supplémentaire de sa part pour être insupportable. L'été, il faisait trop chaud, trop sec, trop lourd, et l'hiver, il faisait trop froid, trop humide, n'importe quoi du moment que ça pouvait lui donner l'occasion de se plaindre. Elle avait même trouvé le moyen d'attraper un rhume en pleine canicule l'été précédent.

C'est la clim' dans ta boutique ! Avec tous ces germes qui circulent, un jour je vais attraper la légionellose ! Et tout le monde sait que c'est mauvais de passer du froid au chaud et du chaud au froid toute la journée ! Quand je vois ce que tu dépenses en électricité rien que pour ta clim' ! Et après tu viens me dire de faire des économies sur le chauffage à la maison !

Il aurait été inutile de lui faire remarquer que, pendant la canicule, elle n'était venue à la boutique que pour la climatisation, il aurait été inutile de lui dire quoi que ce soit car tout était la faute de François, même la canicule. Si François n'avait pas fait n'importe quoi avec sa start-up ils ne seraient pas dans cette situation. Si François avait été plus prévoyant, ils auraient au moins pu se payer des vacances, aller dans un pays étranger, ou alors en Bretagne, au bord de la mer, où la canicule n'aurait pas eu d'importance. Mais non, François avec ses rêves de grandeur avait condamné Catherine à subir ce cagnard en pleine ville, il avait condamné Catherine à une vie frugale dans une maison minuscule, il avait condamné Catherine à vivre dans l'économie, il avait condamné Catherine à travailler, elle qui était une artiste !

Cinq ans plus tôt, il possédait à 100 % une société cotée à quatre cents millions de francs. Microcom. Cinquante-deux personnes travaillaient pour lui. D'ingénieur informatique anonyme, il était devenu en quelques mois l'un des acteurs les plus prometteurs de la nouvelle économie. Il accordait des dizaines d'interviews aux journaux, refusait des offres de rachat au triple de la valeur de l'entreprise, investissait à tour de bras, travaillait trente heures par jour… Son idée de génie : un site Internet qui permettait de faire fabriquer son PC sur mesure avec les conseils en ligne de spécialistes et les prix les moins chers du marché. Livraison et installation gratuites sous vingt-quatre heures partout en Europe. C'était une bonne idée, tout le monde était d'accord là-dessus, une idée à quatre cents millions de francs minimum. Sauf que les investissements requis pour faire tourner la machine doublaient tous les dix jours. Plus d'une fois, François avait pensé vendre ses actions et laisser une grosse boîte l'absorber, une boîte qui aurait d'importants moyens en personnel, en infrastructures, en locaux, en entrepôts ; autant de lignes de compte qui engloutissaient des sommes délirantes et dont l'amortissement n'était qu'une vague perspective dans un lointain brumeux. Mais l'appât du gain était le plus fort. L'appât du gain, rien d'autre. François ne le reconnaissait jamais à voix haute, il parlait aujourd'hui de sa responsabilité d'employeur, de sa passion pour son « bébé », de sa méfiance vis-à-vis des investisseurs… Mais en réalité, quand il avait vu les millions virtuels s'accumuler dans son portefeuille d'actions, il avait perdu la tête comme un joueur accroché à sa machine à sous. Son but était devenu clair : devenir milliardaire. Mil-liar-daire. S'il devenait milliardaire, il se jurait de tout arrêter et de se la couler douce jusqu'à la fin de ses jours sur une île privée ceinte d'une eau turquoise à vingt-trois degrés.

Mais en fait de bain de mer, ç'avait été un bain de sang. Comme des milliers d'autres start-up, Microcom avait explosé en plein vol presque du jour au lendemain. Les banquiers l'avaient lâché, les acheteurs s'étaient faits vendeurs, les créanciers avaient réclamé leur argent, la valeur des actions avait fondu comme neige au micro-ondes… En moins d'un mois, l'affaire avait été bouclée. Cessation de paiement, faillite, dépôt de bilan. Après avoir vendu tous ses actifs (qui couvraient à peine le dixième du passif), il s'était retrouvé avec une double hypothèque sur sa nouvelle maison et quatre-vingt-six mètres cubes de matériel informatique dont personne ne voulait plus.

La crise ayant touché de plein fouet tous les secteurs de l'informatique, il n'y avait eu personne pour le rembaucher dans son ancien métier d'ingénieur informatique. Pire que ça : la plupart des décideurs de la profession le connaissaient de nom ou de réputation et avaient suivi sa chute avec autant – sinon plus – d'intérêt que son ascension. Ils étaient passés à son égard d'une admiration mêlée de jalousie au mépris le plus total, voire à la haine. Ils le voyaient comme l'un des principaux responsables de la tempête qu'ils étaient en train de traverser et dont ils n'étaient pas sûrs de sortir. Sur un CV, ça passait moyennement bien.

Il avait trouvé une maison plus modeste et plus éloignée du centre-ville, où il avait entassé ses deux enfants, sa femme et ses chats. Il avait emprunté un peu d'argent à son père pour ouvrir une petite boutique de matériel informatique grâce à laquelle il était parvenu à refourguer quelques mètres cubes de ses stocks et à vivoter encore deux ans. Avec les ordinateurs qui lui restaient, il avait fini par transformer l'essentiel de son commerce en cybercafé, se contentant de garder quelques pièces détachées pour d'éventuels dépannages. Puis, sur une proposition de la directrice du lycée de ses enfants (lycée qu'il avait équipé d'ordinateurs avant-avant-dernier cri pour un prix ridicule), il avait accepté un poste de professeur de mathématiques pour remplacer une vieille bigote emportée par un cancer du sein. Juste le temps de rebondir.

Deux ans plus tard, et d'un point de vue qu'il jugeait strictement objectif, François considérait sa vie comme un échec.

Il ouvrit le micro-ondes pour y réchauffer son café. Dans le four se trouvait une assiette garnie d'une escalope de poulet et de petits pois ; le repas que Catherine n'avait pas touché la veille, froid et sec. François lui avait préparé une assiette tout en sachant qu'elle ne mangerait pas, comme d'habitude quand ils se disputaient. Il n'aurait jamais osé ne pas le faire. Et si elle avait finalement décidé de passer à table et que rien ne fût préparé pour elle ? Mieux valait ne pas y penser. François ne pouvait pas non plus se permettre de sortir l'assiette du four ce matin en présence de Catherine, un tel acte pouvant passer pour une réprobation muette. Et si en plus il en jetait le contenu à la poubelle, Catherine lui reprocherait ce gâchis d'un mot cinglant ; mais s'il la remettait après avoir chauffé son café, elle lui demanderait s'il comptait laisser le plat dans le four jusqu'à ce qu'il soit moisi et qui était censé faire le ménage derrière lui ; et si enfin il enveloppait l'assiette dans du papier d'aluminium et la mettait au frigo, elle lui dirait qu'en une nuit la viande avait eu le temps de développer tellement de bactéries que ça ne servait à rien de la mettre au froid maintenant, qu'il aurait dû y penser avant. Mieux valait la laisser s'occuper de cette assiette à un moment où elle serait seule, c'était le seul moyen de s'en sortir sans trop de dégâts.

François referma discrètement le micro-ondes, but son café froid, mit ses chaussures et son manteau, puis partit pour le lycée. Il détestait sa vie.

Il commençait sa journée avec les 1re L. Les littéraires. Des élèves qui savaient tout ce qu'ils avaient besoin de savoir en matière de mathématiques : se servir d'une calculatrice. Avec eux, François avait toujours l'impression assez euphorisante de s'être glissé dans une faille du continuum spatiotemporel où les règles mathématiques étaient abolies. Dans cette classe, deux droites parallèles pouvaient tout à fait finir par se croiser.

— Vous n'avez jamais entendu parler de perspective ? Regardez, si je dessine une route en perspective, les deux bords de la route se rejoignent, c'est mathématique !

— Ça, c'est de l'art, Rachel, pas des maths.

— C'est de l'art parce que je le dessine, mais si vous allez sur une vraie route, vous verrez que c'est exactement la même chose.

— Mais en réalité, tu es bien d'accord que les bords de la route ne se rejoignent pas. Ce n'est qu'une illusion d'optique. Les mathématiques décrivent un monde objectif, pas un monde limité par notre incapacité à l'appréhender entièrement avec nos yeux.

— Ça dépend de quel point de vue on se place. Vous connaissez la phrase d'Einstein : tout est relatif. Ça veut dire quoi, cette phrase ? Ça veut dire que les résultats d'un calcul dépendent de l'endroit, dans l'espace ou dans le temps, où on se trouve. Un homme qui marche dans un TGV n'avance que de cinq kilomètres à l'heure si on se place de son point de vue, mais pourtant, vu de l'extérieur, il avance à trois cents kilomètres-heure ! C'est ça, la relativité ! C'est entièrement basé sur la position de l'observateur au moment de son observation ! Donc, si moi j'observe que les bords de la route se rejoignent, j'ai relativement raison. C'est aux mathématiques de se conformer à mon observation, pas à moi de nier ce que je vois !

Ce cours était son préféré. Il savait qu'il prêchait les équations dans le désert. Pourtant il savait aussi que tout pouvait arriver et qu'il en sortirait plus vif, plus éveillé. Mais ce jour-là, toute la classe était plongée dans un abrutissement communicatif. Si personne ne se donnait la peine de faire semblant de l'écouter, personne non plus ne bavardait, et bien entendu personne n'essayait de lui prouver que 2 + 2 était égal à 2. Sa principale opposante, Rachel Martin-Kuklinski, était d'ailleurs affalée sur son bureau, la tête posée sur ses bras croisés, les paupières ensommeillées derrière ses cheveux blonds.

— Bon, alors personne ne veut venir corriger cet exercice au tableau ? demanda François, sans espoir. Rachel ?

Rachel souffla ostensiblement.

— Pardon ? Je n'ai pas compris.

— Je l'ai pas fait.

— Je sais bien, c'est pour ça que, si tu venais le faire au tableau…

— Écoutez, franchement, vous croyez que ça intéresse quelqu'un, cette équation ? dit Rachel en se redressant.

— Je ne suis pas là pour vous intéresser, je suis là pour vous apprendre juste assez de maths pour que vous ayez la moyenne au bac à la fin de l'année.

— Vous savez, vu les coeff', c'est pas ça qui va bouleverser le résultat final.

— Parfois, le bac se joue à un point, et ce point peut se trouver dans ta note de maths.

— Ouais, bon, OK… Mais sérieusement, ça va

me servir à quoi, dans la vie, de savoir résoudre une équation au second degré ?

— Ça dépend… Qu'est-ce que tu veux faire dans la vie ?

— Tueuse à gages, répondit Rachel en pointant fièrement le menton.

Comme l'indiquaient leurs rires, les autres élèves sortaient de leur torpeur.

— Tu sais que les tueurs à gages ça n'existe que dans les westerns, pas dans la vraie vie.

— Qu'est-ce que vous en savez ? Peut-être qu'ils sont juste discrets. Et puis moins il y en a, plus ça fait de boulot pour moi.

— Et comment comptes-tu trouver des clients ?

— Ben comme là, maintenant. Il suffit que je dise à tout le monde que je veux être tueuse à gages, l'info va circuler, et un jour ou l'autre ça tombera dans l'oreille d'un mari jaloux…

— Et si ça tombe dans l'oreille de la police ?

— Ils m'inculperaient de quoi ? De plan de carrière subversif ?

— Mais en supposant que moi je veuille faire exécuter… un élève par exemple, parce qu'il m'a jeté de l'encre sur les habits (rires de la classe), tu ne crois quand même pas que je vais venir te voir pour te demander de lui régler son compte. J'aurais trop peur que tu me dénonces. Comment je préserve mon anonymat ? Et toi, comment tu te protèges des dénonciations ?

— Avec Internet on doit pouvoir s'arranger sans jamais se rencontrer, y compris pour les paiements. Enfin, ça demande réflexion, mais vous savez je débute…

— Oui, et à mon avis avec toutes les magouilles que tu vas devoir mettre en place, aussi bien au niveau informatique que fiscal, tu ferais bien de commencer à t'intéresser aux maths. Sans compter que, pour échapper à la police scientifique, il va falloir que tu sois aussi scientifique qu'eux… Allez, viens nous expliquer cette équation maintenant.

François avait réussi à capter l'attention de la classe, le reste du cours devrait bien se passer. Rachel, bonne perdante, se leva sous les ricanements et prit une craie.

— Non mais vous savez, c'est vrai ce que je vous dis. J'aimerais vraiment être tueuse à gages.

JOURNAL DE RACHEL MARTIN-KUKLINSKI

10 décembre 2003. 14h15.

J'ai toujours pensé que mon père était quelqu'un d'inintéressant. Pour être honnête, je n'ai jamais pris la peine de penser à mon père en tant que personne. Il a toujours été une espèce d'excroissance, un truc que je n'ai pas choisi, qui est là, qui peut être pratique ou encombrant mais qui est avant tout mon père, c'est-à-dire quelqu'un qui m'a fait des câlins et donné des fessées quand j'étais petite mais qui n'est plus maintenant qu'une signature en bas du carnet de notes et un approvisionnement en argent de poche. Je m'en rends compte, c'est assez dégueulasse, mais bon c'est comme ça. Je ne le connais pas, il ne me connaît pas, on vit sous le même toit, on se croise, mais on ne partage rien. Je suis la fille d'un étranger. D'un couple d'étrangers.

Mais cette nuit, j'ai vu mon père avec un pistolet dans la main. Cette nuit, j'ai vu mon père menacer un homme. Cette nuit, j'ai vu mon père pour la première fois.

C'est à cause de l'Abeille Dorée. Les trois luxueuses bouchées que j'ai avalées hier soir n'ont pas suffi à me faire tenir la nuit. Vers 3 heures du mat', j'ai été tirée du sommeil par une faim de loup. Je suis descendue pour prendre un paquet de gâteaux dans la cuisine et, en chemin, j'ai été arrêtée par la voix de mon père dans son bureau. Il parlait avec quelqu'un, un homme dont je ne reconnaissais pas la voix. J'ai pensé que c'était la police ou un docteur, qu'il était arrivé quelque chose mais, je ne sais pas pourquoi, je n'ai pas osé entrer dans le bureau pour en avoir le cœur net.

Enfin si, je sais pourquoi : j'étais en pyjama, et surtout je n'étais pas maquillée. L'idée qu'un inconnu puisse me voir sans maquillage suffit à me donner des sueurs froides. Mais en dehors de ces raisons qui pourraient paraître superficielles aux yeux de personnes non initiées aux troublants secrets de la féminité, je me souviens très bien que j'ai eu peur. J'ai senti qu'il ne fallait pas que je rentre... Je ne pourrais pas vraiment en expliquer la raison, mais il y avait quelque chose dans l'air, peut-être dans le ton de la voix de mon père, qui me donnait la chair de poule.

Une faim de loup, une chair de poule... il faudrait que j'arrête d'utiliser des expression animalières.

Bon, je dis ça mais ça ne m'a pas empêchée de m'approcher avec la souplesse d'un chat pour écouter, comme toute personne douée d'un minimum de curiosité.

Le bureau de mon père donne sur le couloir, mais aussi dans le fumoir. C'est un genre de petit salon qu'on appelle comme ça je ne sais pas pourquoi, sûrement parce que ça fait upper-class. Plutôt que de taper l'incruste dans le couloir en attendant que quelqu'un me surprenne, je me suis glissée dans le fumoir et j'ai appliqué mon œil contre le trou de serrure de la porte (de la porte qui donnait sur le bureau, donc...).

De là, je voyais mon père debout face à moi. Il était devant son fauteuil, où était assis un Black dont je ne voyais que la main gauche sur l'accoudoir. Quand j'ai commencé à les... heu... bon, disons à les espionner, aucun des deux ne parlait. Je ne comprenais pas ce qui se passait. Mon père a fait un pas de côté et là j'ai vu qu'il avait un pistolet braqué sur le Black. Il faudrait que je prenne le temps de décrire l'effet que cette image a eu sur moi, mais j'ai l'impression que je ne trouverai pas les mots. C'était trop... zarbi, quoi. Je n'arrivais pas à y croire. C'était trop décalé, comme si j'avais vu mon père danser sur de la techno... ça ne collait pas, tout simplement. Un genre d'oxymore visuel. Je ne sais pas combien de temps je suis restée plantée là, spectatrice de moi en train d'être spectatrice de mon père, mais au bout d'un moment j'ai entendu comme un glissement dans mon dos. Je me suis retournée, et j'ai vu une ombre à l'entrée du fumoir. J'ai juste eu le temps de me laisser tomber derrière le canapé et le type est passé devant moi, a ouvert la porte, et est entré dans le bureau en refermant derrière lui. Mon cœur battait tellement fort que j'ai failli m'évanouir. J'ai commencé à voir des taches sombres passer lentement devant mes yeux, et j'ai fini par réaliser que j'avais arrêté de respirer depuis je ne sais pas combien de temps. Quand j'ai repris mon souffle, je me suis mise à trembler comme si j'avais quarante de fièvre.

C'est très déroutant cette impression d'être en danger, je n'avais jamais connu ça avant, c'est complètement irrationnel. Après tout, c'était mon père qui tenait le flingue, qu'est-ce qui pouvait m'arriver ? Il n'allait quand même pas me tuer ! Pourtant, j'étais pétée de trouille. Dans ces cas-là, la raison disparaît, seul reste cet instinct très violent qui prend l'ascendant sur tout le reste : la peur. En même temps, bien qu'ayant le trouillomètre au bord de la rupture, je ne pouvais pas me résoudre à remonter dans ma chambre. En partie parce que je craignais de faire du bruit et d'être découverte, mais surtout parce que je voulais savoir ce qui se passait dans ce bureau.

Le troisième homme était Fisher, « l'homme de confiance » de mon père. Je ne connais pas son prénom mais, dans la lumière du bureau, je l'ai tout de suite reconnu. Mon père et lui se sont rencontrés en Algérie. Je n'ai jamais vraiment compris la nature de leur relation, mais en tout cas Fisher est partout. Il sert à mon père d'homme à tout faire. De garde du corps, de chauffeur, de partenaire aux échecs, de plein d'autres choses sans doute. Il a un bureau à la mairie, je crois. Parfois, il suit mon père comme une ombre, parfois on ne le voit plus pendant des semaines. Puisqu'il est entré en douce au milieu de la nuit, il doit avoir les clés de la maison, ce qui finalement ne m'étonne pas. Et d'après ce que j'ai vu cette nuit, c'est lui qui s'occupe du sale boulot, ce qui ne m'étonne pas non plus. C'est un petit sec avec les cheveux argentés coupés en brosse. Il ne parle pas beaucoup, je ne l'ai jamais vu sourire. Quand j'étais petite, il me faisait peur. Il a exactement le physique de l'emploi.

Mais si je ne suis pas étonnée que Fisher fasse le sale boulot, ce qui m'étonne, c'est que mon père ait du sale boulot à lui confier. Qui est mon père ? J'ai toujours su qu'il était assez roublard, un peu magouilleur, sûrement dragueur, mais là, c'est quand même un autre délire...

Une des premières choses que Fisher a faites dans le bureau, ça a été de gifler le Black. C'était tellement violent que j'ai cru que c'était moi qu'il giflait. Mon père emploie donc Fisher pour gifler les gens. Sous la force de l'impact, le fauteuil du Black a légèrement pivoté, et j'ai vu que je le connaissais. C'est le mec à qui Fred a acheté du shit hier pour moi. Fisher l'a giflé une deuxième fois. Après ça, mon père s'est mis à parler. J'étais un peu trop abasourdie pour bien écouter, alors je n'ai pas tout compris, mais il a expliqué au Black que, « pour se faire pardonner », celui-ci devrait lui rendre service. Il s'agira d'aller prendre livraison d'un paquet, mais les détails ne sont pas très clairs. Ce que je sais, c'est que Fisher l'accompagnera et que, si tout se passe bien, mon père pourrait embaucher le Black pour « quelques menus travaux », c'est son expression exacte. J'aimerais bien savoir ce que peuvent être ces « menus travaux ».

Mon père est-il un bandit ? Le mot sonne un peu creux, mais je n'en trouve pas d'autre. Est-ce qu'il détourne de l'argent, est-ce qu'il trafique de la drogue, est-ce qu'il vole, est-ce qu'il appartient à une mafia, à une organisation terroriste ?...

Est-ce qu'il tue ?

J'ai fini par regagner ma chambre mais je n'ai pas dormi de la nuit. Ça moulinait dans ma tête, ça tournait en rond comme un manège détraqué. Je ne sais même pas ce que je ressens. Je n'arrive pas à être choquée, c'est la curiosité qui l'emporte. Comment ai-je pu vivre dans cette maison sans jamais rien voir ? Est-ce que ma mère est au courant ? Je n'arrive pas à penser autrement qu'en termes de série télé : mon père est-il « un gentil » ou « un méchant » ? Après tout, il est sénateur, peut-être que ce qu'il fait est une partie de son travail. Peut-être que c'est un espion. Peut-être que c'est un agent double… Je débloque complètement !

Je suis vannée. Je n'ai personne à qui parler de ça sauf Frédéric, mais je ne l'ai pas vu ce matin et son portable ne répond pas.

ÇA S'EN VA ET ÇA REVIENT

Elias ressentait la fatigue comme à travers un filtre. Son corps était fourbu, sa bouche pâteuse, mais même s'il l'avait voulu il n'aurait pas pu s'endormir. À chaque fois qu'il fermait les yeux, il revoyait le canon du revolver, ce petit trou noir et hypnotique qui semblait l'aspirer. C'était la deuxième fois qu'on lui pointait une arme dessus, et c'était toujours aussi terrifiant. On a envie de hurler, de courir, de fermer les yeux, de se débattre. Mais on ne le fait pas. On se force à rester maître de soi, pour ne pas montrer sa panique. Elias avait vraiment cru mourir cette nuit, et puis finalement non. Il pensait aux mecs qui dans les films passent leur temps à se faire braquer et tirer dessus et qui continuent leur vie comme si de rien n'était. Lui savait qu'il en avait pour des semaines à sursauter au moindre bruit, à regarder derrière lui, à observer avec angoisse les mains de toute personne cherchant un paquet de clopes dans la poche de sa veste.

Ils l'avaient laissé partir. Ils l'avaient laissé partir et le petit violent lui avait donné rendez-vous à 18 heures sur le rond-point de l'obélisque. À la seconde où il s'était retrouvé seul dans la rue, il s'était mis à cavaler comme si sa vie en dépendait, comme s'il pouvait laisser sa peur derrière lui et la semer. Il avait couru sans s'arrêter jusqu'au parking du stade, où il s'était allongé sur le capot de sa voiture et avait pleuré comme un gamin pendant de longues minutes, frappant le vide pour détruire le choc. Puis le jour s'était levé.

Il était entré dans sa voiture, était passé par la station BP pour faire le plein, et avait roulé. À 18 heures, en comptant sur une circulation normale, il pourrait facilement se trouver à huit cents kilomètres de là. « Ils » ne savaient rien sur lui, « ils » ne pourraient jamais le retrouver. Il avait décidé de ne pas prendre les grands axes, de passer par les petites routes et les villages. Il avait roulé pendant quelques heures, regardant obsessionnellement dans son rétroviseur, faisant des détours alambiqués dès qu'il voyait une voiture le suivre plus de cinq minutes, s'impatientant aux feux rouges, s'empêchant de commettre la moindre infraction pour ne pas tomber sur un flic un peu trop zélé. Il avait l'impression qu' « ils » étaient partout, qu'un œil omniscient le suivait impitoyablement. Vers midi, après plus de deux cents kilomètres de détours, il n'était qu'à Auxerre, soit à une centaine de kilomètres de Fontainebleau par l'autoroute. Son moteur s'était mis à chauffer et il avait dû s'arrêter sur le bord de la route. Appuyé sur sa voiture, il avait mangé une petite dizaine de raviolis froids collés au fond d'une boîte ouverte en réfléchissant pour la première fois calmement à « eux ».

Comment pouvaient-ils imaginer qu'il serait présent au rendez-vous de 18 heures? Il ne savait pas ce que ces deux-là fabriquaient dans la vie, mais c'était certainement le genre de boulot qui faisait un peu perdre les pédales. Le genre qui donne aux gens l'impression qu'ils sont tout-puissants. Suffisamment en tout cas pour croire qu'il allait revenir docilement et faire ce qu'ils lui demanderaient, étant entendu que ce serait illégal, voire dangereux. Il ne s'agissait pas de petits caïds de quartier, ils étaient plus professionnels que ça, ils avaient un côté froid et mathématique. Ça sentait le réseau, le grand banditisme, le bizness… ça sentait le fric… Combien exactement ?

Pourquoi l'avaient-ils laissé partir ? Ils savaient très bien qu'il ne pouvait rien contre eux, voilà pourquoi. Ils ne perdaient rien à le laisser filer, même s'ils lui avaient proposé un job. La proposition était tournée comme une menace, mais il n'y avait pas à s'y tromper : c'était bien une offre d'emploi. En raclant le fond de sa boîte de raviolis, Elias finit par comprendre qu'il tenait peut-être la chance de sa vie. S'il travaillait pour eux et leur donnait satisfaction, ils lui confieraient d'autres boulots, et petit à petit il pourrait faire son trou. Ou alors, après le travail de ce soir ils le tueraient pour qu'il ne parle pas. Ça se jouait à pile ou face. Pile : il entrait dans la cour des grands, arrêtait les galères et pouvait commencer à voir plus loin que le prochain repas. Face : il crevait comme un chien après avoir été utilisé, jeté comme une vieille seringue dans un caniveau.

Il pouvait aussi ne pas lancer la pièce. Continuer sa route avec sa vieille Express au bout du rouleau, traficoter, et essayer de ne pas finir encore plus SDF qu'il ne l'était déjà. De quelque côté qu'il regardât, Elias ne voyait qu'un horizon bouché. C'était un reste d'amour-propre et de colère qui l'avait fait partir de Fontainebleau ce matin. Il ne supportait pas l'arrogance de ces deux Blancs friqués. S'il se présentait à 18 heures sur le rond-point de l'obélisque, il lui faudrait affronter le regard plein de suffisance du petit violent, et cette idée lui donnait des envies de meurtre.

Il réfléchit longtemps assis sur le capot de la voiture qui cliquetait en se refroidissant. Puis il réfléchit longtemps assis sur le capot de la voiture qui ne faisait plus aucun bruit. Finalement, il se résolut à retourner à

Fontainebleau. Il se mit au volant et regarda l'heure : il était 14 h 30.

Pour le retour, Elias prit l'autoroute, ce qui était théoriquement plus sûr et plus rapide. Mais le moteur se remit à chauffer et Elias n'osa pas rouler à plus de quatre-vingt-dix. À la sortie, le péage coûtait 5,20 euros. Alors qu'il venait de trouver sous le siège passager les quinze centimes qui lui manquaient pour faire l'appoint, la voiture cala. Il donna son argent à la caissière et tenta de redémarrer. Le moteur refusa de coopérer. Du haut de son guichet, la caissière le regardait avec dédain en mâchant son chewing-gum. Une autre voiture se plaça derrière Elias, qui réessaya deux ou trois fois de faire repartir le moteur, ce à quoi la mécanique épuisée lui répondit par une très ferme fin de non-recevoir. La voiture de derrière (une Audi) émit trois brefs coups de klaxon agacés. Se contenant, Elias sortit de son Express et souleva le capot. Nouveaux coups de klaxon. Serrant les dents, il referma le capot et marcha jusqu'au conducteur de l'Audi, qui tâtonna fébrilement mais en vain à la recherche du bouton de fermeture centralisée de sa voiture de fonction. Elias en ouvrit violemment la portière.

— Tu vas klaxonner toute la journée ou tu vas m'aider à pousser ç'te turve ?

Il ponctua sa question d'une claque sur le toit de la voiture qui fit sursauter son propriétaire déjà devenu très pâle depuis qu'il avait vu Elias se diriger vers lui. Il marmonna quelque chose de l'ordre de l'assentiment timide, détacha sa ceinture de sécurité, suivit Elias, et sans un mot ils poussèrent tous les deux l'Express en dehors du péage. Dans un bel élan d'abnégation, le représentant en pompes hydrauliques se salit même les mains sans en faire toute une histoire et se contenta de regagner sa place derrière son volant.

Il était presque 16 heures, et il y avait encore une douzaine de kilomètres jusqu'à Fontainebleau.

Regardant l'Audi qui passait le péage, Elias décida que le conducteur pourrait faire un détour pour lui. Il s'approcha, mais l'Audi accéléra brutalement et s'échappa sur la nationale. Elias courut après la voiture et ramassa un caillou sur le bas-côté qu'il lança sans atteindre sa cible. Il hurla en direction de l'Audi, ce qui le soulagea mais ne résolut pas son problème. Douze bornes en deux heures, et pratiquement aucune chance d'être pris en stop. Quand on a la peau noire, il faut au minimum un costard Cerruti pour espérer qu'une voiture daigne s'arrêter, alors avec son survêtement… Sans attendre, Elias se mit à courir à petites foulées sur le bord de la route. Il savait qu'un coureur de fond moyen avalerait la distance en moins d'une heure. S'il courait deux fois moins vite, il pourrait arriver à temps. Il lui sembla que c'était jouable. Avec près de quinze ans d'entraînement de boxe derrière lui, il avait acquis une certaine endurance. À chaque voiture qui passait, Elias s'arrêtait et levait le pouce, puis repartait. Au bout de vingt minutes, il était trempé de sueur, soufflait comme un mammouth et courait plié en deux pour atténuer la douleur de son point de côté. Il lui manquait une nuit de sommeil et un vrai repas. Au bout d'une demi-heure, il trébucha sur une ombre et tomba en avant. Heureusement, il avait son genou gauche pour amortir la chute. La douleur lui explosa dans la jambe et jusqu'à l'aine. En se relevant, il constata qu'il pouvait à peine poser le pied par terre. À chaque pas, il avait l'impression qu'on lui enfonçait une aiguille à tricoter dans l'articulation. Bien que ne disposant pas des chiffres exacts, il se doutait que même les meilleurs cloche-piedistes auraient du mal à franchir les huit ou dix kilomètres qui lui restaient à parcourir en moins d'une heure et demie.

Il se mit à pleuvoir.

Elias ne s'assit pas par terre en se tenant la jambe et en geignant. Il ne s'allongea pas au milieu de la route pour qu'une voiture s'arrête. Il ne prit même pas le temps de casser quelque chose pour se défouler. Il courut. Serrant les dents, regardant droit devant lui, sentant son genou flancher à chaque foulée, il courut. Il mobilisa toute son énergie, toute sa concentration vers son but : arriver à la place de l'obélisque avant 18 heures. Ce qui avait commencé par une douleur aiguë se mua progressivement en une pulsation lancinante, propageant des ondes de souffrance dans tout son corps. Petit à petit, toute sa jambe s'anesthésiait.

PINCE-MI ET PINCE-MOI SONT DANS UNE AUTO

À l'abri de son parapluie noir, Fisher observait depuis quelques minutes une forme grossir le long de la nationale 152. De petit point sombre agité de soubresauts à l'horizon, elle s'était peu à peu changée en grosse tache à la trajectoire erratique, puis avait pris les contours vaguement humanoïdes et très claudicants d'un zombie de série Z fraîchement sorti de sa tombe. Ce ne fut qu'au moment où le zombie s'arrêta devant lui, trempé et fumant, que Fisher réalisa qu'il s'agissait du nègre avec qui il était censé travailler.

— Tu es presque en retard.

— Presque en retard ça existe pas, répondit Elias en tentant en vain de ne pas avoir l'air essoufflé. On dit à l'heure dans ç'cas là.

Fisher désigna une Mercedes argentée garée à l'entrée de la ville.

— Tu vois la voiture là-bas ? C'est la voiture que tu vas conduire ce soir. Le seul problème, c'est que j'ai oublié les clés. Mais tu n'as pas besoin des clés, n'est-ce pas ?

— Ch'conduis pas ce soir.

— Tu conduis si je te dis de conduire.

— 'tain vas-y, vous voyez pas que j'me suis explosé le genou ? Ch'sens même plus ma jambe, là ! Ch'peux pas conduire, c'est tout, j'vais avoir un accident si ch'conduis ! J'vous ouvre la caisse, j'la démarre, mais j'la conduis pas !

Fisher garda un instant de silence.

— D'accord. Je fais le chauffeur. Mais toi, tu feras le livreur…

— Le livreur de quoi ?

— Démarre-moi cette voiture.

Elias décida de ne pas poser plus de questions, sachant que les réponses viendraient d'elles-mêmes plus tard. Boitant jusqu'à la Mercedes, il fractura la portière avant avec un vulgaire canif, ouvrit le capot, puis sautilla jusqu'au moteur où il coupa l'alarme avant sa cinquième sonnerie. Il referma le capot, entra dans la voiture et mit le contact en moins de temps qu'il n'en fallait pour inonder totalement le siège du conducteur.

Fisher passa un coup de fil, probablement à son patron. Rien n'indiquait qu'il était conscient qu'une voiture était en train d'être forcée à quelques pas de lui. Pourtant, quand Elias s'installa du côté passager, Fisher prit place tout naturellement derrière le volant. Ignorant la flaque d'eau dans laquelle il s'asseyait, il régla les rétroviseurs, mit le clignotant et s'engagea dans la circulation.

Enfin au repos, enfin à l'abri, Elias crevait de chaud. Telle une éponge qu'on presse, son corps suintait. Sa sueur visqueuse se mélangeait à l'eau de pluie qui imbibait les vêtements collés à sa peau. Bientôt, il fut assailli de démangeaisons. En se grattant, il ne faisait qu'empirer la situation, chaque mouvement faisait naître un nouvel urticaire miniature. Et puis il puait. Il essayait de respirer le moins possible, de bouger le moins possible pour empêcher l'écœurant fumet de mammifère mouillé de se répandre dans l'habitacle, mais il savait que c'était peine perdue.

On disait que c'était souvent la première impression qui comptait. Qu'est-ce qui faisait le meilleur effet ?

Être pris en flagrant délit de vol et rester assis sans broncher pendant qu'on vous collait des baffes, ou arriver comme un clodo pour son premier job ?

— C'est quoi, ton nom ? demanda Fisher.

— Elias.

— Elias, tu sens mauvais.

Ce furent les seuls mots prononcés pendant la durée du trajet. Elias aurait bien eu deux ou trois répliques cinglantes à renvoyer, mais il sentait que les joutes verbales n'étaient pas la tasse de son compagnon de route.

Au bout d'une vingtaine de minutes, la pluie cessa et Fisher engagea la voiture dans un chemin boueux qui s'enfonçait dans la forêt et au bout duquel se trouvait une vieille caravane de chantier. Fisher fit demi-tour devant la caravane et stoppa la voiture, laissant le moteur allumé.

— Tu frappes à la porte, tu dis que tu viens pour la valise, on te donne la valise, tu dis merci, et tu me rejoins.

— Et si on me demande qui chuis, j'lui dis quoi, à « on » ?

— Tu ne sais même pas qui tu es ?

— Ouais, c'est ça, grogna Elias entre ses dents.

Il descendit de la Mercedes et boita entre les flaques jusqu'à la caravane, faisant de son mieux pour ignorer les giclées de douleur qui le traversaient à chaque pas. En dehors des phares de la voiture et d'une faible lueur provenant de l'intérieur de la caravane, il faisait nuit noire. Il monta les deux marches menant à la porte. En fait de caravane, il s'agissait d'une épave de tôle rouillée posée de guingois en attendant de se faire engloutir par la boue. Elias frappa à la porte, ce qui secoua toute la construction.

— Ouais ?

La rapidité et la proximité de la réponse surprirent Elias. L'homme devait se tenir contre la porte.

— J'viens pour la valise.
— Quelle valise ?
— Ben vous savez, la valise…
— Y a pas de valise ici.
— J'viens de la part de… heu…
De la part de qui ? Qui était son employeur ? Comment s'appelait-il ? Elias se rendit compte que les réponses n'étaient pas venues d'elles-mêmes. Seules les questions s'étaient accumulées.
— Dégagez d'ici, c'est une propriété privée !
Elias se tourna vers la Mercedes. À l'intérieur, Fisher était invisible.
— Heu bon, bougez pas, j'reviens…
Alors qu'Elias posait le pied sur la marche pour descendre, il entendit des pas précipités dans la caravane, un coup sourd et le grincement de ferraille d'une porte qui avait perdu l'habitude d'être ouverte. L'occupant de la caravane s'échappait. Elias était désemparé. Il cria vers la Mercedes :
— Hé ! Y s'nachave par-derrière !
Fisher sortit immédiatement de la voiture.
— Quoi ?
— Le lascar ! Il est en train de se cavaler !
— Qu'est-ce que t'attends pour le rattraper ?
Elias s'élança à la poursuite du fuyard… pour se retrouver le nez dans la gadoue dès son premier pas, suffoquant de douleur, le genou à l'agonie. Fisher passa devant lui en lui écrasant la main au passage.
— Pauvre merde. Attends-moi ici !
Elias vit Fisher passer l'angle de la caravane. Il se releva en grimaçant et se traîna jusqu'à la voiture. Il entendit une moto démarrer, commencer à partir, puis revenir et s'arrêter, le moteur au ralenti. Une minute passa, puis la moto repartit. Fisher réapparut avec une petite mallette en plastique noir sous le bras.
— Ouvre-moi le coffre ! Tu sais faire ça au moins ?

Elias se pencha dans la voiture et tira le levier de commande. Le coffre s'ouvrit, Fisher y lâcha la mallette.

— C'est toi qui conduis. Et pas de discussion !

Elias s'assit derrière le volant, tremblant de colère, oubliant presque sa douleur. Fisher le rejoignit et Elias démarra en trombe, faisant patiner les roues dans la boue.

— T'es complètement con, c'est ça ?

— 'tendez, le mec y m'connaît pas ! Y m'a pris pour un keuf ou ch'ais pas, c'est logique !

— Parce que tu crois que tu ressembles à un flic ? répliqua Fisher avec un rire grinçant. Les flics ne voudraient pas de toi même pour faire l'accueil !

— Putain, le mec y m'connaît pas, bordel ! Et moi ch'ais pas qui vous êtes ! Kess vous voulez que j'lui dise ? C'est normal qu'y flippe !

— Tu étais avec moi ! Et moi il me connaît ! Qu'est-ce qu'il te fallait de plus ? Un bouquet de fleurs ?

— Mais il pouvait pas vous voir et moi ch'connais pas vot'nom ! Vous pigez pas ça ?

— Tu le vois partir et tu restes là à crier et à prendre des bains de boue au lieu de lui courir après ! T'es débile ou quoi ? S'il avait gardé la valise, t'aurais été dans la merde, t'imagines même pas. D'ailleurs t'es dans la merde, c'est moi qui te le dis, t'es dans la merde…

— Chuis dans la merde si j'veux. Ch'peux arrêter la turve ici, vous chter dehors comme un mégot et vous m'verrez plus jamais ! Oubliez pas que chuis là paske j'le veux bien !

— Joue pas à la grande gueule avec moi, négro, siffla Fisher. Tu ne sais pas de quoi je suis capable.

Quelque chose dans l'intonation de Fisher faisait qu'Elias avait envie de le croire. Il garda le silence quelques instants.

— Et d'abord y a quoi dans ç'te valise ?

— Y a pas d'oignons à toi.

— Putain, ça commence à me brouter ç't'histoire ! Ch'taffe pas en aveugle ! C'est quoi ? Des thunes ? Des stups ? Ça va, chuis grand, hein ! Le coup de la galette et du pot de beurre pour mère-grand ça marche plus !

— Maintenant tu vas fermer ta grande gueule, articula très proprement Fisher. Si tu as des questions, tu vois ça avec le patron. En attendant, je ne veux plus t'entendre, c'est compris ?

Elias sentait la rage monter en lui. Il serra les mains sur le volant. Il avait envie de tuer quelqu'un et son voisin de droite aurait parfaitement fait l'affaire. Il se tenait à la fragile limite du fait divers.

— C'est bien, petit, dit Fisher.

Elias explosa. Son poing s'envola et alla s'écraser sur l'épaule de Fisher, sur sa mâchoire, sur sa tempe.

— J'vais t'marave ta gueule moi !

Fisher réagit et l'empoigna par le col. Elias lança son autre main dans la bataille et perdit la route des yeux. Tout en accélérant.

La Mercedes quitta sa voie, et la lumière fut.

Les phares d'un autre véhicule envahirent l'habitacle. Elias entendit des pneus crisser sur le bitume. Il fut projeté en avant par le choc, puis rejeté en arrière par l'airbag. Il écrasa le frein, il saisit le volant à travers le coussin d'air qui se dégonflait, il tourna à droite sans voir la route, juste par réflexe, il percuta un nouvel obstacle et se prit le volant dans le thorax.

Incapable de respirer, il vit comme en rêve Fisher traverser le pare-brise la tête la première, droit comme un missile, passer par-dessus une rambarde de pierre et continuer sur sa lancée. Il semblait voler au-dessus de l'eau. Ce n'était pas un missile, c'était une torpille.

Plouf, fit la torpille.

PILOTAGE AUTOMATIQUE

Catherine faisait *toujours* tout. Depuis presque un an elle râlait parce que le lave-vaisselle était en panne et que François n'était pas capable de le réparer, encore moins d'en racheter un autre. Elle semblait prendre ça pour une attaque personnelle : comment pouvait-il lui infliger pareil affront ? Laver la vaisselle à la main dans une famille de quatre ! François ne se rendait pas compte du travail que ça représentait ! Ce qu'elle omettait de préciser, c'était qu'elle ne s'occupait jamais de la vaisselle : ses enfants y pourvoyaient chacun à leur tour, avec parfois l'aide de François. Car, Catherine faisant *toujours* la vaisselle, c'était aux autres de s'y coller *pour une fois*. Ça faisait une bonne douzaine d'années que les autres s'y collaient tous les jours pour une fois. En réalité, Catherine se contentait de rappeler par ce biais à son mari qu'il était incapable de ramener au foyer de quoi acheter un nouveau lave-vaisselle. Du moins était-ce la façon dont il le comprenait.

Parmi les autres tâches qui incombaient *toujours* à Catherine, il y avait taxi. Emmener Frédéric à ses répétitions chez son copain Tristan, transporter Nathalie à telle ou telle soirée, retourner les chercher à 2 heures du matin, prendre et déposer l'un ou l'autre à la gare.

François aimait ces moments. Il était bien dans sa voiture. Il écoutait la radio, faisait parfois un détour par la forêt pour profiter des changements de saison, s'arrêtait au bord de la Seine pour regarder les pêcheurs et les péniches. Il savourait secrètement ces moments d'indépendance et souriait en imaginant la réaction de Catherine si elle apprenait un jour qu'il prenait plaisir à être ainsi puni. En début d'après-midi, après avoir déposé Frédéric chez son ami Tristan, François avait pris une heure pour parler informatique avec le père de Tristan, un retraité qui avait décidé de graver tous ses vinyles sur CD et voulait des conseils sur les logiciels. François lui avait promis de se renseigner et revenait avec des dizaines de pages trouvées sur Internet. Il était censé aller chercher Frédéric vers 20 heures, mais était parti en avance pour pouvoir un peu discuter de ses trouvailles avec le père de Tristan.

Mais le père de Tristan attendrait. Juste comme François venait de franchir le petit pont enjambant un bras mort de la Seine, une voiture arriva en sens inverse et changea subitement de file pour se retrouver face à lui. Il appuya sur le frein, sentit ses roues se bloquer et la voiture partir toute seule. Celle d'en face se rapprochait très vite. Il tourna son volant, mais l'auto continua de glisser, se mettant juste en travers de la chaussée. Il ferma les yeux, retint sa respiration, et il n'y eut plus que le fracas de la tôle et du verre, l'impression d'être roué de coups, que ses membres allaient se détacher sous les secousses. Très vite, tout s'arrêta. François ouvrit les yeux. Il eut d'abord du mal à se repérer dans l'espace. Il bougea la tête sans peine, regardant autour de lui. Ça sentait l'essence et l'huile de moteur, lequel moteur était silencieux, tout comme la radio qui s'était éteinte toute seule. Il faisait très noir. François bougea les mains, les pieds. Ils répondaient sans douleur, mais avaient un poids bizarre. La voiture avait l'air beaucoup plus petite. Aplatie. Voyant de l'herbe par sa fenêtre écrasée, François réalisa que la voiture était sur le toit. Comprenant qu'il était à l'envers, son corps adapta ses sensations et l'impression de poids bizarre disparut. En tâtonnant, François parvint à détacher sa ceinture de sécurité et tomba d'une dizaine de centimètres. Il passa un bras à travers le pare-brise éclaté, agrippa une poignée d'herbe, enfonça ses ongles dans le sol meuble, et tira. L'interstice était juste suffisant pour laisser le passage à un prof de maths à condition de ne pas craindre de déchirer ses vêtements, en particulier au niveau du ventre. Rampant sur le dos, à la seule force de ses bras, François mit moins de deux minutes à s'extirper de sa Picasso revue façon César.

Il se leva avec des gestes saccadés et tourna sur lui-même pour repérer la route qui se trouvait à une trentaine de mètres, en haut d'un talus. Marchant rapidement vers la lumière, il songea sans émotion qu'il avait dû faire au moins quatre ou cinq tonneaux avant d'être arrêté par l'arbre. Sans arbre, il serait probablement au fond de l'eau.

De l'autre côté de la route se trouvait une Mercedes plantée dans le parapet du pont. Le moteur tournait encore, François pouvait voir les gaz d'échappement dans la lumière rouge des phares. D'une démarche d'automate, il traversa la route et se pencha à la fenêtre du conducteur. Celui-ci, un Noir plutôt balèze, était affalé contre la portière. Il respirait, laissant une auréole de buée sur la vitre. François ouvrit la portière, rattrapa Elias dans sa chute, le prit sous les aisselles, le tira dehors, le posa par terre, ouvrit la porte arrière, se pencha, agrippa Elias par la nuque et la ceinture, le souleva, le poussa sur la banquette, lui plia les jambes, referma la porte, s'assit au volant, attacha sa ceinture de sécurité, régla les rétroviseurs, passa la marche arrière, démarra, sortit du bas-côté, passa la première, et lança la Mercedes sur la départementale.

François ne voyait pas grand-chose à travers le pare-brise constellé. À chaque voiture qui passait, il plissait les yeux, aveuglé par les reflets dans les éclats de verre. Il ne lui vint pas à l'idée de casser ce qui restait du pare-brise pour mieux voir. D'abord arriver à l'hôpital et après… Après quoi ?

Le parking était plein, comme tous les parkings d'hôpital. François commença à tourner pour trouver une place. Quelque chose lui disait que c'était pressé, qu'il fallait vite qu'il trouve cette place. La voiture devant lui l'agaçait. À tous les coups, elle allait prendre la seule place libre, et elle avançait à deux à l'heure. L'allée était trop étroite pour qu'il la dépasse. Il valait mieux faire marche arrière et explorer l'autre côté du parking. Il commença à reculer et dut freiner brutalement pour éviter *in extremis* une ambulance qui circulait dans l'allée perpendiculaire. L'ambulancier klaxonna et passa son chemin. François se retrouva enfin dans l'allée centrale. Il allait s'engager dans l'aile gauche du parking quand une voix le héla.

— Monsieur ? Monsieur ? Vous avez besoin d'aide ?

Un homme en blouse blanche se tenait à côté de la voiture. François tenta d'ouvrir la fenêtre, mais il ne trouvait pas la commande. L'homme en blouse blanche siffla entre ses doigts en direction de l'entrée des urgences.

— Vous voulez aller jusqu'à l'entrée là-bas ?

François ne vit pas le geste de l'infirmier. Où était donc cette fichue commande ?

— Oh ! Denis ! Viens ici avec un brancard !

L'infirmier ouvrit la portière arrière de la Mercedes.

— Qu'est-ce qui s'est passé ? Vous avez eu un accident ?

François se tourna vers l'infirmier, et le vit penché sur un grand Noir allongé sur la banquette arrière.

— Heu... oui. Un accident.

Il semblait à François que c'était la bonne réponse, mais il n'arrivait pas à en saisir le sens.

— On a eu un accident, oui. Un accident.

Un homme et une femme en blanc arrivèrent en poussant un chariot devant eux. La femme tendit une minerve à l'infirmier qui était déjà là. Celui-ci la posa sur le cou d'Elias. Puis, en douceur, les trois infirmiers glissèrent une civière sous lui, le tirèrent hors de la voiture et le placèrent sur le chariot. François regarda l'homme et la femme repartir tandis que le premier infirmier ouvrait sa portière.

— Monsieur ? Ça va ? Vous voulez qu'on aille chercher un brancard ?

— Non non, ça va, répondit mécaniquement François.

— Vous voulez venir avec moi ? demanda l'infirmier en lui posant la main sur le bras.

— D'accord.

François détacha sa ceinture de sécurité et se laissa docilement conduire par l'infirmier jusqu'aux urgences. Ils traversèrent un hall plein de patients attendant leur tour, et allèrent dans une salle d'examen.

— Allongez-vous là, je vous envoie quelqu'un tout de suite.

François obtempéra et l'infirmier sortit de la pièce.

François fixait les néons du plafond. Il y avait trop de lumière. Il se leva et chercha l'interrupteur des yeux sans le trouver. Il descendit de la table d'examen et marcha jusqu'au couloir. Pas d'interrupteur. Il longea le couloir jusqu'au hall d'accueil. Pas d'interrupteur. Décidément, il faisait trop clair. Autant rentrer chez lui, là au moins il pourrait éteindre la lumière.

François sortit de l'hôpital, monta dans la Mercedes cabossée, et rentra chez lui au radar, rangeant par automatisme la voiture dans la petite cour à l'arrière de la maison.

Il poussa la porte d'entrée, ôta ses chaussures et les rangea dans le coffre à chaussures. Il traversa le salon où Catherine était en train de regarder « Le Bigdil ». Elle leva les yeux et blêmit, voyant son mari les vêtements déchirés, le visage griffé, des taches de sang et de boue partout.

— Qu'est-ce qui t'est arrivé ? demanda-t-elle en se levant.

François regarda son épouse un moment avant de répondre.

— J'ai eu un accident.

— C'est pas vrai ! Comment t'as fait ? Où est Fred ?

— Ah oui… Il faudrait appeler les parents de Tristan, voir s'il peut dormir chez eux ce soir.

— T'as cassé la voiture ?

François fronça les sourcils, se concentrant pour se souvenir.

— Oui, je crois. Je crois.

— Manquait plus que ça ! Comment on va faire ?

— Comment on va faire quoi ? articula François.

— Pour la voiture ! Elle roule encore ou… Combien ça va coûter ?

— Je suis fatigué, là. Je vais aller me coucher.

François traîna les pieds jusqu'à l'escalier dont il gravit lentement les marches, assommé de fatigue, conscient d'avoir eu le dernier mot, conscient que Catherine ne trouvait rien à répondre. L'événement de la journée.

LA DURE LOI DE LA JUNGLE

— Je ne peux pas venir ce soir, tu ne m'en veux pas ?

— Pourquoi, qu'est-ce qui t'arrive ?

— Je croyais qu'on avait convenu de ne pas se poser de questions.

— Bon. Rappelle-moi quand tu peux.

Robert raccrocha brutalement. S'il appréciait la liberté que lui procurait le fait d'avoir une maîtresse, il avait parfois du mal à accepter qu'elle se sente aussi libre que lui. Théoriquement, elle n'avait pas de comptes à lui rendre mais, dans les faits, il avait toujours constaté qu'il bénéficiait d'un ascendant sur les femmes qu'il baisait. Elles étaient toujours disponibles, toujours prêtes à le satisfaire, toujours en attente. Avec celle-là, c'était différent. Elle ne lui demandait rien et ne se sentait redevable de rien. Ce qui était agaçant mais également, bien entendu, excitant.

Pour l'heure, c'était l'agacement qui prévalait. Robert joua un moment avec la pilule de Viagra qu'il avait été sur le point d'avaler et la remit dans sa boîte avec un soupir irrité.

Robert aimait les seins. Leur texture surtout, molle au toucher et résistante au pétrissage, telle une pâte à pain bien levée. Pour cette raison, il aimait les grosses.

Sur une femme raisonnablement obèse chaque bourrelet fondait sous la main avant de retrouver sa douce tonicité, et quand il fermait les yeux il avait l'impression de se vautrer dans un bon gros tas de mamelles bien chaudes. Il aimait Éva, ça ne faisait aucun doute et sa minceur avait aussi des avantages ne serait-ce que parce qu'elle était présentable en société, mais Robert avait eu quelques maîtresses qui dépassaient allègrement les cent vingt kilos. Sur certaines d'entre elles, il pouvait perdre son sexe dans un des replis du ventre ou de la hanche et éjaculer là, aussi confortablement que dans un vagin (lequel était parfois difficilement accessible). L'autre avantage à se taper des grosses, c'était qu'elles étaient éperdues de reconnaissance. La plupart d'entre elles n'avaient pas été touchées depuis l'adolescence – si elles avaient eu cette chance – et devenaient complètement soumises, prêtes à tout accepter pour se faire sauter. Bien sûr, elles étaient connement amoureuses et sexuellement insatiables… exactement ce que Robert attendait d'une maîtresse. L'une d'entre elles s'était même suicidée quand il avait décidé de la laisser tomber. Il en avait été sincèrement peiné.

Catherine était différente. Elle devait avoir entre quarante et cinquante ans (il s'était toujours promis de vérifier dans les registres d'état civil) et trimballait un corps à la Sophia Loren. Elle était mariée et n'avait donc pas besoin de lui pour se sentir femme. Il l'avait rencontrée deux ans plus tôt lors d'un gala de charité organisé par la mairie avec les entrepreneurs de la ville. Elle était accompagnée de son mari, qui avait un pied dans le plâtre et ne pouvait pas danser. La règle implicite des mondanités voulant que le maire et sa femme dansent avec le plus d'invités possible, il en avait profité pour se frotter à la généreuse poitrine de Catherine sur la piste de danse. Deux ans plus tard, elle détenait le record de longévité pour une liaison et Robert ne s'expliquait toujours pas bien pourquoi.

Presque 20 heures. Robert alla se poster devant la fenêtre de son bureau de l'hôtel de ville. Fisher aurait dû être de retour depuis au moins trois quarts d'heure. Ce retard ne lui ressemblait pas. Robert composa son numéro pour la troisième fois et tomba sur sa messagerie. Il raccrocha sans parler. Il se sentait nerveux. Fisher avait-il été arrêté par la police ? Y avait-il eu un problème à la livraison ? Une fusillade ? Un accident ? Et le Noir ? Est-ce qu'il y avait eu un problème avec lui ? S'ils avaient été arrêtés, Fisher resterait muet devant tout interrogatoire. Mais le Noir ? Les minutes tombaient les unes après les autres au fond du sablier personnel de Robert.

Il comptait sur cet argent. Le résultat de la vente de cinq tonnes et demie de Marlboro de contrebande écoulées en huit mois. 275 000 paquets. Le paquet lui coûtait 20 centimes et était revendu entre 2 et 3 euros sur le marché français. Une fois déduites les commissions des intermédiaires, Robert devait encaisser 300 000 euros. Il avait pris un risque en acceptant de payer intégralement la marchandise à son contact algérien et de ne rien toucher avant son écoulement total, s'en remettant entièrement à Fisher pour la revente. Et aujourd'hui c'était jour de paye. En principe.

L'Algérie était une plaque tournante pour les cigarettes de contrebande. Les quatre marques locales – Rym, Cyria, Afras et Nassim – étaient chères et de mauvaise qualité et un marché parallèle très puissant s'était mis en place depuis plusieurs années, avec un taux de pénétration impressionnant : pas un seul buraliste dans le pays qui ne vendît des cigarettes américaines ou françaises de contrebande. Mais l'acheminement depuis le Mali et le Niger se faisait essentiellement dans des camions-citernes destinés au transport d'hydrocarbures, et beaucoup de ces cigarettes avaient un fort goût de mazout. En plus des goudrons et de la nicotine, les Algériens fumaient littéralement du pétrole.

À la fin 2002, au moment où le gouvernement français avait décidé d'augmenter drastiquement le prix du tabac, Robert avait voté le texte au Sénat et contacté ses amis algériens. Avec eux, il avait mis en place en quelques semaines un circuit de transport par train jusqu'à Alger et par bateau jusqu'à Marseille. Seuls quatre cents kilos de cigarettes avaient été saisis par les douanes sur le territoire algérien, ce qui constituait une moyenne honorable. À Marseille, les douanes françaises n'avaient rien trouvé sur les bateaux, et pour cause : la marchandise était accrochée dessous, entre les hélices et la coque, par petites quantités. Une fois le stock de cigarettes rassemblé, il suffisait de le charger dans un camion que Robert faisait affréter par le Sénat et escorter par les agents de la douane jusqu'à Fontainebleau. Il y avait une vraie jouissance à couillonner les autorités à découvert.

Cela jusqu'au jour où la concurrence s'en était mêlée.

Robert arrondissait ses fins de mois en encaissant des dessous de table, en détournant des fonds publics, en truquant des marchés ou en falsifiant les comptes des sociétés dont il était actionnaire. Il s'agissait essentiellement d'être habile avec la paperasse, de graisser la patte de quelques fonctionnaires bien placés, et de se montrer ferme avec les chefs d'entreprise qui renâclaient à passer à la caisse. Si Fisher tenait les livres de comptes, c'était sur ce dernier point – celui de la fermeté – qu'il se révélait particulièrement précieux. En tentant sa première incursion dans le trafic de produits de contrebande, Robert était sorti de son terrain d'expertise et s'était retrouvé sur un marché déjà occupé par des filières qui voyaient d'un mauvais œil l'arrivée d'un nouveau venu. Concrètement, il s'agissait de bandes issues des cités qui, malgré leur manque total d'organisation, avaient réussi à se répartir le territoire à coups de battes de base-ball et de chaînes de motos. Leurs produits n'étaient pas toujours de qualité, les livraisons étaient aléatoires, il y avait souvent pénurie, mais le fait était là : ils occupaient le terrain et n'entendaient pas s'en faire déloger.

Lorsque Fisher avait commencé à prospecter pour trouver des revendeurs qui écouleraient sa marchandise, il n'avait eu aucun mal : il lui avait suffi de parler à quelques jeunes « d'origine difficile ». Seulement, il s'était vite avéré qu'ils étaient plus délicats à manipuler que les bons chefs d'entreprises avec qui il traitait habituellement. Ils disparaissaient avec les cigarettes, ou ne revenaient qu'avec la moitié de l'argent prévu, ou contestaient la qualité… Ils avaient toujours une mauvaise excuse pour ne pas payer. Pour eux, Fisher était un Blanc à arnaquer, rien de plus. Et ils n'avaient pas peur. Ils venaient souvent à quatre ou cinq, prêts à en venir aux poings à la moindre anicroche. Mais Fisher était un renard. Il se mit d'abord à les menacer en arabe. Dans un premier temps, ils en furent désarmés. Dans un deuxième temps, ils devinrent encore plus agressifs, n'acceptant pas que ce fils de Clovis leur parle dans la langue du pays. C'est alors que Fisher mit ses menaces à exécution. Robert ne connaissait pas les détails et n'avait rien demandé à Fisher, mais un jour celui-ci était revenu avec un gros hématome sur le côté du visage et un sourire satisfait. « Il n'y aura plus de problèmes », avait-il déclaré à Robert. Le surlendemain, jour de sa parution, *La République de Seine-et-Marne* titrait sur un règlement de comptes ayant provoqué la mort par balles de deux jeunes, au pied de la tour Warnery. Un troisième avait été retrouvé attaché à un pilier dans un parking, dans un état grave, après avoir subi des sévices que la police avait qualifiés de « torture ». Il refusait de raconter ce qui s'était passé et on n'avait jamais retrouvé ses orteils. Robert s'était fendu d'un discours poignant sur l'insécurité gagnant même les villes qui se croyaient à l'abri comme Fontainebleau, et sur les actions vigoureuses qu'il allait mener pour enrayer la hausse de la délinquance dans son agglomération.

Contrairement à ce que Fisher avait annoncé, les problèmes ne s'arrêtèrent pas là. Après deux semaines de calme relatif, pendant lesquelles les vendeurs avaient fait leur boulot sans discuter et où l'argent rentrait normalement, ils avaient subitement cessé de coopérer. Il ne s'agissait plus pour eux de ne pas payer : ils refusaient simplement de travailler. Ils ne voulaient plus vendre de cigarettes pour Fisher et il n'y avait pas de négociation possible. Les bandes qui tenaient la place avaient été mises au courant de l'arrivée d'un rival. Elles agressaient systématiquement les revendeurs et détruisaient les stocks. Il était impossible aux petits dealers de Fisher de continuer dans ces conditions.

Après un moment de désarroi, Fisher était finalement parvenu à entrer en contact avec un chef de bande et, après négociations à sens unique, Fisher s'était vu contraint de passer par lui pour écouler la marchandise, perdant au passage la moitié des bénéfices prévus sur l'affaire. Le paiement s'effectuerait en une seule fois, à la fin de l'opération. Ni Fisher ni Robert n'avaient prévu cette difficulté-là, et rétrospectivement Robert ne pouvait que se rendre compte de leur naïveté. Mais il n'était pas dans ses habitudes de se plier aux règles, et depuis lors il cherchait une autre solution.

C'est pourquoi, lorsque la veille il avait trouvé ce jeune Noir qui parlait banlieue dans son bureau, il y avait vu plus qu'une simple coïncidence : il y avait vu une chance. En un instant, il lui était apparu qu'il pourrait l'utiliser pour infiltrer le milieu des cités et y creuser son trou. L'idée paraissait insensée à Fisher, mais

Robert y croyait dur comme fer. S'il « parrainait » ce jeune en le finançant pour qu'il forme sa propre bande, il pourrait à terme sans trop se mouiller mettre la main sur une grosse part du marché. Car Robert en était certain : les cités n'étaient qu'un marché comme les autres, et là comme ailleurs l'argent était au pouvoir. Qui avait les moyens avait les hommes, qui avait les hommes avait les moyens. Un cercle vertueux, comme disaient les économistes. D'ailleurs, il avait appâté le Noir et celui-ci avait mordu à l'hameçon.

Robert était pris à la gorge par quelques dettes urgentes – il était parfois paniqué de voir à quel point plus il gagnait d'argent moins il en avait – mais il avait calculé qu'avec la moitié de ce qu'il toucherait aujourd'hui, il pourrait en régler la plus grosse partie. S'il investissait intelligemment l'autre moitié, d'une part dans l'achat de cigarettes et d'autre part dans cette tête de pont au milieu des cités, il pouvait arrêter pour de bon les petites magouilles et s'enrichir très rapidement. Il fallait encore réfléchir aux détails, mais Robert sentait qu'il tenait quelque chose.

À condition toutefois que Fisher et le Noir finissent par arriver.

JEUDI 11 DÉCEMBRE 2003

Trafic d'héroïne : 15 interpellations
et un réseau démantelé

[…] Quinze personnes suspectées d'être impliquées dans un trafic d'héroïne international dirigé depuis Rotterdam, et sévissant dans le Sud seine-et-marnais, on été interpellées. […]

Sur le plan local, le réseau était particulièrement bien organisé, avec des passeurs et des vendeurs implantés dans le département […]

Les policiers […] ont saisi au total un kilo d'héroïne pure et quelques dizaines de grammes de cocaïne. […]

LA DÉTRESSE DE L'HOMME EN PYJAMA

Après une nuit de plomb, François avait été réveillé par la main de Catherine posée sur son front. Elle le regardait tendrement et lui avait apporté son petit déjeuner au lit. François s'en était immédiatement voulu d'avoir ruminé tant de mauvaises pensées contre elle ces dernières semaines.

— J'ai téléphoné à l'école pour leur dire que tu n'irais pas ce matin. Tu veux que j'appelle Patrick ?

Patrick était le médecin de famille. François s'était concentré un moment pour comprendre de quoi parlait sa femme, et s'était remémoré la soirée de la veille. Il avait baissé les yeux sur ses vêtements pour voir leur état, mais Catherine était parvenue à lui enfiler un pyjama durant son sommeil. Il avait bougé ses membres, fait pivoter sa tête, regardé ses mains écorchées, et avait conclu qu'il allait plutôt bien malgré quelques grosses courbatures.

— Non, ça va aller, chérie. Merci.

— Je t'ai amené ton petit déjeuner. Tu veux que je reste avec toi ?

— Non, ça va, je te remercie... Enfin, je ne te chasse pas mais ça va, je vais bien. Je crois que j'étais juste secoué par l'accident.

— Qu'est-ce qu'il s'est passé ?

Il lui avait raconté l'histoire, se rappelant les détails au fur et à mesure qu'il les évoquait. Après s'être assurée une nouvelle fois qu'il allait bien, elle avait fini par le laisser pour aller s'occuper de la boutique, lui demandant de l'appeler s'il avait le moindre problème. Après avoir passé un long moment à jouir du confort d'un lit chaud dans le silence de la maison vide, il était sorti dans la cour en pyjama et avait entrepris de fouiller la voiture pour trouver l'identité du conducteur. À présent, toujours en pyjama, il se trouvait devant un cas de conscience et trois cent mille euros.

Trois cent mille euros.

Pile, François venait de recompter. Incroyable de penser que ce petit tas de billets violets pas plus épais qu'un gros livre de poche représentait vingt-cinq ans du salaire d'un smicard. Il était posé là, devant lui, sur la table basse du salon.

François tendit la main vers le journal télé et chercha la page des horoscopes. Il ne croyait pas à l'astrologie mais avait pris l'habitude, quand un événement important se produisait, de vérifier a posteriori s'il avait été prévu ou pas. Juste histoire de conforter son scepticisme.

« Lion : Cette semaine vous accumulerez de la fatigue et du stress. Pensez à vous détendre et soyez patient avec votre entourage. Cœur : Il bat toujours. Argent : Fouillez dans vos poches, vous pourriez avoir une surprise. »

Comme d'habitude, ils s'en sortaient plutôt pas mal. François était admiratif devant le travail des rédacteurs, qui parvenaient presque toujours à trouver une formule suffisamment générale pour qu'elle tombe à peu près juste dans n'importe quelle situation. Il consulta un autre signe au hasard.

« Balance : Ne vous laissez pas déborder par les événements imprévus qui pourraient survenir. Sachez maîtriser vos émotions. Cœur : Le meilleur est à venir. Argent : C'est le moment de revoir vos ambitions à la hausse. »

Vraiment très fort. D'autant plus qu'il s'agissait de l'horoscope de la semaine précédente... Mais l'horoscope ne disait rien de ce qu'il convenait de faire lorsque l'on tombait par hasard sur une faramineuse liasse de billets trouvée dans une voiture qui ne nous appartenait pas et dont on avait envoyé le conducteur à l'hôpital. C'était la question que tout le monde se posait un jour ou l'autre : qu'est-ce que je ferais si je trouvais une fortune par terre ? La réponse apparaissait plus compliquée en réalité qu'en théorie. Il était toujours plus facile d'être intègre en imagination.

Cet argent n'était pas à lui, il le savait. Le plus simple, le plus honnête, le plus évident selon la morale couramment admise aurait été de le rendre à son propriétaire, qui devait sans doute toujours être à l'hôpital. Mais quiconque se baladait avec une telle somme en liquide était probablement hors-la-loi d'une manière ou d'une autre. La disparition de cet argent ne serait jamais signalée à la police. En réalité, on pouvait supposer que cet argent avait déjà disparu, qu'il n'avait pas d'existence légale. Pouvait-on dans ces conditions considérer que François volait quoi que ce soit à qui que ce soit ? En y réfléchissant, rien ne l'empêchait de le garder. L'accident avait eu lieu sans témoin. Les seules personnes à avoir vu François en compagnie du blessé étaient trois infirmiers et les patients de l'hôpital, mais il faisait nuit et le visage de François était alors couvert de sang et de boue. Il était donc quasiment impossible que quelqu'un puisse le reconnaître ou l'identifier. De plus, il conduisait la voiture du blessé ; il ne courait donc pas le risque d'être retrouvé par l'immatriculation.

François eut un coup au cœur en pensant à la Mercedes. S'il était vrai que personne n'était en mesure de faire le rapprochement entre lui et cette voiture pour l'instant – en espérant qu'aucun de ses voisins ne l'ait vu la ramener chez lui la veille – il fallait néanmoins qu'il s'en débarrasse le plus vite possible. N'importe qui allant dans la petite impasse derrière chez lui pour faire chier son caniche pouvait jeter un œil à travers la grille et voir une Mercedes Classe S en vrac dans sa cour. Le genre d'image qu'on n'oublie pas. Susceptible de se propager. Il ne pouvait pourtant pas sortir la voiture en plein jour. Il fallait qu'il la couvre avec quelque chose en attendant la nuit, mais les seules bâches dont il disposait étaient celles dont il s'était servi pour repeindre la maison lorsqu'ils avaient emménagé, et elles étaient transparentes. Il finit par opter pour les draps de la maison et courut en prendre dans le dressing. Catherine râlerait sans doute, mais c'était un moindre mal. Et puis, elle aurait l'occasion d'expérimenter concrètement la relativité de toute chose quand François poserait trois cent mille euros en regard du sacrifice de quelques vieux bouts de tissu.

Au moment où il descendait l'escalier les bras chargés de draps, il fut arrêté par la sonnette de la porte d'entrée. Il était sur la deuxième marche de l'escalier, celle qui grinçait, et se trouvait exactement à un mètre cinquante de la porte. Il n'osait plus bouger, ne sachant pas si la personne à l'extérieur l'avait entendu dévaler les marches ou si elle sonnait au hasard en espérant qu'il y aurait quelqu'un. D'un côté, il voulait à tout prix éviter que quelqu'un entre et voie la Mercedes à travers les fenêtres qui donnaient sur la cour. D'un autre côté, ne pas ouvrir alors qu'il venait de faire trembler toute la maison en descendant l'escalier pouvait éveiller la suspicion.

Une tête se pencha pour voir à travers les briques de verre sur le côté de la porte.

— Monsieur Chardone ?

François n'avait aucun moyen de savoir si l'autre le voyait ou pas. C'était tout le problème avec ces putains de briques de verre. Il prit le parti de penser que l'autre le voyait.

— Oui, un instant !

Il courut dans le salon, tira les rideaux d'une main et revint devant la porte, les bras toujours encombrés de ses draps. Il se composa un visage avenant et posa la main sur la poignée, se forçant à garder son calme. Il devait s'agir d'un témoin de Jéhovah, ou d'un marchand de tapis, ou encore d'un pompier qui venait vendre des calendriers. Aucune raison que ce soit la police, par exemple.

— Bonjour, monsieur, lieutenant Toulouze, de la police municipale.

Le visage avenant que François avait pris tant de soin à composer se figea en un masque blême. Mais avenant. Dans une certaine mesure.

— Bonjour, croassa François. Vous venez pour heu… les calendriers ?

— On a retrouvé votre voiture accidentée ce matin au bord de la Seine, dit l'inspecteur en examinant d'un air intéressé les griffures sur le masque blême mais avenant de François.

François tressaillit en entendant les mots « voiture accidentée », mais après quelques microsecondes d'affolement, son cerveau se remit à fonctionner normalement.

— Ah oui. Je… c'est ma voiture, je suis au courant. J'ai eu un accident.

— Vous savez qu'il est interdit d'abandonner des épaves sur la voie publique ?

— Oui, non mais ça s'est passé hier soir, j'allais m'en

occuper aujourd'hui, je viens de me réveiller, vous voyez je suis encore en pyjama.

— Je peux entrer ? J'ai quelques questions à vous poser.

Le lieutenant Toulouze fit un pas en avant.

— Je vous en prie, entrez, installez-vous, dit François en tendant la main vers le salon.

Le policier avança vers la cuisine.

— Sympa, cette petite maison. Vous habitez là depuis longtemps ?

Les fenêtres de la cuisine donnaient sur la cour et donc sur la Mercedes. François se précipita devant le policier.

— Non, ça fait deux ans, mais n'allez pas par là, c'est le bor… le bazar et en plus on n'a pas vidé la poubelle, y a une sale odeur. Venez plutôt dans le salon.

Le lieutenant dévisagea François un instant. Celui-ci aurait tout donné pour pouvoir déchiffrer son expression.

— Bon, dit le lieutenant.

Il suivit la direction que lui indiquait François et entra dans le salon à l'instant précis où François se souvint qu'il y avait trois cent mille euros en liquide étalés sur sa table basse. Son cœur réduit à l'état de grosse crampe, il se précipita le plus naturellement possible derrière le policier.

— Et vous avez vu le… les plafonds !

Le policier s'arrêta juste après la porte et leva les yeux sur une surface blanche et lisse qui était une sorte de quintessence de la banalité en matière de plafonds. Il bouchait l'entrée.

— Qu'est-ce qu'ils ont de particulier ?

— Heu, on a failli avoir des pioutres, bafouilla François, se faufilant misérablement dans la pièce en faisant tomber au passage un cadre qui supportait une photo de la mère de Catherine.

— Des pioutres ?

— Oui, enfin des poutres, vous voyez… là, et là, et là, dit François en montrant des lignes imaginaires au plafond tout en s'interposant entre la table et le policier. Mais bon, on n'en a pas eu. C'était une maison sans poutres. Pas de chance. Mais ç'aurait été bien.

François préféra ne pas s'enliser plus profondément.

— Et sinon, qu'est-ce que je peux faire pour vous ? demanda-t-il jovialement en opérant un grand mouvement circulaire pour jeter ses draps sur la pile de billets, voyant avec horreur une dizaine d'entre eux s'envoler.

— Vous pouvez me raconter les circonstances de l'accident ?

La meilleure chose à faire était de ramasser négligemment les billets qui traînaient par terre et de les glisser dans sa poche de pyjama en espérant que le flic ne poserait pas de questions. Ce que François fit tout en parlant :

— Ben, je suis sorti de la route, voilà. J'ai fait des tonneaux. J'ai eu de la chance de m'en sortir, je sais pas si vous avez vu mais la voiture est rentrée dans le seul arbre du coin. S'il n'avait pas été là, je plongeais directement dans la Seine… Mais asseyez-vous, hein, faites comme chez vous !

François s'assit pour donner l'exemple. Le policier resta debout, mais ne fit pas de remarque sur les billets.

— Pourquoi vous êtes sorti de la route ?

François se releva.

— Heu… comme ça. Il faisait noir, la chaussée était glissante à cause de la pluie… Sans raison, quoi.

— Sans raison ?

— Enfin… à part le… la visibilité et la pluie.

— Vous savez à combien vous rouliez ?

François gratta nerveusement son eczéma.

— Je sais pas, heu… quatre-vingts, quatre-vingt-dix, je… par là, quoi.

— Vous savez que la vitesse est limitée à cinquante avant et après le pont ?

— Oui, alors ça devait être ça, je me souviens maintenant. Je me souvenais pas du pont, mais maintenant ça me revient, je me souviens. Je devais rouler à cinquante. Même un peu en dessous.

— Monsieur Chardone, est-ce que vous avez bu avant de prendre le volant ?

François avait l'impression que chaque question était un piège et qu'il tombait toujours dedans. Le policier menait un véritable interrogatoire et le fixait comme un prédateur.

— Non, je ne bois jamais. Enfin pas en conduisant. Ni avant de conduire.

— Mais vous buvez.

— Comme tout le monde, un ou deux verres de vin pendant le repas, parfois un apéro, une bière de temps en temps, un petit digestif à l'occasion, ça m'arrive aussi de… (une lueur d'intérêt professionnel brillait dans l'œil du lieutenant). Enfin hier je n'ai pas bu avant de prendre ma voiture. Voilà.

— Vous pouvez m'expliquer pourquoi vous n'avez pas signalé votre accident ?

— Qu'est-ce que vous voulez dire ?

— D'habitude, quand les gens mettent leur voiture dans le fossé, la première chose qu'ils font, c'est d'appeler le Samu, ou la police, ou au moins une dépanneuse.

— J'étais pas blessé, il faisait nuit, je me suis dit que ce serait plus facile de m'occuper de tout ça aujourd'hui.

— Comment vous êtes rentré chez vous ?

— … à pied.

— Vous avez marché huit kilomètres à pied après votre accident ?

— Non, enfin je veux dire en stop… J'ai marché sur le bas-côté jusqu'à ce que quelqu'un me prenne.

— Vous pouvez me dire qui vous a pris ?

— Heu… Je ne sais plus, une voiture…

François se sentait de moins en moins crédible. Que disait l'horoscope déjà ? « Sachez maîtriser vos émotions. » C'était le moment de mettre en pratique les sages enseignements du journal télé.

— Vous pourriez être plus précis ?

— Une voiture rouge. Conduite par un homme. Il portait une cravate.

Le lieutenant Toulouze prit une profonde inspiration et se détourna de François. Il fit quelques pas, longea la bibliothèque en passant un doigt sur les rayonnages, et s'approcha de la fenêtre où il s'arrêta pour étudier attentivement le motif des rideaux. Rideaux dont François s'aperçut qu'ils étaient largement entrouverts. Suffisamment en tout cas pour que le policier voie la Mercedes s'il faisait un pas de côté. François décida qu'il était temps de se ressaisir.

— Excusez-moi, mais pourquoi vous me posez toutes ces questions ? J'ai l'impression que vous essayez de m'accuser de quelque chose.

Le policier se tourna vers lui.

— Est-ce que vous vous rappelez avoir croisé une Mercedes hier ?

— …

— … ?

— Vous voulez dire après l'accident ?

— Une voiture s'est pris le parapet du pont. Elle venait en sens inverse par rapport à vous et on a retrouvé ça sur place.

Il sortit de sa poche un sigle Mercedes en métal. François caressa l'idée de tout avouer. Le flic se tenait à cinq mètres d'une voiture sur le capot de laquelle manquait de toute évidence ce fameux sigle. Il lui suffisait de tourner la tête pour confondre François. Comment expliquer l'avalanche de mensonges qu'il venait de proférer en moins de cinq minutes ? Le pire était que, si on prenait les choses dans le bon sens, en toute objectivité, François n'avait rien fait de mal ; il avait même amené un blessé à l'hôpital. S'il n'y avait pas eu les trois cent mille euros, il n'aurait eu qu'à dire la vérité et il aurait été félicité par la police pour son civisme exemplaire. D'ailleurs, il n'avait même pas encore vraiment décidé de garder cet argent… Bon, maintenant il n'avait plus le choix, il allait le garder, mais c'était la faute de ce policier. Il ne lui avait pas laissé le temps de réfléchir sereinement à la question.

— Alors vous voyez, je me dis que deux accidents non déclarés au même endroit le même jour, ça fait beaucoup.

— Je ne me souvient pas d'avoir croisé de Mercedes.

— Vous vous souvenez pas de grand-chose.

— Écoutez, je dois vous paraître plutôt incohérent (le policier hocha légèrement la tête) mais la vérité, c'est que je suis encore sous le choc. En fait heu, tout ce qui s'est passé hier est très flou pour moi, je ne me rappelle pas tout, ça se mélange… Je crois que j'étais dans un état second, vous comprenez ?

— Et vous n'aviez rien bu ?

— Non, je… j'ai eu un accident, d'accord ? Vous avez vu l'état de la voiture ? J'ai fait plusieurs tonneaux, j'étais sonné, vous comprenez ? J'ai peut-être même perdu conscience un moment ! Bien sûr c'était pas logique de ne pas appeler mon assureur ou une ambulance mais vraiment, je n'étais pas moi-même…

François sentait enfin percer des accents de vérité dans ce qu'il disait. Ce qui n'était pas étonnant puisqu'il disait la vérité. Il sentait qu'il était convaincant.

— Votre femme pourrait confirmer ce que vous dites ?

— Ma femme, heu... C'est-à-dire, j'étais tout seul dans la voiture, alors heu...

— Mais elle vous a vu rentrer.

— Oui.

— Et où est-ce qu'elle est en ce moment ?

— Au travail. En déplacement. Elle est allée voir un fournisseur.

— Vous avez son numéro de portable ?

François commençait à avoir du mal à respirer. Son esprit tournait à plein régime pour trouver un moyen de se sortir de cette situation : Catherine avait vu la Mercedes et, si le lieutenant Toulouze lui posait la question, elle n'aurait aucune raison de mentir.

— Son portable...

— Oui elle doit en avoir un, dit le policier en sortant son propre téléphone. Si elle se déplace pour son travail...

— Oui oui, bien sûr. C'est le... attendez que je me rappelle... Ça commence par 06...

En attendant que François se décide à lui donner le numéro, le policier se tourna vers la fenêtre, attrapant machinalement le bord du rideau pour l'écarter.

— Ça y est je me rappelle ! C'est le 06 24 27 56 57.

Le policier lâcha le rideau et composa le numéro. Il porta le téléphone à son oreille, regardant François qui espérait que le tremblement de ses mains ne se voyait pas trop. Au bout de quelques secondes, la chevauchée des Walkyries retentit à l'étage. François prit un air désolé.

— Ah, elle a dû l'oublier ! Mais elle sera là ce soir. Vous pourrez toujours l'appeler...

Le policier laissa sonner encore un moment.

— Non mais c'est pas la peine de laisser un message hein, je lui dirai. Laissez-moi vos coordonnées et elle vous rappelle dès qu'elle rentre.

Le lieutenant Toulouze finit par raccrocher. François

sentit une onde de soulagement vibrer dans tout son corps. Il fut même pris d'un léger vertige. Si le policier avait laissé sonner plus longtemps, il serait tombé sur « Bonjour, vous êtes sur la messagerie de François Chardone, merci de laisser un message après le signal sonore. »

François n'était pas du genre à faire l'original sur son répondeur.

ROBERT, DISTRAIT

Fisher n'était pas rentré depuis la veille.

Il y avait quelqu'un qui gesticulait dans le bureau de Robert, un type rougeaud et véhément qui parlait fort.

Le nom du type rougeaud était Michel Rousseau et ça rimait. Il était le patron d'EGC. Il était sous contrat avec la ville pour l'entretien des égouts et l'assainissement. Il versait un joli dessous-de-table tous les mois à Robert.

Et Fisher n'était pas rentré depuis la veille.

Michel Rousseau lançait des mots comme stations de pompage, collecteurs, réparations, curage total du réseau, station d'épuration. Il lançait des mots comme corrosion, risque de panne générale, engorgement, étanchéité, déversoirs d'orage, algues.

Et Fisher n'était pas rentré depuis la veille.

Ça avait l'air important, ce que disait Michel Rousseau. Ça l'était peut-être. Robert essaya de se concentrer. Il savait que, fin mars, le contrat d'entretien des égouts et de traitement des eaux usées serait réexaminé par le conseil municipal. Pourquoi venait-il le voir ?

— Pourquoi venez-vous me voir ? Vous ne pouvez pas régler le problème tout seul ?

— On n'a pas le budget, c'était pas du tout prévu. Et

on ne peut pas attendre : si une pompe de plus tombe en panne il peut y avoir un effet domino, et là on court à la catastrophe.

Et Fisher n'était pas rentré depuis la veille.

— Vous venez demander une rallonge ? À trois mois du renouvellement du contrat ? Vous ne trouvez pas que c'est un peu gros ?

— Pas… pas forcément une rallonge. Si vous pouviez baisser votre commission…

— Écoutez-moi : cette commission, c'est ce que vous me payez pour avoir le droit de travailler pour la mairie. Sans moi, vous n'avez plus de boulot. Sans moi, vous pouvez aller pointer aux Restos du Cœur, vous, votre famille et tous vos employés. Vous trouvez qu'elle est trop chère, cette commission ?

— Non, non, c'est pas ce que je dis…

Et Fisher n'était pas rentré depuis la veille.

— Voilà ce que je vais faire. Comme vous ne semblez plus capable de remplir le cahier des charges que nous vous avons fixé, je vais lancer un nouvel appel d'offres pour l'entretien des égouts et le traitement des eaux usées de Fontainebleau. Je vous engage à postuler, j'étudierai votre candidature avec le plus grand intérêt. Peut-être que l'arrivée de la concurrence va stimuler votre imagination ? Si aucune proposition n'est meilleure que la vôtre, c'est que j'aurai eu tort, et nous travaillerons encore ensemble l'année prochaine.

— Mais… Mais vous ne comprenez pas que les pompes…

— La porte est cette chose en bois qui se trouve derrière vous.

Robert regarda Michel Rousseau s'en aller. Il ne savait toujours pas pourquoi il était venu, il n'avait rien écouté. Il se dit qu'il devrait arrêter les paiements mensuels des commissions : ça laissait trop de possibilités d'impayés. Une entreprise vraiment motivée devait pouvoir tout régler en une fois. De toute façon, il n'était pas censé traiter directement ce genre d'affaires : Fisher était là pour ça.

Et Fisher n'était pas rentré depuis la veille.

FENÊTRE SUR CORPS

Après le départ du lieutenant Toulouze, François était sorti en pyjama sous les bourrasques pour couvrir la Mercedes avec les draps. Tâche dont il était venu à bout en vidant un rouleau presque entier de scotch de déménagement.

Il avait ensuite passé deux bonnes heures à réfléchir à l'endroit le plus sûr pour dissimuler les trois cent mille euros. Il n'était pas question de commencer à les dépenser à-droite-à-gauche-n'importe-comment : les billets de cinq cents euros ne passaient pas inaperçus. Et s'ils étaient faux ? Et s'ils étaient marqués ? Et si leurs numéros de série étaient répertoriés ? François devait prendre le temps de songer aux moyens de vérifier la propreté de l'argent avant de le remettre en circulation.

Il y avait des dizaines de cachettes possibles dans la demeure qu'il habitait, mais en cas de perquisition de la police elles se révéleraient toutes insuffisantes. François avait conscience que l'hypothèse d'une perquisition était à peu près aussi envisageable que celle de tomber par hasard sur trois cent mille euros, mais justement.

Il avait fini par se résoudre à cacher l'argent à l'extérieur de la maison proprement dite. La cour où était garée la Mercedes présentait la particularité de posséder en son centre un « regard ». Il s'agissait d'un couvercle de fonte qui donnait sur les égouts municipaux. L'agent immobilier avait raconté à Robert qu'au moment de la mise en service du tout-à-l'égout dans les années cinquante, les ingénieurs civils n'avaient pas pu dans certains endroits de la ville, dont celui-ci, enterrer les canalisations sous les routes en raison d'un sous-sol truffé d'énormes blocs de grès. La forêt de Fontainebleau était réputée pour ses rochers et il n'y avait pas de raison qu'ils s'arrêtent aux abords de la ville, avait-il expliqué.

— Mais aucun des précédents propriétaires ne s'est plaint de la moindre remontée. La seule servitude attachée à ce regard, c'est que vous devez laisser les égoutiers y accéder quand ils le demandent, c'est-à-dire une fois par an en moyenne.

Il y avait eu un moment décourageant quand François s'était aperçu qu'il fallait déplacer la voiture pour accéder à la plaque d'égout ; mais il l'avait bravement surmonté, n'hésitant pas à retirer les draps qu'il avait mis tant d'application à scotcher sur la carrosserie. Il prévoyait de n'enlever que le strict nécessaire pour accéder au frein à main, mais les draps étaient si étroitement collés entre eux par la bande adhésive qu'il avait dû en arracher plus de la moitié. Il avait poussé la voiture sur deux mètres, puis avait passé une bonne demi-heure à démêler le tas de tissu et de scotch qui s'était enchevêtré à ses pieds, et à le recoller sur la voiture. Enfin, il avait pu emballer son paquet de billets dans un sac de congélation et l'accrocher solidement sous le couvercle de fonte. Afin d'être certain que le paquet ne tombe pas au fond de l'égout, François l'avait collé avec une pâte miracle dénichée dans un magasin de bricolage. C'était avec cette pâte qu'il avait accroché les meubles suspendus de la cuisine. Quatre boules de pâte placées aux quatre coins d'un meuble suffisaient à soutenir deux cent cinquante kilos. Il avait enduit le sac de congélation d'une grosse galette de pâte, et l'avait appliqué sur la plaque en fonte. Après les deux minutes règlementaires, le sachet en plastique s'était trouvé comme soudé au couvercle. Il ne bougerait pas.

Après ces opérations, moite de sueur malgré la légèreté de son pyjama, il était allé se faire couler un bain brûlant avec pour objectif de s'y prélasser jusqu'à dissolution complète de son enveloppe corporelle.

Il goûtait à la détente parfumée de son bain moussant depuis moins de vingt-quatre secondes quand la chevauchée des Walkyries résonna dans sa chambre à coucher. Sa première impulsion fut de ne pas décrocher, mais il pouvait s'agir du lieutenant Toulouze. Il sortit du bain pour aller prendre son téléphone, laissant une longue flaque derrière lui.

— Papa ?

— Oui, Frédéric, qu'est-ce qu'il y a ?

— Je suis à la boutique. Maman m'a laissé pour aller faire des courses, mais j'ai une urgence, là. Je peux fermer maintenant ?

— Pourquoi, quelle heure il est ?

— Six heures et demie.

— Déjà ?! Mais où est ta sœur ?

François n'avait pas vu la nuit tomber alors même qu'il était dehors au moment où ça avait dû arriver. Il avait simplement passé toute la journée en pyjama à s'occuper de cet argent.

— J'en sais rien, sûrement avec une copine.

— Et y a personne sur les ordinateurs ?

— Ça fait un quart d'heure qu'il n'y a plus un chat. Les souris s'ennuient toutes seules sur leurs tapis.

— Bon, d'accord, t'as qu'à fermer, dit François avec un sourire. Et n'oublie pas de laisser du fromage pour les souris.

— D'acc. Je vous rappelle pour dire si je rentre manger ou pas. Allez, salut.

— Mais tu…

Frédéric raccrocha.

François savait que c'était une erreur de fermer un cybercafé à 19 heures comme une boutique normale, mais il ne parvenait pas à considérer son commerce comme un simple cybercafé. Il se voyait toujours comme un détaillant de matériel informatique et avait encore une poignée de clients fidèles qui entretenaient cette illusion. Mais il était conscient que, dans les mois à venir, il lui faudrait opérer une bascule dans son activité pour devenir un vrai cybercafé s'il ne voulait pas déposer le bilan. À moins que les trois cent mille euros ne changeassent la donne, naturellement.

Avec un certain à-propos, son Palm sonna à son tour, lui rappelant qu'il avait rendez-vous à 19 h 30 à la librairie pour débuguer le système informatique. C'était la qualité de son service après-vente qui lui avait permis de fidéliser ses trois clients et demi.

Comme souvent dans ce genre d'interventions, l'informatique du libraire fonctionnait parfaitement. Il cafouillait juste un peu dans les manipulations et commettait des erreurs qui faisaient planter le système. C'était un vieil homme passionné par son métier, qui avait largement dépassé l'âge de la retraite et s'était mis sur le tard à l'informatique sous la pression des distributeurs. Ses yeux, énormes derrière ses lunettes en cul-de-bouteille, faisaient penser à des poissons en aquarium. François lui réexpliqua ce qu'il convenait de faire afin d'éviter que le problème se reproduise. Après l'avoir remercié en se confondant en excuses, le vieux libraire lui demanda s'il avait « une minute pour monter à l'appartement » avec lui.

— Mon fils m'a fait installer un ordinateur chez moi. Pour qu'on puisse communiquer. J'ai bien tenté de lui faire remarquer que je possédais déjà un outil assez performant désigné par le vocable de téléphone mais, selon lui, je suis tellement dur d'oreille que je ne comprends pas la moitié de ce qu'il me raconte dans le combiné. Ah je vous jure, les enfants… Enfin, toujours est-il que là, il m'a téléphoné – comme quoi, quand il veut – pour me dire qu'il m'avait envoyé des photos du mariage de sa fille sur l'ordinateur. Vous savez que ma petite-fille s'est mariée ? Bon, en tout cas, si vous pouviez me montrer comment ça marche, ce bazar, ça m'arrangerait bien.

Au vu de la couche de poussière qui couvrait le clavier, le libraire n'avait clairement aucune intention d'apprendre à se servir de « ce bazar ». Ce qu'il voulait vraiment, c'était que François récupère les photos. Pendant qu'il les téléchargeait, le vieil homme alla chercher des verres dans la cuisine.

— Rhôô dis donc les salauds ! s'écria-t-il. Venez voir, ça vaut le coup d'œil !

François se leva et le rejoignit dans la cuisine, où la lumière n'était pas allumée.

— Regardez voir ! C'est pas le maire, ça ? demanda le libraire en faisant cligner ses gros yeux pisciformes.

L'appartement du libraire se trouvait juste en face de l'hôtel de ville et sa cuisine donnait exactement au-dessus de la fenêtre du bureau du maire. À travers la vitre, François avait une vue très nette sur Robert Martin, debout, tenant contre lui une femme qui l'embrassait avec voracité en enroulant une superbe jambe nue autour de sa taille. La main du maire remontait le long de la cuisse, sous la jupe. Soudain, le couple perdit l'équilibre et la femme se retrouva assise sur le bureau. Elle se recula un peu et commença à détacher la ceinture de Robert.

— Rhô dis donc, rhô dis donc ! glapit le vieux libraire.

Robert enserra les poignets de la femme entre ses

mains puis, avec la sécheresse d'un danseur de tango, la retourna sur le bureau. À plat ventre, la croupe offerte, elle se débattit un peu pour la forme quand il lui arracha sa culotte. Il finit de déboutonner son pantalon et le fit tomber sur ses chevilles. « Je vais voir la bite du maire de Fontainebleau ! pensa François, c'est la première fois que je vois la bite d'un sénateur ! » Presque intimidé, il détourna les yeux vers la femme, qui avait le visage tourné vers la fenêtre.

Et François reconnut Catherine.

JOURNAL DE RACHEL MARTIN-KUKLINSKI

Jeudi 11 décembre 2003. 22h40.

Ma vie va peut-être enfin devenir intéressante.

Tout à l'heure, juste après être rentrée de l'école, alors que je mangeais ma deuxième tartine de Nutella en zappant sur toutes les chaînes du câble, on a sonné à la porte. Et qui était là ? Le grand Black de la nuit dernière ! Je me le suis rappelé assis sous la menace du pistolet de mon père et j'ai cru un instant qu'il venait se venger. Mais quelque chose me disait que non. Il avait l'air relativement normal. Je me suis souvenue qu'il était censé faire quelque chose pour mon père et, vu son état, j'ai pensé qu'il venait peut-être de faire cette chose. Il était très abîmé : des pansements sur le visage, le blanc de son œil droit tout rouge, et les habits super crades comme s'il avait été traîné dans la boue. Sans compter qu'une jambe de son pantalon était découpée jusqu'à la cuisse et qu'il avait le genou bandé. Il avait l'air crevé.

Il m'a demandé si mon grand-père était là. C'est pas le premier à penser que mon père est mon grand-père, et j'ai appris à ne pas me vexer. Après tout, c'est vrai qu'il a 66 ans, c'est pas la peine de le nier ! Et puis j'étais trop occupée à faire genre « j'ai rien remarqué d'anormal, tout va bien et qu'est-ce que je peux faire pour vous, cher monsieur ? » en essayant de le regarder droit dans les yeux (ou plutôt droit dans l'œil gauche) pour vraiment y attacher de l'importance (attacher de l'importance au fait qu'il ait dit « ton grand-père », il faut aussi que j'apprenne à faire des phrases plus courtes).

Donc...

Je lui ai dit que c'était mon père, et qu'il était à la mairie. Il m'a demandé s'il en avait pour longtemps, et là j'ai répondu « ben jusqu'à la fin de la journée » avant de comprendre qu'il devait penser qu'il était juste parti chercher un certificat de quelque chose ou une carte d'électeur. J'ai donc rajouté « c'est le maire » en essayant de ne pas faire trop snob. J'ai toujours du mal à gérer le fait que mon père soit le maire de F'bleau, sans parler de son titre ronflant de sénateur. Ça me donne l'impression de ne pas être issue du même monde que les autres. En tout cas, ça change toujours mon rapport à mon interlocuteur. Soit les gens sont impressionnés et cherchent comment ils pourraient tirer parti de cette situation à leur avantage (connaître la fille du maire leur donne l'illusion d'avoir des « relations »), soit ils prennent un air pincé comme si je sentais mauvais, et me tiennent probablement pour responsable par procuration de tous leurs griefs contre la mairie (en général des histoires de places de stationnement ou de bruit devant chez eux).

Bref, Elias (c'est son nom, autant que je l'appelle comme ça) a fait une drôle de tête en apprenant qui était mon père.

Ça m'étonne qu'il ne l'ait pas su. J'aurais pensé que pour se retrouver à trois heures du mat' dans son bureau il devait être un minimum intime. En même temps, s'il ne le savait pas, je comprends qu'il ait été surpris : en France, on n'a pas l'habitude de se faire braquer par un élu du peuple. Enfin, pas au sens propre, en tout cas. Il m'a demandé ce que j'appelais la fin de journée, je lui ai dit que ça dépendait, que mon père pouvait parfois rentrer après 21 heures. Il a soupiré, et j'ai vu qu'il allait partir.

Sauf que moi, je ne voulais pas qu'il parte ! Je ne sais pas bien pourquoi, sûrement à cause de ce que j'avais vu la veille. En fait si, je sais exactement pourquoi : j'espérais le faire parler de ce qui s'était passé, de ce que mon père lui voulait. Je lui ai proposé de rester pour l'attendre, prétendant que les maires n'avaient pas vraiment d'horaires, qu'il arrivait à mon père de rentrer beaucoup plus tôt, et qu'il pourrait peut-être même être là dans la demi-heure (il était à peu près 5 heures et demie, autant dire que j'ai menti effrontément).

Elias a un peu hésité, et j'ai vu qu'il avait du mal à détacher les yeux de la tartine entamée que j'avais à la main. J'ai donc sorti l'argument qui tue : « D'ailleurs, c'est l'heure du goûter ! Si tu veux, je te prépare une tartine et un chocolat ! » Je peux dire sans me vanter que l'argument a porté. On s'est retrouvés dans la cuisine, assis face à face, à manger en silence. Au bout d'un moment, comme il ne disait rien, j'ai essayé d'engager la conversation en posant des questions. Une vraie tannée. Il répondait un mot, parfois deux, et replongeait dans le silence. J'ai appris son nom et qu'il avait eu un accident de voiture. C'est à peu près tout. Malgré toute la subtilité et tout l'arsenal de ruses et de finesses que j'ai déployés, je n'ai pas réussi à lui faire cracher ce qu'il trafiquait avec mon père (« des affaires », trois syllabes, presque un record !), ni d'où il venait, ni rien. La seule chose qui est sûre, c'est qu'il crevait la dalle. Il s'est enfilé tout un paquet de pain de mie avec du Nutella, et trois grands verres de chocolat froid.

Je commençais à regretter de l'avoir fait rentrer. Il était aussi amical qu'une clé à molette, puait la transpiration, et je me voyais de plus en plus mal passer toute la soirée avec lui en attendant que mon père rentre. Surtout, je m'apercevais que je ne le connaissais pas, ce mec. Qu'est-ce qui m'était passé par la tête ? Faire entrer dans ma cuisine un grand Noir tout déchiré de partout avec un accent de banlieue à couper au cran d'arrêt ! Toutes les histoires (vraies pour la plupart) qu'on raconte pour faire peur aux filles me revenaient en mémoire et je me mettais presque à flipper. J'ai entamé une sorte de marche arrière pour le pousser à partir. J'ai tenté de lui suggérer habilement qu'il aurait aussi vite fait d'aller voir mon père directement à la mairie, ce à quoi il m'a répondu d'un seul regard, éloquent, en désignant ses fringues. Effectivement, je voyais mal le gars de la sécurité le laisser passer dans cet état. Je lui ai demandé s'il n'avait pas d'habits de rechange, et il m'a répondu que si mais qu'ils étaient trop loin, qu'il ne pouvait pas y aller à pied. Et là, moi, telle la grosse gourdasse que je suis, voyant l'occasion de le faire sortir de chez moi, je lui ai proposé de l'emmener chercher ses fringues à scooter.

Voici donc la situation : moi, frêle jeune fille de bonne famille encore drapée de son innocence virginale, je propose naïvement à un inconnu qui (si l'on en croit le JT) présente toutes les caractéristiques du voleur de mobylettes ou, pire, de l'organisateur de tournantes, de faire un tour ensemble jusqu'à chez lui (c'est-à-dire jusqu'à un lieu qui craint) sur mon scooter flambant neuf. Évidemment, il me répond d'accord. Qu'est-ce que je peux être conne parfois !

Mais heureusement il y a un dieu pour les frêles jeunes filles de bonne famille et, si je suis là pour écrire ces lignes, c'est que tout s'est bien passé.

J'ai bien essayé de prétendre que j'allais manquer d'essence ou que je ne savais plus où était mon deuxième casque, mais ça n'a pas tenu une seconde quand je l'ai emmené au scooter : les deux casques étaient accrochés au guidon et le réservoir était plein. Nous sommes donc montés sur le scoot, lui derrière, tout près de moi, dégageant une chaleur animale assez répugnante compte tenu de la violente puanteur qui émanait de lui, et on a filé droit vers... Ury !

Ury... Le petit village innocent où le concept même de cité craignos semble aussi improbable que l'existence d'un troupeau de girafes. En fait, Elias ne m'a pas emmenée chez lui : il m'a emmenée jusqu'à sa voiture, une vieille Renault Express toute poucrave qui était échouée à la sortie du péage. Il a fouillé l'arrière de la bagnole et en a tiré un sac de sport visiblement plein de vêtements. J'ai pensé qu'il allait changer d'habits sur place, j'espérais même qu'il prenne sa voiture et se débrouille tout seul pour la suite mais, après un moment d'hésitation, il m'a demandé si je pouvais l'emmener à des douches publiques. Je n'ai pas pu m'empêcher de rigoler. Je lui ai dit qu'à ma connaissance il n'y avait pas ce genre d'équipements à Fontainebleau, que tout le monde avait une salle de bains chez soi. Comme j'ai vu qu'il ne trouvait pas ça drôle, j'ai tenté de me rattraper aux branches... et je lui ai proposé de venir se doucher chez MOI !!! Incroyable !! J'aurais pu lui dire d'aller à la piscine, ç'aurait été une chose intelligente à faire, je m'en serais débarrassée sans être impolie, il serait revenu plus tard parler à mon père, et voilà, fin de l'histoire... Mais non, il a fallu que je l'ouvre une fois de plus. « Allez, viens te mettre à poil chez moi, mais n'y vois aucun sous-entendu surtout ! » Si j'avais été seule, je me serais donné des baffes. Encore une fois, il a dit d'accord. Même pas de scrupule pour la forme, même pas de « mais t'es sûre que ça ne va pas déranger ? », juste un « d'accord » sans possibilité de rétractation de ma part. Il est remonté sur le scooter (quand il me demandait de l'emmener aux douches publiques, ce n'était pas une image, il ne voulait pas dire le guider mais bien le transporter, car naturellement sa voiture était en panne...), et on est retournés à la case départ, c'est-à-dire chez moi.

Je lui ai indiqué ma salle de bains, je lui ai filé une serviette, et je l'ai laissé se débrouiller. Pendant qu'il était sous la douche, j'ai appelé Frédéric pour qu'il vienne me rejoindre. Si je devais encore me taper deux heures en compagnie de Banlieue Man, je préférais ne pas être seule. Ça me rassurait d'imaginer Frédéric à mes côtés. Pour une fois, il a décroché son téléphone. Je lui ai expliqué la situation, et il m'a promis de venir dès qu'il pourrait (il était tout seul au cybercafé de ses parents et attendait que sa mère revienne de faire des courses).

Au bout d'un petit quart d'heure, Elias est apparu à la porte de la cuisine, où je m'étais installée pour l'attendre en espérant qu'il n'en profite pas pour voler des trucs dans la maison. Il était torse nu, et...

Franchement, je dois dire que ce mec est une pure statue. Je pouvais voir chacun de ses muscles, son ventre en plaque de chocolat (forme ET couleur !!), ses pectoraux, ses épaules... Il restait quelques gouttes d'eau qui brillaient sur sa peau, je l'ai trouvé sublimissime. Oui, voilà, je suis une midinette, d'accord, j'avoue ! Mais il fallait le voir ! J'ai dû faire un effort conscient pour ne pas me mordre la lèvre inférieure en poussant un petit gémissement comme toutes ces bimbos dans les séries.

Il m'a demandé si j'avais des pansements. Je lui ai dit que oui et j'ai senti que ma voix était un peu tremblante. Quand je disais que j'étais une midinette ! Je suis allée trouver la trousse de premiers soins dans l'armoire à pharmacie de mes parents. Il avait une grosse coupure sur la nuque qui saignait un peu, quelques-unes sur les mains, les bras, le torse, et ses pansements du visage étaient à moitié décollés. Quand il m'a pris la boîte, j'ai vu qu'il avait du mal à bouger la main. Dans la boîte, il y avait un rouleau de pansement, mais il n'arrivait pas bien à le prendre. Je me suis dit qu'il ne réussirait jamais à le découper, alors je lui ai demandé s'il voulait que je l'aide. Il m'a regardée et tout de suite je me suis sentie rougir. Mon cœur s'est mis à battre la chamade, je sentais des picotements partout... Non mais c'est dingue, ça ! C'est pas possible d'être aussi émotive !

Enfin bref...

Je ne sais pas ce qu'il a perçu de mon... « trouble » (j'ai l'impression d'écrire comme Jane Austen !), mais je me suis appliquée à ne pas baisser les yeux et à garder un air neutre malgré la chaleur de mes joues. C'était héroïque, vraiment.

Son regard me liquéfiait sur place, je ne sais pas comment j'ai tenu bon. Enfin si, je sais : ça n'a même pas duré deux secondes. Il m'a juste dit d'accord (il dit toujours « d'accord », mais ça sonne plutôt comme « djiaccord ») et m'a donné la boîte de pansements. Stoïque, j'ai sorti la bande, j'ai pris des ciseaux, j'ai découpé un morceau, et il m'a tendu la main... Pas pour prendre le pansement, mais la paume vers le bas, pour que je le colle sur sa plaie !

Ça a été LE moment érotique de mon existence ! Adieu, Damien sous la tente ! Adieu, l'inconnu déguisé en momie à la soirée de Frédéric ! Adieu, Mélanie qui se passe du savon sur les seins en me regardant ! Adieu, un an de pelotage avec Christophe ! Adieu, tous mes anciens émois ! Voici le Moment Érotique N° 1 !

Pas un mot n'a été prononcé. Il me tendait telle ou telle partie de son (superbe) corps, et moi je lui collais un bout de pansement. Je faisais durer le plaisir. J'ai pris du coton et de l'alcool à 90°, et je nettoyais chaque petit bobo qu'il me montrait avant de le panser. Je le voyais se crisper quand ça piquait un peu, je l'entendais qui aspirait de l'air entre ses dents quand ça piquait beaucoup, et il a même laissé échapper un genre de petit râle quand je me suis attaquée à la grosse entaille qu'il avait sur la nuque. Ça me rappelait quand j'étais petite et que ma mère me faisait des bisous sur les endroits où je m'étais fait mal.

Je bouillonnais. Je me demande comment j'ai pu trouver sa chaleur répugnante sur mon scooter. Je me tenais beaucoup plus près de lui que nécessaire. Sous prétexte d'accomplir ma tâche avec précision, j'approchais mon visage, j'approchais mon corps, je respirais un peu plus fort pour qu'il sente mon souffle. À plusieurs reprises, j'ai laissé glisser une mèche de cheveux sur sa peau. C'était beau, cette blondeur sur sa peau noire.

Mais j'étais vachement dans la maîtrise. J'étais très consciente de ce que je faisais. J'en profitais certes, j'étais émue et je prenais du... oui, du plaisir à cette proximité, mais en fait je voulais aussi provoquer quelque chose chez lui. Fendre sa carapace. Qu'il me désire, autant le dire. En y réfléchissant je me dis que c'était peut-être un jeu dangereux, qu'à trop allumer les gens ils finissent par s'enflammer, mais... Je crois que, s'il avait posé la main sur moi, je me serais laissé faire. Si j'essaie de voir cette histoire de l'extérieur, de sortir de moi pour m'essayer à l'objectivité, je vois bien ce que ça a de dingue, mais j'avais envie de lui, point. Il n'y a rien à dire de plus. En tout cas, il n'y a rien à expliquer. Le simple fait d'y repenser maintenant me noue le ventre.

D'autant plus que je l'ai fendue, sa carapace ! Déjà, il n'y avait qu'à entendre le silence qu'il y avait entre nous, il n'y avait qu'à voir le cérémonial, les regards... La façon dont il me regardait quand il exposait une nouvelle partie de son anatomie à mes soins... Cette espèce d'autorité naturelle... C'était irrésistible. Au sens propre : impossible de résister. Il observait mes mains poser le pansement, puis il levait les yeux vers moi et me clouait du regard en montrant juste une autre blessure... Le moment le plus électrique, ça a été quand il m'a tendu sa pommette. C'était comme s'il m'invitait à l'embrasser. Je crois qu'à un moment nos visages ont dû être à moins d'un centimètre l'un de l'autre. C'était clairement autre chose qu'un simple boulot d'infirmière.

Il le savait, je le savais.

Et quand tout a été fini, après que je lui ai posé le dernier bout de pansement sur sa dernière mini-égratignure, je me suis reculée, je l'ai regardé, et là j'ai é-cla-té de rire ! Il était littéralement couvert de pansements ! Des tas de petits rectangles roses sur sa peau noire, au moins une vingtaine ! Il s'est regardé dans la porte du frigo (ma mère a acheté un frigo à l'américaine dont les portes sont des miroirs) et a éclaté de rire aussi ! Fendue, la carapace ! Désintégrée !

Et soudain, il s'est enfin intéressé à moi. Il m'a demandé de sa voix rauque (oui, je sais, j'en rajoute, mais il a réellement une voix rauque, et chaude, et... bon, j'arrête), il m'a demandé de sa voix rauque, disais-je, deux points ouvrez les guillemets : « C'était pas ton anniversaire y a deux jours ? »

J'étais scotchée ! Il me posait une question ! Et quelle question ! Je me serais attendue à tout sauf à ça ! Comment pouvait-il savoir ? Il a dû voir que ça me la coupait, parce que, avant que j'aie eu le temps de raccrocher les wagons, il a continué : « Ton copain, il m'a acheté d'la ganja pour toi, non ? » Il se rappelait de moi ! J'aurais jamais cru ça possible ! Bien sûr, je me suis empressée de lui dire que Frédéric n'était pas mon copain, mais un copain. Il vaut mieux être claire sur ce genre de choses. Enfin, pas toujours mais là, si.

Et c'est juste à ce moment-là que Frédéric est entré sans frapper. Je ne peux pas lui en vouloir : j'ai mis des mois à le persuader de faire comme ça. Quand je sais qu'il va venir, je déteste avoir à surveiller le niveau sonore de la musique pour être sûre de l'entendre sonner à la porte, et je déteste encore plus être obligée de descendre l'escalier et traverser la maison alors qu'on va remonter de toute façon. Mais quand même, il a bien choisi son moment, le con.

Petit silence gêné quand il a vu Elias torse nu avec ses pansements, et moi assise en face de lui toujours avec les ciseaux et la trousse de premiers soins dans la main. Autant dire que la température ambiante a connu une chute brutale. Fred a dit « salut » sur un ton formel, il a serré la main d'Elias, j'ai fait les présentations sur un ton super enjoué, et on est restés là quelques secondes comme trois nains de jardin à se regarder sans rien dire. C'est Elias qui a bougé le premier en se levant pour aller chercher ses affaires dans la salle de bains. Je suis restée seule dans la cuisine avec Fred, qui tirait vraiment une sale tronche. Il a dit « Ben ça va... Je vois que t'as pas besoin de moi ! » et j'ai perçu sa colère, et je me suis sentie coupable, et je ne savais même pas de quoi je me sentais coupable ! C'est pas comme si Fred était mon mec, merde ! Et pourtant il est arrivé à me donner l'impression qu'il m'avait prise en flag de le tromper ! J'ai essayé de noyer le poisson en m'excusant de l'avoir fait déplacer pour rien mais que j'avais eu peur et que je ne pouvais pas prévoir. Il m'a répondu sèchement « non mais c'est pas grave, hein, tu fais ce que tu veux, t'es grande ».

Quand il m'en veut, Frédéric sait très bien faire passer dans sa voix tout ce qu'il retient dans ses mots. C'est comme s'il parlait avec des sous-titres. Et là, clairement, il me disait que j'étais qu'une gamine qui faisait n'importe quoi. Dans ces moments-là, je me demande vraiment pourquoi je continue à m'investir dans cette amitié. Au lieu de m'accepter telle que je suis, j'ai l'impression qu'il me juge, comme s'il me regardait depuis une chaise d'arbitre. Et ce qui est horripilant avec lui, c'est qu'il arrive à lire en moi. Je suis certaine qu'il a vu sur mon visage que quelque chose s'était passé... Et pourtant, concrètement, si je m'en tiens strictement aux faits, rien ne s'est passé ! Il a dû s'imaginer qu'Elias m'avait embrassée ou quelque chose comme ça, mais je résisterai à la tentation de le détromper sauf s'il me pose clairement la question. D'abord parce que ça ne le regarde pas. En tout cas, pas s'il a décidé de me noter, ou de me montrer que j'ai tort a priori. Je veux bien tout lui dire, mais à condition qu'il m'écoute en ami, pas en moralisateur.

Dire « non, il ne m'a pas embrassée » ne répondrait pas à sa question, et en plus, ça n'est pas ça l'important parce qu'en réalité je me sens comme si Elias m'avait embrassée.

Elias est redescendu avec son sac. Il avait mis un haut de survêtement, mais ça n'a pas empêché Fred de lui lancer ce que j'appellerais un regard hostile. Je m'apprêtais à passer un mauvais moment, avec encore des silences et moi qui me forcerais à trouver des sujets de conversation. J'étais à moitié en train d'espérer qu'Elias décide de partir pour revenir plus tard, quand ma mère est entrée à son tour.

Comme à son habitude dès qu'elle rencontre quelqu'un de nouveau, elle a été en-chan-tée de faire la connaissance d'Elias. Je dis « faire la connaissance », mais je pense que c'est surtout Elias qui a appris à la connaître. Elle lui a évidemment proposé de rester dîner en attendant que mon père rentre, et à partir de cette minute elle n'a plus fermé son moulin à paroles. Elle a animé toute la soirée en déroulant un interminable monologue super embarrassant, posant des questions sur les origines d'Elias, partant dans des discours sur la faim dans le monde, l'état de l'Afrique, les habitants des banlieues qui ne savent pas la chance qu'ils ont, le racisme, les « jeunes » qui sont tellement forts en sport... J'avais envie de l'étrangler. Elle s'écoutait parler, elle s'écoutait répéter son texte par cœur, elle était complètement autocentrée.

C'est de pire en pire, il faudrait qu'elle se fasse soigner !

J'ai trouvé qu'Elias restait très calme. Il ponctuait ce que disait ma mère de mh-mh, et quand, de toute évidence, il ne partageait pas son opinion, il changeait simplement le ton du mh-mh. Subtilité que ma mère, trop occupée à admirer son discours et à se vautrer dans les lieux communs, était bien loin de vouloir entendre. Frédéric s'est éclipsé avant qu'on passe à table, et moi j'ai écouté ma mère soûler Elias jusqu'à pas d'heure. J'ai bien essayé de glisser un mot ou deux pour nuancer les choses, mais je ne recueillais que des « oui, ma chérie » indulgents et faux-derche avant qu'elle ne reparte de plus belle dans sa déblatération congénitale.

Quand mon père est arrivé, il était 9 heures et demie passées, je n'en pouvais plus. La tête qu'il a faite en découvrant Elias dans la cuisine ! C'était spectaculaire, je ne l'avais jamais vu aussi stupéfait. Maman, évidemment n'a rien remarqué et je suis certaine qu'elle ne sait rien de la nature de leur « collaboration ». Quand mon père s'est ressaisi, il n'avait pas l'air super jouasse. Il lui a parlé très froidement (ce qui est encore passé complètement au-dessus de la tête de ma conne de mère), et l'a emmené dans son bureau. Je les aurais bien espionnés pour savoir au juste ce qui s'était passé mais, avec ma mère dans les parages, c'était un peu délicat.

Alors me voilà dans ma chambre, à écrire dans mon journal en tendant l'oreille pour essayer de distinguer quelques mots, mais tout ce que j'arrive à entendre à travers les cloisons, c'est un bourdonnement étouffé. De quoi peuvent-ils bien parler ? Est-ce que finalement papa va avoir besoin d'Elias pour ses fameux « menus travaux » ?

Si Elias pouvait être là aussi souvent que Fisher...

ENTRETIEN D'EMBAUCHE

Assommé par la tchatche hallucinogène de cette conasse de geoibour et par la gamelle de bouffe qu'elle lui avait servie, Elias flottait béatement aux portes du sommeil, oublieux de tout.

Il avait été ramené à la réalité par l'arrivée de son employeur dans la cuisine familiale.

Elias savait qu'il courait un risque en revenant. Mais quand il avait repris connaissance en salle de réanimation, bandé, perfusé, et fracassé de partout, il n'avait pas beaucoup hésité. Il n'avait nulle part où aller, personne qui puisse l'aider, et sa voiture était morte. Il ne valait pas mieux qu'un chien errant. Il avait conclu que le moment était venu de jouer le tout pour le tout. Comme « le tout » n'était pas grand-chose en ce qui le concernait, le risque était acceptable. Il comptait sur le fait que le toubab – qui ne l'avait pas donné aux flics la veille alors qu'il avait toutes les raisons de le faire – avait sûrement besoin de lui. Il espérait surtout que cet homme serait impressionné par son cran et qu'il le reconnaîtrait comme un des siens, à la manière primitive qu'ont les hommes de se reconnaître. Car Elias savait une chose : n'importe qui à sa place aurait fait en sorte de disparaître. Revenir était une démonstration de force.

À présent, il se tenait dans le bureau qu'il avait tenté de cambrioler l'avant-veille. Face à lui, assis dans son fauteuil de cuir, Robert tapotait son sous-main en cuir avec le bout d'un coupe-papier gainé de cuir. Elias, la bouche sèche et le cœur tapant contre les côtes, attendait.

— Qu'est-ce qui s'est passé ?

Le ton était froid, mais pas forcément hostile.

— On a eu un accident d'voiture. Quand on est r'venus. La route était glissante, et on est partis en cacahuète.

— Fisher. Il est où ?

— Fisher, c'est celui qu'était avec moi ?

Hochement de tête de Robert. C'était maintenant qu'Elias sautait dans le vide.

— On s'est pris un pont, il a traversé l'pare-brise et il est tombé à la flotte, c'est tout ce que je sais.

Robert observa un moment de silence. Elias pouvait voir les muscles de sa mâchoire former des boules noueuses sous les oreilles.

— Qui est-ce qui conduisait ?

— Moi.

— T'as pas essayé de le repêcher ?

— J'ai pas pu, chuis tombé dans les vapes.

Nouveau silence de Robert.

— Et qu'est-ce qui s'est passé ensuite ?

— Chuis pas sûr. Ch'crois bien qu'un mec m'a sorti de la caisse et m'a emm'né à l'hôpital. Mais j'étais trop à l'ouest pour tout imprimer. J'me suis réveillé tt'à l'heure à l'hôpital, et voilà, chuis v'nu vous voir.

— Et Fisher n'était pas avec toi à l'hôpital ?

— Non, j'crois pas. Mais chuis parti en loucedé alors j'ai pas regardé partout.

— Tu sais où est l'argent ?

Il fallut une seconde ou deux à Elias pour comprendre de quoi parlait Robert.

— Vous voulez dire heu… la mallette ? Elle doit être dans l'coff de la voiture. C'est là que m'sieur Fisher l'a mise.

— Et où est la voiture ?

— Ch'ais pas. P'têt qu'elle est toujours dans l'pont. Ch'ais pas.

— C'était quoi comme voiture ?

— Une Merco. Classe S. Gris argenté.

— Tu m'as dit que c'était quel pont ?

— J'vous ai pas dit de pont, ch'ais pas. Un pont au-d'ssus de la rivière, quoi. Juste quand on sort d'la ville.

Robert se remit à tapoter son sous-main avec son coupe-papier. Il ouvrit un répertoire relié de cuir, posa son doigt sur un numéro, et décrocha son téléphone.

« Tout est en cuir dans ce ghetto », pensa Elias. Le style, c'était la même chose partout. Dans sa cité, le cuir était une référence incontournable. Il valait mieux avoir un fauteuil en cuir dont les ressorts défonçaient le cul qu'un canapé confortable en tissu. Elias aussi aimait le cuir et reconnaissait son pouvoir d'attraction. Mais depuis qu'il avait laissé pourrir une côte d'agneau dans sa voiture deux semaines auparavant, il retrouvait cette odeur écœurante sur tous les objets en cuir.

— Oui bonjour, je voudrais savoir si on vous a signalé une Mercedes accidentée hier ou aujourd'hui ?

Robert jeta un regard à Elias pendant la réponse de son interlocuteur et reprit d'un ton hésitant :

— Heuuu oui…

Nouveau regard à Elias. Puis sur un ton plus assuré :

— Bon, d'accord… Enfin, ça coûte rien d'essayer, hein ? Hahaha… Voilà… Merci, au revoir !

Il raccrocha.

— Le propriétaire de la Mercedes a signalé le vol.

Le flic que j'ai eu pensait que c'était encore lui qui appelait. Ils n'ont pas trouvé la voiture, et elle n'est pas à la fourrière. Ça signifie qu'elle s'est volatilisée… Comment t'expliques ça ?

— Moi j'esplique rien du tout ! J'vous ai dit, j'étais sonné, j'ai rien vu.

Robert posa ses coudes sur son bureau et joignit ses mains sous son menton.

— Pourquoi t'es revenu exactement ?

— Paske chuis pas un rat. Ch'quitte pas l'navire.

— T'es pas un rat, hein ? Et tu t'attends à ce que je t'applaudisse ? À ce que je t'accueille comme mon fils pour avoir perdu tout mon fric et foutu mon associé à la baille ? Tu crois que j'ai envie de t'avoir devant moi alors que t'as tout foiré ? Tu crois que ça me plaît de voir ta sale gueule de…

Elias serrait les poings. Il savait que le mot que Robert venait de ravaler était une insulte raciste. La colère coulait dans ses veines, acide. Il pouvait éclater ce petit Gaulois d'une pichenette. Mais il se contrôlait.

— C'est quoi, ton nom ?

— Elias.

— Alors qu'est-ce que tu proposes, Elias ? T'es venu avec une solution ou t'es juste un putain de gros problème supplémentaire ?

Il n'y avait rien à répondre. Robert recula dans son fauteuil.

— Voilà ce qu'on va faire. Je considère que tu es mon débiteur. Tu sais ce que c'est, un débiteur ?

— Un mec qu'a une dette.

— Exactement. Tu as une dette. Une énorme dette. Alors je te fais une faveur : je te donne les moyens de la rembourser. Pas entièrement, hein, t'arriveras jamais à t'acquitter entièrement de ce que tu me dois. Mais tu peux toujours essayer. Dans cette mallette que vous êtes allés chercher hier, il y avait trois cent mille euros. Tu te débrouilles comme tu veux, mais ces trois cent mille euros, tu vas me les retrouver. Je me fous de savoir où tu les déniches, je veux voir cet argent sur mon bureau avant Noël. Tu vois, je suis sympa, je te donne un délai.

Elias ne savait pas vraiment à quoi il s'était attendu, mais pas à ça. Il avait plus ou moins occulté la mallette en pensant que, si elle avait vraiment eu de la valeur, il n'aurait pas été mis dans le coup pour un premier boulot. Il n'avait aucune idée de la façon de trouver trois cent mille euros. S'il avait su où se procurer une telle somme, il ne serait pas en train de s'humilier pour trouver un job.

Le ton de Robert impliquait une menace, mais Elias n'oubliait pas qu'il était là de son plein gré et qu'il pouvait – au moins théoriquement – disparaître quand il le voulait.

— Sinon quoi ? demanda-t-il.

— Sinon, je te tue, Elias.

Elias connaissait ce ton chez Robert, cette lueur dans son regard. Il lui avait déjà parlé comme ça deux jours plus tôt. Et Fisher aussi, dans la Mercedes. C'était l'intonation d'un homme qui pensait ce qu'il disait. L'intonation d'un homme qui avait déjà tué.

Elias était glacé. La partie logique de son cerveau lui disait qu'il ne risquait rien, qu'aussitôt qu'il aurait franchi le seuil de la porte il serait libre, hors de portée ; mais une autre partie de lui, plutôt située au niveau des entrailles, était persuadée que Robert le retrouverait où qu'il soit. Comme pour confirmer cette certitude, Robert se leva et prit sur son étagère un appareil photo polaroïd. Il le braqua sur Elias et appuya sur le déclencheur. Flash. Robert attrapa la photo et commença à la secouer pour qu'elle sèche.

— Tu sais que je suis le maire de cette ville ? Ça veut

dire que j'ai du pouvoir sur la police. Si tu disparais, je peux transmettre cette photo à tous les commissariats de France. Tu ne pourras plus montrer ta tête nulle part sans qu'on t'arrête. Je veux de tes nouvelles tous les jours. Si un matin je me réveille en me disant « tiens, je n'ai pas vu Elias hier », je diffuse ce joli portrait de toi sur tout le territoire. Et quand on t'arrêtera, je viendrai te chercher moi-même. Tu m'as compris ?

Elias hocha la tête.

— Bon, alors tu peux disposer.

Robert se leva et s'approcha d'Elias comme pour lui serrer la main, à la place de quoi il lui mit son poing dans l'estomac. Elias eu le souffle coupé.

— Ne t'avise pas de me décevoir, lui souffla Robert à l'oreille.

Il se dirigea vers la porte du bureau, l'ouvrit, et Elias la franchit.

— Je ne te raccompagne pas, tu connais le chemin.

Elias marcha dans le couloir jusqu'à l'entrée et posa la main sur la poignée. La voix de Robert l'arrêta :

— Au fait… mon nom, c'est Robert Martin. Mais tu peux m'appeler Monsieur.

Elias fit pivoter la poignée et sortit.

Il referma derrière lui, descendit les marches du perron et avança dans la cour, faisant crisser le gravier sous ses pieds. L'air était doux. Plusieurs kilomètres de marche le séparaient de sa voiture. Son genou maintenu par son bandage ne lui faisait presque plus mal, et il avait eu un vrai repas pour la première fois depuis deux jours. Avec un peu de chance, cette marche ne serait pas trop désagréable.

En atteignant la grille, il entendit une fenêtre s'ouvrir à l'étage.

— Elias ! Pssst ! Elias !

C'était la fille.

— T'as oublié ton sac ! Je te le descends !

Elle referma la fenêtre et disparut. Elias patienta, ne sachant pas quoi faire de ses mains. Cette fille l'avait carrément allumé tout à l'heure. C'était une vraie chaude, pas de doute là-dessus (et elle lui avait filé une belle gaule) mais il n'avait pas l'intention de se compliquer encore la vie en asseyant la fille de son employeur sur sa teub. D'autant plus qu'il la devinait pucelle. Quelque chose dans la façon dont elle avait tripé juste en le touchant du bout des doigts le montrait clairement.

Elle arriva de derrière la maison, pliée en deux sous le poids du sac de sport d'Elias.

— Qu'est-ce que tu transportes là-dedans ? Une enclume de voyage ?

Il prit le sac sans répondre. Cette fille le rendait nerveux. Ils restèrent un moment debout face à face. Elias pensa qu'il fallait dire quelque chose.

— Merci.

— De rien. Tu veux que je te raccompagne en scoot ?

Elle chuchotait. Ses parents – son père en tout cas – ne seraient probablement pas très d'accord de voir leur fille partir avec lui sur son scooter.

— Non ça va. J'vais marcher.

— Non mais dis-moi, ça me dérange pas ! Tu vas où ?

Il n'avait pas l'intention de lui expliquer qu'il allait passer la nuit dans sa voiture mais il manquait d'une réponse toute prête.

— Ch'ais pas, à l'hôtel…

— T'as nulle part où dormir ?

— Si si, j'ai des zipotes.

— Des quoi ?

— Des potes.

— Alors pourquoi tu vas à l'hôtel ?

— Mais ch'aiiis pas, vas-y lâche-moi ! J'vais pas sonner maint'nant chez les gens, c'est booon !… D'façon faut q'j'récupère ma caisse.

— Ça va, le prends pas comme ça…

— ’ttends, c’est bon ! dit encore Elias, toujours agacé mais à mi-voix, sans vraiment s’adresser à Rachel.

Ils restèrent encore un moment silencieux.

— Bon, je t’emmène à ta voiture ou quoi ?

Elias soupira bruyamment.

— Allez vas-y, OK, lâcha-t-il finalement. Mais t’arrêtes tes questions.

— J’arrête mes questions. On se retrouve devant.

Elle alla chercher son scooter dans le garage et rejoignit Elias sur le trottoir. Elle coinça le sac de sport entre ses jambes, fit monter Elias à l’arrière, et ils filèrent dans la ville. Arrivés sur la départementale, après le rond-point de l’obélisque, ils furent soudain cernés par l’obscurité. Elias avait horreur du noir. Là où il avait grandi, les lumières ne s’éteignaient jamais. Perdu au cœur de la nuit, fouetté par le vent, n’apercevant que quelques mètres de bitume éclairés devant le phare du scooter, il se sentait vulnérable. Il éprouvait la sourde menace de la forêt qui l’entourait. Il avait beau écarquiller les yeux, il ne voyait rien d’autre que les troncs gris des arbres les plus proches. Derrière ces arbres, le néant. Il ferma les yeux et attendit de sentir les lumières du village derrière ses paupières pour les rouvrir.

La fille le déposa devant son Express avachie.

— Tu vas arriver à la faire démarrer ? demanda-t-elle.

— Ouais, t’inquiète.

— Je peux rester là en attendant d’être sûre…

— Hé, tu t’es prise pour ma mère ou quoi ? dit Elias avec un léger sourire.

Elle rit. Elle avait un rire clair, comme le clapotis de l’eau dans un caniveau.

— OK, je te laisse, dit-elle en s’approchant de lui.

Elle se hissa sur la pointe des pieds, s’appuya sur ses épaules, et lui déposa un baiser sur la joue.

Un seul.

— Je m'appelle Rachel.

— Eh ben, t'as d'aut' manières que ton reup.

Elle enfourcha son scooter, et se lança sur la départementale sans un regard en arrière. Elias la vit disparaître dans la nuit.

Il porta la main à sa joue.

VENDREDI 12 DÉCEMBRE 2003

Le concubin violent condamné

« Mon client était comme un enfant qui voulait jouer au cow-boy et à l'Indien. » C'est ce qu'a plaidé l'avocate du prévenu, qui comparaissait au tribunal correctionnel de Fontainebleau. [...]

Dans la nuit [...] il s'était emparé d'un bâton et s'était approché, menaçant, du lit où sa compagne s'était réveillée en sursaut. [...] La jeune femme [...] avait été précipitée dans les escaliers. L'homme l'avait ensuite attrapée par les cheveux et avait tenté de l'étrangler. [...]

LA SUBTILE MÉCANIQUE DU HASARD

Il n'était plus question de parler des trois cent mille euros à Catherine.

François était resté figé dans la cuisine du vieux libraire à fixer sa femme pendant qu'elle se faisait sauter par un autre. Terrassé par une émotion complexe, à mi-chemin de la rage et du désespoir, il avait observé le visage chaviré de Catherine pendant que le maire la possédait. Ses joues roses, ses yeux mi-clos, sa bouche entrouverte… Il l'avait vue articuler « plus fort, plus fort », agripper les rebords du bureau, se cambrer… Depuis quand se cambrait-elle pendant l'amour ? À croire qu'elle prenait la pose. À chaque coup de rein du maire, François sentait ses propres muscles se contracter comme s'il encaissait un coup de poing. Après quelques minutes, Robert Martin s'était retiré et Catherine s'était mise sur le dos, prête à le recevoir encore. Robert lui avait empoigné les seins à travers son chemisier, et François avait pris congé du libraire après lui avoir glissé : « Vous avez bien de la chance, pas besoin d'Internet avec une vue pareille. » Il n'était pas certain que l'autre l'ait entendu.

À son retour chez lui, sa fille Nathalie l'avait informé que Catherine rentrerait plus tard car elle dînait avec ses copines de la danse. Frédéric et Nathalie avaient préparé le dîner. François s'était installé à table avec eux et avait mangé sans appétit, répondant sommairement aux questions qu'ils lui posaient sur son accident.

— Et pourquoi t'as recouvert la voiture de tissu à fleurs ? avait fini par demander Frédéric d'un ton goguenard.

— Parce qu'elle n'est pas à moi, et que je ne voudrais pas qu'on imagine que je l'ai volée. C'est tout ce que j'ai trouvé pour la cacher. Déjà, je ne sais pas ce que la police croira dans mon histoire… Je vais les voir demain, il faut que je réfléchisse à ce que je vais leur dire.

— Ben, t'as qu'à leur dire la vérité ! s'était exclamée Nathalie.

Évidemment, ça tombait sous le sens. La vérité était toujours plus simple. Il fallait toujours commencer par là. Même en allant effectivement le lendemain tout avouer à la police, François s'en sortirait probablement mieux qu'en s'escrimant à couvrir ses mensonges par d'autres mensonges. L'engrenage où il avait glissé le doigt avait toutes les chances de le broyer tout entier. Mais il y avait les trois cent mille euros, et maintenant qu'il avait mis la main dessus il ne pouvait pas se résoudre à s'en séparer. Il les considérait comme siens.

Il les avait même considérés comme leur. L'argent de la famille. La douceur de Catherine le matin même, la sollicitude avec laquelle elle l'avait écouté, la résurgence de cette fibre maternelle qu'il lui avait toujours connue avaient attendri François. Il s'était remémoré l'éclat passé de leur couple, leur joie de faire des enfants, leur ambition d'avoir une vie extraordinaire, leur implication commune dans la start-up… Il s'était souvenu de l'énergie qui les habitait, des regards admiratifs ou envieux des couples tristes qui les entouraient. Pendant des années, ils avaient été rayonnants et tout leur réussissait. C'était la ruine financière qui avait mis leur mariage à terre. Au lieu d'ouvrir la galerie d'art dont elle rêvait, Catherine s'était ouvert les veines. Frappée d'une grave dépression, elle avait passé deux mois dans une clinique psychiatrique privée dont le coût avait achevé d'engloutir leurs dernières économies. La vie n'avait plus jamais été la même.

Mais en trouvant cette manne providentielle dans le coffre de la Mercedes, François avait recommencé à y croire. Il savait que Catherine avait besoin d'un homme entreprenant, qui la faisait rêver et qui avait les moyens de ses ambitions. Pour s'épanouir, elle devait être affranchie des contingences matérielles, n'être plus portée que par ses envies. Elle voulait briller au bras de son mari et le regarder avec fierté. Ces dernières années – miné lui aussi, sinon par la dépression du moins par une lourde déprime –, François n'avait pas été capable de tenir son rang d'entrepreneur, d'amant, d'homme. Il n'osait plus. Il était pétrifié par la peur de se tromper encore une fois. Il n'allait plus jamais au bout de ses idées, les considérait toujours comme trop risquées. Il s'était recroquevillé. Il en souffrait au quotidien, rongé par la culpabilité et considérant que tous les reproches dont le couvrait Catherine, toute la bile qu'elle déversait à longueur de temps étaient en quelque sorte justifiés. Il avait failli. Ces trois cent mille euros pouvaient le remettre en selle, lui permettre de retrouver sa légitimité, sa dignité, de reconquérir Catherine, de la désirer à nouveau et d'être désiré par elle.

Sauf que la fascination de Catherine pour les hommes de pouvoir avait trouvé à s'exprimer par d'autres moyens. Elle se faisait baiser par le sénateur-maire de la ville, accessoirement connu pour être l'une des plus grosses fortunes alentour. Curieuse coïncidence que de découvrir la vérité justement aujourd'hui. Le hasard faisait-il bien ou mal les choses ?

François n'arrivait pas à décider quelle attitude

adopter envers sa salope de femme. Il n'était même pas certain de comprendre ce qu'il éprouvait. Ne se sentant pas en état de lui faire face, il était monté se coucher avant son retour et avait fait mine d'être profondément endormi lorsqu'elle l'avait rejoint deux heures plus tard.

Au matin, François ne s'était pas levé avec elle, prétextant qu'il ne se sentait toujours pas très en forme. Elle avait une fois de plus été adorable, s'était occupée de lui avec tendresse, et ne l'avait laissé que pour aller travailler, après lui avoir préparé des sandwichs au pain de mie pour le déjeuner.

À présent seul, François avait les idées claires. Une nuit passée les yeux grands ouverts à ruminer lui avait permis de voir la situation dans son ensemble. Il se souvenait qu'à leur rencontre, vingt-quatre ans plus tôt, lors de l'anniversaire de sa sœur, Catherine avait éclaté de rire en apprenant qu'il était ingénieur informatique. Elle-même se disait peintre et évoluait dans un milieu d'artistes marginaux. L'idée que des gens puissent réellement pratiquer un métier aussi ennuyeux qu'ingénieur informatique lui avait paru extravagante, voire exotique. D'ailleurs, comme la plupart des gens au début des années quatre-vingt, elle n'avait pas une idée très claire de ce qu'était réellement l'informatique.

Catherine était une fille sublime, tous les hommes et certaines femmes la convoitaient. Elle couchait un peu avec tout le monde sans jamais s'attacher. Piqué par son mépris affiché pour tout ce qui ne relevait pas de la « création », François avait pris la conquête de Catherine comme un challenge. Il avait réussi l'exploit de lui parler d'informatique avec un ton suffisamment visionnaire pour la captiver. Il avait prédit devant elle l'avènement de la domotique et de l'intelligence artificielle, lui avait décrit avec emphase des maisons qui devanceraient les désirs de leurs occupants, des voitures complètement autonomes, l'enseignement à domicile sur écran géant, l'information et la culture accessibles à tous, tout le temps…

— Et tout ça ne se passera pas dans cent ou deux cents ans ! Je te parle de l'avenir proche, des quinze prochaines années !

Il l'hypnotisait et voyait ses grands yeux noirs briller, mais il voulait plus. Il voulait la subjuguer. Littéralement : la mettre sous son joug. Et il savait comment faire.

— En plus, ça paye bien, avait-il dit de l'air détaché d'un joueur de poker qui abat une quinte flush. Je ne suis qu'en début de carrière, et je gagne déjà 35000 francs nets par mois.

La somme était énorme à l'époque, et cette simple phrase avait suffit à la faire tomber amoureuse. Il l'avait vu dans son regard. Le banal désir alcoolisé de fin de soirée s'était soudain transformé en convoitise.

Dès le début, Catherine n'avait aimé que son argent. Il l'avait toujours su et en avait profité. Mais il savait aussi qu'elle n'était pas la seule femme à aimer l'argent. Pourquoi s'encombrer d'une épouse infidèle et tyrannique alors que les rues étaient pleines de femelles esseulées ? Son goût du défi le retenait de la quitter sur-le-champ. Allait-il céder à la facilité en se lançant dans la conquête sans éclat de femmes avides et déçues comme le faisait médiocrement Robert Martin ? Ou allait-il utiliser son nouveau pouvoir sonnant et trébuchant pour reprendre Catherine dans ses rets ? La deuxième solution n'était pas plus glorieuse que la première, car plus que de sauver son mariage, il s'agirait surtout de se venger de l'humiliation en rendant Catherine dépendante de lui. Mais cette solution serait peut-être plus jouissive.

François se souvint qu'il ne s'était pas occupé de sa voiture. Le lieutenant Toulouze n'avait pas rappelé, ce qui signifiait certainement que l'affaire était classée, mais il ne fallait pas lui donner l'occasion de repointer le bout de son nez. François appela son garagiste – René, un homme avec qui il traitait depuis plus de vingt ans et qui était presque devenu un ami – et retourna sur les lieux de l'accident avec lui. La voiture était irrécupérable. Par amitié, René la chargea tout de même sur son camion et la ramena au garage.

— Je pourrai peut-être trouver quelques pièces détachées, dit-il avec un clin d'œil malin. Peut-être que l'allume cigare est intact ! Si ça se trouve j'arriverai même à récupérer un fond de lave-glace encore utilisable ! On ne sait jamais sur quels trésors on peut tomber !

François rit de bon cœur en regardant son copain mécano caser la carcasse concassée de sa Picasso contre un quelconque container. Au milieu des bruits de ferraille de son ancienne voiture, il songea qu'il lui faudrait contacter son assurance, voir combien il pouvait espérer toucher pour un accident sans tiers responsable. Là encore, le mensonge compliquait les choses.

— T'aurais pas une voiture à me prêter en attendant que j'en trouve une autre ?

— Ooh, je dois bien avoir ça. Mais je te préviens, c'est pas le luxe, hein ! Suis-moi.

Il l'emmena derrière le garage et lui désigna une Renault 5 première génération d'une impossible couleur orange. Elle penchait sur la droite et sa carrosserie était percée par la rouille.

— Voilà, c'est tout ce que j'ai !

— Et elle roule ?

— Un peu qu'elle roule ! C'est moi qui l'entretiens ! Elle sent un peu le caca de poule parce qu'elle a passé cinq ans dans la cour de la ferme à mon beau-père, mais elle démarre au quart de poil.

— Bon. Ben je vais la prendre.

— Ah, non, c'est trop tard, intervint une troisième voix.

C'était le fils de René, un jeune homme d'une trentaine d'années qui était aussi grand et mince que son père était petit et trapu.

— J'ai déjà donné Clémentine au monsieur là-bas, dit-il en pointant le pouce derrière son épaule. Mais il me la rapporte ce soir, c'est juste le temps de lui ressouder son carbu. Si vous voulez, on vous la réserve et vous repassez la chercher.

— Ce soir ? D'accord. À quelle heure ?

— Oh, je lui ai demandé de la ramener vers 5 heures... Si vous passez à 6 heures, vous êtes sûr de la trouver.

— Bon, d'accord. À 6 heures alors. Merci !

Il serra la main des deux hommes et contourna le garage pour regagner la rue. Il s'arrêta devant les restes de sa voiture et se pencha pour voir s'il était possible de sauver ses CD. Ne se sentant pas d'humeur à ramper dans l'habitacle, il revint sur ses pas pour demander à René de les récupérer pour lui. Lui et son fils étaient en pleine discussion avec leur client devant la Renault 5 nommée Clémentine. Il s'approcha d'eux. Arrivé à moins de deux mètres il reconnut le client. Malgré ses pansements sur le visage, il n'y avait aucun doute : il s'agissait du grand Noir qui conduisait la Mercedes. Leurs regards se croisèrent.

LA DISSOLUTION D'ÉVA

Et voilà. Finalement je suis revenue. Je pensais vraiment que je ne reviendrais pas. J'avais l'impression d'avoir perdu mon temps… excusez-moi pour ma franchise, mais je suppose qu'on n'avancera pas beaucoup si je me mets à vous mentir… Vous devez avoir beaucoup de clients – ou de patients, c'est comme ça que vous dites, n'est-ce pas – qui ne reviennent pas après la première séance, non ?

En sortant de chez vous, j'ai été happée par ma vie, j'avais la répétition de la chorale pour la messe de minuit, je suis allée récupérer un cadeau que j'avais commandé pour l'anniversaire de Rachel – ma fille – on est allés au restaurant le soir… Le lendemain, j'ai été prise toute la journée par l'opération Pamplemousse… Vous en avez entendu parler ? Il y a des affiches partout dans Fontainebleau. Mais si, vous savez ! Je vous ai dit que j'avais créé une association pour aider les pays du tiers-monde ! Bon, eh bien l'opération Pamplemousse, c'est pour collecter des fonds. On achète des pamplemousses bio en gros, et on les revend au détail. En les achetant, les gens ont l'impression de faire une bonne action, et en plus ils mangent les meilleurs pamplemousses de leur vie !

Bon, enfin, tout ça pour dire que ce n'est qu'hier que je me suis rendu compte que j'avais passé toute la séance à pleurer sur votre divan. Je n'avais pas eu une seconde pour y penser avant. Ou plutôt, pour vous faire plaisir, disons que je *refoulais*… Vous savez, d'une certaine manière, une psychanalyse, c'était juste une activité de plus pour moi. Comme mon club de gym, mes cours de yoga ou de cuisine végétarienne… Je ne pensais pas en avoir besoin, mais comme toutes mes amies ont leur psy – vous savez que c'est Nadine Delaunay qui m'a conseillé de venir vous voir – je me suis dit : « Tentons l'expérience ! ».

Et aujourd'hui, je me suis sentie tellement oppressée… Oppressée par quoi, ça c'est une autre question, mais je ne savais pas à qui m'adresser d'autre que vous…

C'est gentil de m'avoir prise, je ne savais pas si vous auriez de la place. Il faudra qu'on prenne rendez-vous pour la prochaine fois, je pense que ça me rassurerait. Parce que, là, j'avais vraiment besoin de parler.

En ce moment, j'ai l'esprit qui déborde et je me rends compte que je n'ai personne avec qui discuter sérieusement. Enfin, personne à qui me confier sur les *vraies* choses, vous voyez ce que je veux dire ? Pourtant j'en connais, des gens, et je suis bavarde, oh la, la, si vous saviez ! Tout le monde me le répète : je suis un vrai petit moulin à paroles ! Je parle de tout et de rien, j'ai toujours quelque chose à dire. Mais c'est parce que je m'intéresse aux gens. Vous savez, je veux les connaître, alors j'engage la conversation, je pose des questions, enfin je m'intéresse, quoi ! Tenez, pas plus tard qu'hier, mon mari, Robert Martin, le maire de la ville, j'ai gardé mon nom de jeune fille, Kuklinski, c'est lui qui a insisté pour que je ne sois pas dérangée par sa carrière politique sous prétexte que je portais le même nom que lui… enfin, ça n'est pas comme si Martin était un nom tellement exotique qu'il était le seul à le porter, n'est-ce pas, enfin bon, mon mari a invité un jeune homme de couleur à la maison. Probablement un employé de la municipalité, il doit travailler à la voirie ou… Tiens, c'est vrai, ça, j'ai oublié de lui demander… Enfin, on a parlé toute la soirée ! Très intéressant, ce garçon, un jeune de banlieue – il a un de ces accents, vous devriez l'entendre ! –, je pense qu'il a eu une enfance difficile, ça se voit tout de suite même s'il a été très pudique sur le sujet… Mais un garçon bien, très poli, qui a fait honneur à mon repas, on sent qu'il a envie de s'intégrer, vous voyez ? Il n'a rien du voyou malgré son accent. Il ne faut pas se laisser abuser par ce genre de détails. On a l'accent qu'on a ! Quand on est issu d'un milieu défavorisé, c'est vrai qu'on se traîne quelques casseroles, mais avec un peu de volonté on arrive toujours à s'extraire de ses origines. Il se rendra vite compte que son accent est handicapant, et il le perdra ! C'est un garçon courageux, j'en suis certaine.

Vous savez, moi je sens les gens. C'est un don que j'ai : quand je rencontre quelqu'un, je peux tout de suite vous dire quel genre de personne c'est ! Ce garçon d'hier, j'ai immédiatement senti qu'il était sérieux. D'ailleurs, si mon mari l'invite chez nous pour parler affaires, c'est bien qu'il a de l'avenir, ce petit ! Ha ha ha !

Vous voyez, je bavarde, je bavarde… Je viens là parce que j'ai des choses sur le cœur, et finalement je passe à côté.

Mais je ne sais pas par où commencer.

En fait, je ne sais pas de quoi j'ai envie de parler, je ne sais pas ce qui me pèse tant. Je n'arrive pas à…

Excusez-moi, voilà que je me remets à pleurer… Vous allez finir par croire que…

Vous savez, je parle toute seule. La plupart du temps, je ne m'en rends même pas compte. Je dialogue avec une personne qui n'est pas là. C'est comme si je racontais ma vie à quelqu'un d'invisible. Je parle, je laisse un temps pour la réponse, je parle à nouveau… Je pose des questions à voix haute. Parfois, j'invente la repartie de l'autre – mais attention, je ne parle pas à sa place, c'est juste que je perçois le sens global de sa réponse dans ma tête – ou parfois il n'y a que le silence et je tourne en rond sur deux ou trois répliques. Ce matin, dans ma salle de bains, je me suis surprise à répéter pour la je-ne-sais-combientième fois : « Ça va ? T'as pas trop mal ? Ça va ? T'as pas trop mal ? Ça va ? T'as pas trop mal ? » Pas comme ça, n'est-ce pas, pas comme un disque rayé, mais régulièrement. Toutes les trente secondes, je dirais. Et dans ces cas-là, je ne sais même pas à qui je m'adresse ! Je ne sais pas, peut-être que c'est à moi que je parle… De temps en temps, mon mari me surprend et ça nous fait rire. Parce que ça n'est pas très grave en fait, ça n'est pas comme si j'étais folle ou…

Mais j'arrive aussi très bien à garder le silence. Je ne suis pas malade, vous comprenez ? Par exemple, Robert – c'est mon mari – aime le calme. Il ne supporte pas quand je parle à tort et à travers. Eh bien, je me tais. Aucun souci. Dans notre vie de tous les jours, je ne m'adresse à lui que pour des choses essentielles ou pratiques. Dit comme ça, ça peut paraître sinistre, mais ça ne l'est pas. Il y a un tel amour qui circule entre nous… Notre communication passe essentiellement par le silence, la tendresse, les regards échangés. Nous n'avons pas besoin des mots, ils seraient en trop. Un demi-sourire suffit à nous comprendre. Robert est un homme très intelligent, très sensible. Vous savez qu'on a vingt-six ans d'écart ? J'avais vingt ans quand on s'est rencontrés, il en avait quarante-six, et on n'avait absolument rien en commun. Lui, homme politique influent, à la tête d'une grosse entreprise ; et moi, petite Polonaise sans le sou. Et pourtant, contre toute attente, notre union a tenu. Je ne vous avais pas dit que j'étais polonaise ?

Bon, voilà, maintenant vous le savez. C'est Robert qui m'a sortie de Pologne.

Mais on s'en fiche de mon mariage, ce n'est pas pour ça que je suis là.

…

Vous trouvez que je me parfume trop ? Non, je vous demande ça parce que ça fait deux ou trois fois que ma fille râle parce que soi-disant j'empeste le parfum. Répondez-moi honnêtement, je suis trop parfumée ? Je n'arrive pas à me sentir. C'est vrai que je fais toujours deux ou trois pschits maintenant alors qu'avant un seul me suffisait, mais pour dire la vérité ça ne change pas grand-chose. Le parfum s'évapore tout de suite. Je suis sûre qu'ils ont changé la composition de leurs produits : dans la bouteille, ça sent très bon et, dès que j'en mets sur moi, il n'y a plus aucune odeur. Je me suis dit que c'était parce que je m'étais habituée, mais ça n'a rien à voir : j'ai essayé d'en changer, je n'arrive toujours pas à me sentir. Et pourtant je n'ai aucun problème d'odorat. Je suis toujours aussi indisposée par les odeurs qui m'entourent. Par exemple, je ne supporte pas ces vieilles femmes qui s'aspergent comme si elles voulaient camoufler je ne sais quels remugles. Elles promènent avec elles un tel nuage odorant que, lorsqu'on les croise, c'est comme si on traversait le rayon parfumerie des Galeries Lafayette. J'espère que je ne sens pas aussi fort qu'elles… Il paraît que, quand on vieillit, on dégage une odeur de décomposition, vous savez si c'est vrai ?

Ça doit vous paraître anecdotique, cette histoire de parfum, encore une préoccupation bourgeoise et superficielle. Mais je ne sais pas pourquoi, je trouve ça important. Mon parfum, c'est une part de mon identité, au même titre que ma voix par exemple. Si je ne pouvais plus m'entendre, ce serait catastrophique ! Vous imaginez ? Ne plus entendre le son de sa voix ! Ça doit être atroce de devenir sourd. Je sais bien qu'on se fait une fausse idée de sa voix, je suis toujours horrifiée de m'entendre sur un répondeur, j'ai l'impression d'avoir une voix haut perchée et sans nuances, comme si je criaillais tout le temps. Je ne crie pas tant que ça, rassurez-moi ! C'est curieux comme on n'arrive jamais à être objectif sur soi-même. Quand je vous parle, là, en ce moment, j'ai exactement la voix que je veux avoir, celle que j'aime. Je la trouve sensuelle et douce alors qu'elle est sûrement aussi banale que peuvent l'être la plupart des voix. C'est une subjectivité positive. Mais quand je m'entends sur un répondeur ou sur les films amateur qu'on prend pendant les célébrations ou les retraites à la paroisse, j'entends une harpie qui braille. Subjectivité négative. Il n'y a jamais d'objectivité possible concernant notre propre personne.

De quoi je parlais déjà ? Ah oui, de mon parfum. Je suis absolument perdue depuis que je ne me sens plus. J'exagère peut-être. Pas *absolument* perdue. Plutôt désorientée. Un peu désorientée. Je ne sais pas de quand ça date, c'est arrivé insidieusement, mais je ressentais un malaise qui grandissait sans comprendre d'où il venait. Et… il y a de ça quoi ? Deux semaines ? Un mois ? Bref, ça n'a pas d'importance, disons trois semaines, je me suis aperçue que je ne sentais plus mon odeur, et ça… comment dire… ça a fait sens, vous comprenez ? J'ai tout de suite fait le rapprochement avec ma déprime. Je suis certaine que c'est lié ! C'est comme s'il manquait un bout de moi. Comment voulez-vous que je me sente bien s'il me manque un morceau ?

Non mais vous devez penser que je m'égare, ça doit vous paraître totalement inepte, mais mettez-vous à ma place, c'est… Non, excusez-moi, ne vous mettez pas à ma place, je retire ce que j'ai dit, je ne crois pas que ce soit le genre de chose que je peux demander à un psychanalyste, n'est-ce pas ?

J'ai un peu réfléchi. Vous savez, j'ai lu quelques

livres de psycho comme tout le monde, pas de la grande littérature mais bon, les bases… Eh bien, ce sentiment que j'ai d'être moins entière, moins présente, j'en ai repéré des signes dans d'autres domaines de ma vie. Je ne vous parle même pas de la façon dont je remplis mes journées, c'est l'évidence même : si je m'étourdis de travail, d'activités, de bénévolat, c'est bien pour une raison. Ce dont je vous parle, c'est de… j'hésite à vous le dire, vous allez peut-être… Bon.

Depuis quelques mois, je ne sais pas pourquoi, j'ai une vraie passion des miroirs. Ça m'est venu d'un coup, une lubie sans raison. Je ne connais personne qui collectionne les miroirs, je n'ai même jamais eu de goût particulier pour eux. Mais là, en ce moment, je ne sais pas ce qui me prend, mon regard est systématiquement attiré par les miroirs. C'est la première chose que je vois quand j'entre dans une pièce – par exemple le petit qui se trouve dans votre salle d'attente, je l'ai repéré tout de suite. Très joli d'ailleurs. Mais comprenez-moi, ce n'est pas juste l'attirance naturelle pour son image quand on la croise par hasard, non…

Je cherche les miroirs.

Plus ou moins consciemment au début, là encore c'est venu progressivement, mais maintenant je vous assure que je suis à l'affût de la moindre surface réfléchissante. Pas forcément pour me voir dedans, c'est avant tout l'objet qui m'intéresse. Je peux m'arrêter sur son encadrement, sa couleur ou sa forme. Mais je finis toujours par m'y regarder. Vous avez remarqué comme on paraît différent selon le miroir et l'endroit où il se trouve ? Plus gros, plus mince, plus petit, plus grand, en meilleure santé… Je n'arrête pas d'en acheter, j'en ai acheté au moins une quinzaine depuis un an, plus des tas de petits miroirs de poche, mais je ne les compte pas. Je les trouve beaux, j'en mets partout. Ce sont les plus grands que je préfère, ceux où l'on peut se voir en pied. Mais j'en ai de toutes les tailles. Ça devient une obsession. Il n'y a presque plus un mur dans la maison qui n'ait son miroir. Et je vous parle bien des murs, pas des pièces ! Il y a souvent plusieurs miroirs dans une seule pièce ! Dans le salon, par exemple, il y a celui au-dessus de la cheminée, qui a toujours été là, un petit ovale sur le vaisselier que j'ai depuis deux ou trois mois, et pour finir, dimanche, j'ai accroché un long miroir rectangulaire derrière le canapé, à l'horizontale.

Ça n'est quand même pas innocent, ce culte soudain pour un objet si profondément narcissique ! Je commence à me demander dans quelle mesure j'ai besoin de me voir pour me persuader que j'existe. Je m'observe, je me détaille, je me décortique. Je suis hypnotisée par ma propre image. Le contour de mes rides, les nuances de couleur de mes yeux, le grain de ma peau... Je prends des poses, je me regarde bouger, grimacer... Oh, j'ai honte de vous avouer tout ça...

Bon, là, je vous dis ça, tout de suite, ça paraît monstrueux, mais je ne passe pas mes journées à ça non plus. Enfin... Je fais beaucoup d'autres choses. Mais c'est vrai que, s'il y a un miroir à l'endroit où je me trouve, je dois me forcer à lui tourner le dos, sinon j'ai un mal fou à m'en détacher...

Il faut dire aussi que j'ai toujours eu un rapport très particulier à mon image. En Pologne, j'étais mannequin. Vous savez, c'était la fin des années soixante-dix... Tout le monde lorgnait vers l'Ouest. Le régime sentait venir la fin et, pendant les dernières années ils ont essayé de reproduire le clinquant du capitalisme à la mode communiste. Ils pensaient sûrement qu'ils arriveraient à faire illusion auprès de la population. Bref, pour revenir à mon cas, ils ont commencé à faire des défilés de mode pour promouvoir les créateurs de l'Est. C'était assez pitoyable, il faut bien le dire. Mais comme j'étais plutôt jolie, on m'a proposé ce travail. J'avais à peine quinze ans, je me souviens. Au début, je faisais ça en me cachant de ma mère. C'était un peu honteux comme travail. Ça pouvait facilement être considéré comme de la dépravation. Tout le temps soumise au regard des autres, pliée à leurs désirs. Je m'habillais comme ils voulaient, je marchais comme ils voulaient, je souriais comme ils voulaient. Et le pire, c'est que ça ne me rapportait presque rien. Quand je vois ce que gagnent les mannequins aujourd'hui… Je dis « le pire », mais en réalité c'était une bonne expérience, j'aimais ce métier, j'aimais le regard des gens posé sur moi. Maintenant que je vous en parle, il y a peut-être un rapport avec ma soudaine obsession, non, le mot est trop fort… avec mon soudain intérêt pour les miroirs…

Quelle heure est-il ?… Tenez, regardez ma montre ! Son cadran est en miroir ! Je l'ai achetée il y a un mois ! C'est quand même incroyable, non ?

Bon, ça va être l'heure d'y aller.

Je crois qu'il faudra que je revienne, qu'est-ce que vous en pensez ?

SOUVENIRS, SOUVENIRS (DUO)

Fisher n'avait pas l'air réel. Un mannequin mou. Le visage opalin, la bouche violette, une paupière affaissée sur une orbite vide, l'œil rescapé figé dans des larmes gélatineuses, une large entaille sur la joue dévoilant une chair couleur prune et des molaires couronnées. Rien d'humain là-dedans. Même ses cheveux coagulés avaient l'air artificiels.

Le commissaire Bellegarde avait appelé Robert dès qu'on lui avait signalé la découverte d'un cadavre accroché dans les roseaux. C'était à un kilomètre du pont où la Mercedes avait éjecté son passager, juste à côté du club d'aviron. Bellegarde était un connard. Aux précédentes élections municipales il s'était présenté contre Robert et avait bien failli l'emporter. Il avait bâti toute sa campagne autour de sa présence sur le terrain, de ses bons résultats sur la petite délinquance, et surtout de deux ou trois juteuses affaires de meurtres résolues par lui et qu'il avait su faire mousser.

Robert avait fini par gagner les élections presque légalement, mais Bellegarde était toujours au commissariat et restait très estimé par la population. Robert se retrouvait donc avec une police incorruptible dans les pattes, qui n'hésiterait pas à dénoncer le moindre de ses écarts. La belle époque du fonctionnaire de police compréhensif et avide d'enveloppes craquantes n'était plus qu'un souvenir. Place au Commissaire Exemple De La Nation. Pour éviter de se faire distancer dans le domaine de la popularité auprès des ménagères impressionnables, Robert avait obtenu d'être mis au courant aussitôt que quelque chose de grave se produisait sur sa commune – grave voulant dire médiatiquement porteur. Un cadavre, par exemple, était quelque chose de grave. Et s'il fallait patauger dans la boue entre les roseaux pour ôter le micro des journalistes de la bouche du commissaire, eh bien Robert pataugerait dans la boue.

Dans la boue, il y avait Fisher.

Il était mort et sentait la vase.

Souvenir nº 1 : le crachat.

En tant que jeune appelé, Robert participe d'abord aux exactions de l'Armée française en Algérie comme simple soutien. Il est là pour faire nombre. Affecté dans une unité qui « quadrille » le bled algérois pour trouver des armes cachées et débusquer les rebelles. Plus prosaïquement : une unité qui met à sac les habitations civiles.

Le premier jour, Robert est très secoué. Lorsqu'il voit un Algérien sorti de chez lui à coups de crosse sous les pleurs de ses deux enfants, il l'aide à se relever. Sa compassion affichée lui vaut une sévère mise en garde de son capitaine, qui lui conseille de relire ses fiches prémilitaires, et en particulier le passage concernant *« l'obéissance entière et la soumission de tous les instants »* qu'il convient d'adopter envers un officier supérieur. De retour à la caserne, il veut protester officiellement auprès du plus haut gradé, mais des âmes charitables lui conseillent de n'en rien faire, sous peine de passer quelques jours au trou et de voir son temps de service prolongé.

Né en 1937, Robert a grandi pendant la Seconde Guerre mondiale. Son père est mort en faisant exploser une grenade dans le wagon qui l'emmenait sur la ligne de front. Sa mère, qui a connu deux guerres et le krach de 1929, élève Robert dans la peur du lendemain. Toute son enfance puis son adolescence seront peuplées de tickets de rationnement, de vêtements trop courts et d'économies de bouts de chandelles (au sens propre : cinq ans après la guerre, elle garde encore les bouts de chandelles de suif pour les fondre en nouvelles bougies). « Le pire est toujours certain », lui répète sa mère.

Il en est convaincu. Son affectation en Algérie en est la parfaite illustration.

L'Algérie l'angoisse. Angoisse de *ce qui va arriver*. Le fait de n'avoir pas de contrôle sur les événements le traumatise. À chaque nouvelle mission, il sait qu'il risque d'être témoin de quelque chose d'insoutenable, de ne pas avoir le courage d'obéir à des ordres qui le tétaniseront. Bien plus que les faits eux-mêmes, c'est leur anticipation qui lui est insupportable. Il est nerveux, ne ferme pas l'œil de la nuit et n'a plus d'appétit. Il sent que quelque chose de terrible va se passer. Le pire est toujours certain.

Durant les saccages, Robert se force à penser à autre chose. Il monte la garde devant les portes avec un air qu'il espère menaçant et un fusil chargé. Des soldats plus aguerris s'occupent de dévaliser les mechtas. Il est très rare de tomber sur des caches d'armes, et impossible d'identifier les rebelles. Robert comprend vite que ces opérations visent surtout à terroriser la population. Les Arabes doivent comprendre que les Français commandent. Lever les bras devant son visage pour se protéger peut valoir des coups. Tenter de se défendre vaut un passage à tabac. Posséder un couteau, une arrestation.

Malgré le visage menaçant que Robert tente de se

composer, il ne parvient pas à dissimuler l'empathie qu'il éprouve pour les populations. Le visage bouleversé qu'il affiche le désigne comme un cœur tendre et les femmes algériennes se précipitent autour de lui pour le couvrir de leurs plaintes. Qui dit cœur tendre dit aussi faiblesse de caractère. Les hommes algériens le sentent. Pendant que leurs foyers sont mis sens dessus dessous, ils défient Robert du regard, le forcent à baisser les yeux, marchent droit sur lui, feignent de ne pas le voir jusqu'à ce qu'il s'écarte du chemin. Et puis le douzième jour, l'un d'eux s'approche à sa hauteur, profère une insulte en arabe, et lui crache à la figure.

Robert pourrait se mettre en colère, mais c'est la peur qui déferle. Il a été agressé. Cet homme qui lui a craché dessus aurait tout aussi facilement pu le tuer. La réaction de Robert est immédiate. Il lève la crosse de son fusil. L'homme s'effondre en criant, le nez éclaté tel une figue trop mûre. Ses cris, ceux des villageois décuplent la peur de Robert. Il se met à frapper l'homme à terre, à le frapper encore, à le frapper pour chasser la peur qui le submerge. Plus l'autre crie, plus Robert a peur, plus il frappe fort. Quand enfin l'homme se tait, il fait des bulles de sang en respirant.

— Il vous a traité de sale fils de chien.

C'est la première fois que Fisher lui adresse la parole, et c'est le minuscule galon que Robert a gagné pendant ses classes qui lui a valu le vouvoiement. Tout le village est rassemblé autour d'eux, criant et pleurant. Les femmes à genoux s'arrachent les cheveux et se griffent le visage. Robert regarde l'homme ensanglanté qui gît à ses pieds, se racle la gorge, et lui crache dessus. Fisher l'imite.

Robert a compris la Règle d'Or Numéro 1 : contre la peur, un seul remède, faire peur.

Hurler, saccager, frapper, détruire.

Fisher, la plupart du temps, se trouvera à ses côtés. À eux deux, ils font très peur.

Souvenir nº 2 : les larmes.

La première fois que Robert Martin voit une femme nue, il est avec Fisher. Il a vingt ans.

Son adolescence parisienne, dans un pays où l'on est uniformément habillé de couleurs sombres et où personne ne semble vraiment jeune, a été essentiellement studieuse. Enfermé le jour dans un collège de garçons, livrant le soir du charbon pour les bougnats contre quelques francs, il n'a jamais eu l'occasion de fréquenter de près la gent féminine. Et les spécimens qu'il a pu voir au cinéma (Gina Lollobrigida, Danielle Darrieux, Marilyn Monroe) n'ont que peu de rapport avec les femmes qu'il croise dans la rue.

La femme se débat, les bras tenus écartés par deux soldats de son régiment qui posent debout avec elle pour une photo.

Quand il la voit qui refuse de craquer malgré l'humiliation, qui affronte l'objectif du photographe la tête haute, les mâchoires serrées, le regard plein de haine, il sent sa peur remonter. Il regarde Fisher, et remarque que celui-ci ne semble pas troublé. Robert ne veut pas perdre la face. Contre la peur, faire peur. Il s'approche en ricanant, gifle la femme en la traitant de pute, et lui prend les seins dans les mains. Elle ne bouge pas, le fixant d'un air de défi. Mais lui ne perçoit pas ce défi. Il vient de toucher des seins, et il n'a jamais rien connu de plus doux. Dans l'âpreté de la guerre, cette sensation suave est un vrai choc. Presque ensorcelé, il lui malaxe les seins sous les rires graveleux des autres soldats, et perd toute notion de temps ou d'espace jusqu'à ce que la femme se laisse finalement tomber au sol en pleurant. Les larmes de la femme laissent des traînées sur ses doigts poussiéreux.

Souvenir n° 3 : l'absinthe.

Comptable de formation, Fisher est né en Algérie. Il parle couramment l'arabe, connaît tous les quartiers arabes d'Alger et maîtrise les codes sociaux du pays. Comme l'immense majorité des Blancs il cultive un racisme de bon aloi.

Si les Algériens comprennent tous le français, ils choisissent toujours de s'exprimer en arabe dès que l'Armée entre dans les villages. Le vacarme qu'ils font, doublé des ordres aboyés par les officiers aux militaires et par les militaires aux habitants, rend les interventions très chaotiques. Robert comprend vite l'intérêt qu'il y a à travailler avec Fisher. Quand un Algérien ordonne à sa femme dans la langue vernaculaire de cacher tel document ou objet précieux, Fisher est toujours au courant. Il faut s'en faire un allié.

L'occasion se présente un matin, lors de la fouille d'une maison. Fisher surprend une femme qui ordonne en arabe à son fils de cinq ans de détourner les yeux de la brique creuse qui cache leur argent car il va attirer l'attention. Fisher suit le regard du garçon et trouve une petite boîte qui contient une somme dérisoire. Il l'empoche en adressant un grand sourire à Robert. Lorsqu'ils sortent de la maison, la femme murmure entre ses dents « sale pied-noir ». Fisher n'a rien entendu, mais Robert si. L'appellation de pied-noir, encore récente, est la dernière insulte à la mode. Robert se retourne vers la femme, la prend par le bras et la traîne devant Fisher.

— Elle t'a traité de pied-noir, dit-il à Fisher. Excuse-toi, ordonne-t-il à la femme.

Elle essaie de se dégager. Robert la jette à terre, aux pieds de Fisher. Ils sont seuls avec elle. Le fils, recroquevillé au fond de la maison, regarde la scène sans parvenir à pleurer.

— Tu les aimes pas, mes pieds ? demande Fisher à la femme.

Et il la tue. À coups de pied.

Robert ne juge pas utile de rapporter la bavure au commandant. C'est la première fois qu'il voit un cadavre, la première fois aussi qu'il voit quelqu'un mourir. Ça ne lui fait ni chaud ni froid.

Le soir même, Fisher emmène Robert au bordel, où il sera dépucelé. Institutions légales en Algérie, les bordels – en tout cas ceux de la Casbah où Fisher a ses habitudes – ressemblent à des petits palais. Dorures, marbre, céramiques et volutes d'encens, les femmes y sont animales et charnelles, vêtues d'étoffes précieuses, les yeux cernés de khôl et le déhanchement lascif. Fisher demande qu'on leur serve de l'absinthe. La boisson interdite reste facile à trouver dans les lieux dévolus aux plaisirs sensuels. On l'appelle « l'absente ». Le cérémonial de sa préparation trouble les sens. Robert est fasciné. L'eau glacée qui tombe goutte à goutte. Le sucre qui fond lentement à travers la cuillère ouvragée. Le liquide vert de jade qui se trouble. Et enfin ce goût d'anis qui tapisse le palais et engourdit la langue.

Pour Robert, un goût indissociable du sexe.

Souvenir nº 4 : le commerce.

Robert exerce sa violence sous l'emprise de la panique, comme on se débat au milieu d'une toile d'araignée. Fisher, lui, prend du plaisir à humilier les gens et à les voir souffrir. Il est l'un de ceux qui a le plus à cœur de suivre les instructions les plus sordides de l'Armée. Il est par exemple demandé aux soldats, en plus de passer toute personne vêtue de djellaba au détecteur de métaux, de toucher le sexe des femmes voilées afin de s'assurer que le voile ne cache pas un visage d'homme. La plupart des soldats rechignent. Fisher, lui, ne montre aucune réticence. Lorsqu'il est officiellement mis sous les ordres de Robert, celui-ci se sert de lui pour effectuer tout le sale boulot. Et s'aperçoit qu'ordonner à ses hommes de cogner ou de piller est un exutoire bien plus efficace que de le faire lui-même. Donner des ordres lui procure un aplomb, une assurance qu'il ne se connaissait pas.

La brutalité de Fisher déteint sur tous les hommes et son talent de linguiste fait des merveilles. L'unité commandée par Robert obtient rapidement des résultats. Le commandement le fait monter en grade et le laisse libre de ses mouvements. Les premiers mois de la guerre d'Algérie de Robert tournent à la partie de campagne. Escorté de soldats motivés, il patrouille à l'écart de la capitale et de ses bidonvilles, loin des bombes et des attentats. Il traverse vignes, champs d'oliviers et orangeraies, fusil à la hanche. Les nombreux pillages auxquels son unité se livre lui permettent de ramener à la caserne des produits frais. Fruits, légumes, mais également poules ou moutons vivants, de bien meilleure qualité que ce que propose l'ordinaire de l'Armée. Ce qui lui vaut un régime de faveur de la part des officiers.

Mais la bonne affaire est ailleurs. En dépit des opérations de maintien de l'ordre et de la haine antifrançais et antisoldats qui s'est installée en Algérie, il est toujours possible d'y faire du commerce. C'est même l'époque idéale. Les prix pratiqués à Alger sont prohibitifs. Il s'est formé un marché parallèle pour toutes les denrées alimentaires. Fisher ne tarde pas à trouver pour Robert des intermédiaires algérois. Un pied-noir de la côte et deux Kabyles de la Casbah, auprès de qui revendre les meilleurs produits dont il obtient un prix très supérieur à ce qui se pratique auprès des militaires. Il faut soudoyer les parachutistes qui contrôlent l'accès à la Casbah, mais l'opération reste très rentable et les missions de quadrillage finissent par devenir pour Robert et ses hommes un simple moyen de faire tourner la boutique.

La demande va croissant, les revendeurs se font plus nombreux. Le camion de l'unité ressemble plus souvent à un wagon à bestiaux qu'à un véhicule militaire.

L'expérience que Robert tient de la fréquentation des bougnats parisiens lui a donné le sens du négoce. Grâce aux conseils avisés d'un Fisher décidément providentiel – il met à son service ses qualités de comptable et sa connaissance de l'Algérie –, Robert saisit rapidement les règles du marchandage à l'arabe et développe de vrais rapports de confiance avec quelques-uns de ses « associés ». Quarante-cinq ans plus tard, certains l'aideront même à monter son trafic de cigarettes. Les paysans du bled aussi reconnaissent leur intérêt. Bien que souvent écrasés de misère, ils préfèrent commercer avec Robert plutôt que d'être bastonnés par Fisher ou arrêtés pour sympathie avec les rebelles.

Après l'existence étriquée qu'il a toujours menée – il a pu se sentir coupable de sucer un éclat de sucre candi –, Robert fait une orgie de bouffe, de pinard, de putes, de fric. Et occasionnellement, histoire de se faire respecter par la population et bien voir des gradés, de barbarie.

Souvenir n° 5 : la lumière.

Le soir de l'attentat, Robert est installé au fond d'un café chic des quartiers pieds-noirs. Il attend Fisher avec qui il a rendez-vous. Alors qu'il sirote un thé à la menthe, il voit une femme entrer dans le café, s'accouder au bar, et passer commande. Robert la connaît de vue. Une petite blonde aux yeux clairs et aux jambes bronzées. Il la voit souvent aller et venir dans un des bordels où il a ses habitudes. Elle n'est pas de la profession, mais connaît toutes les filles et est toujours accueillie comme chez elle. Beaucoup d'humour, un rire communicatif. Par jeu, Robert l'a courtisée à plusieurs reprises. Debout devant le bar, elle a les traits tirés, semble préoccupée ou malade. Ses yeux s'arrêtent sur Robert, qui lui fait un petit signe de connivence. Elle le fixe un instant, a un vague sourire et détourne la tête. Quand son café arrive sur le comptoir, elle y touche à peine, pose de l'argent à côté, et repart d'un pas pressé. Robert laisse traîner son regard sur sa place laissée vacante. Elle a oublié son sac au pied du tabouret. En se levant pour le ramasser, il voit le sac gonfler soudainement.

Puis le vacarme puis l'obscurité puis le silence.

Puis la trotteuse de sa montre. Enseveli sous des centaines de kilos de maçonnerie, la tête pressée contre son poignet, l'oreille contre sa montre, il ne peut pas bouger un muscle. Il fait absolument noir. Le seul bruit est celui du temps.

Tictactictactictactictactic…

Clac.

Quand la date change, ça fait clac. Robert est immobilisé, ne voit rien, n'entend rien, a chaud, froid, chaud, froid, et attend. Malgré les heures qui passent, il ne peut pas dormir. Chaque goulée d'air est le fruit d'un effort volontaire. Gonfler ses poumons comprimés sous le poids des gravats exige de rassembler toutes ses forces. Il aspire la poussière, il aspire l'air qu'il vient d'expirer, mais il le fait consciencieusement, régulièrement, se calquant sur les secondes qui cliquettent contre son tympan. Dix secondes pour une inspiration, dix secondes pour une expiration.

Respirer.

Il n'a pas assez de souffle pour appeler. S'il tousse, le poids au-dessus de lui l'écrase plus fort, menace de le broyer complètement. À chaque déglutition il étouffe. Sa langue devient sèche, grossit, il a l'impression d'avoir un poisson mort coincé dans la bouche. Son sang bat lourdement, frappe tout son corps à la fois. Robert est concentré sur ses fonctions vitales. Il n'a pas le droit de se détourner de cette tâchc : survivre.

Et pendant qu'il ne pense à rien d'autre qu'à respirer, pendant que l'engourdissement et les crampes se succèdent dans son corps, pendant qu'il chemine aux confins de la folie, la peur se réveille. Cette peur qu'il a crue domptée revient lui chuchoter des choses désagréables. Il a beau se focaliser sur le présent, sur chaque seconde qui passe, le futur immédiat l'attend, effrayant. Et plus le temps passe, pire devient le futur. Il va souffrir, il va mourir, ou même pire. Même pire. C'est inéluctable. Son agonie du moment, son calvaire n'est rien en comparaison de ce qui va arriver. Il est maintenant à la merci de son avenir, il n'a aucun moyen d'en infléchir le cours, rien ne peut le sauver. De brèves hallucinations le mettent en présence de son propre cadavre, la peau moisie, les yeux vitreux et fixes. Un corps vide, monstrueux, effroyable. Un corps sur lequel il n'a plus aucun ascendant, un corps que quiconque peut manipuler, mutiler, détruire. Ces visions le confrontent à une terreur brute.

Il ne supporte pas la perte du pouvoir sur son existence.

Il se chie dessus. Sur le moment, il y prend une sorte de plaisir primitif. Comme s'il avait toujours voulu faire ça. Mais après, ça démange. Horriblement. Il se pisse dessus aussi. Trois fois. Jusqu'à ce qu'il n'y ait plus rien à pisser.

Il y a quatre clacs. Robert est imprégné du rythme des secondes. Il sait que le cinquième clac va arriver dans moins d'une heure. Et soudain les pierres bougent, le mortier pulvérulent glisse tout autour de lui, le monde s'entrechoque. Ce que ses oreilles obturées ne peuvent pas entendre, son corps le sent : on le libère. Le premier visage dans le premier rayon de lumière, est celui de Fisher. Lui seul savait où il était. Lui seul a insisté pour remuer les gravats qui se sont abattus sur Robert, malgré ses chances infimes de survie.

Souvenir nº 6 : la baignoire.

C'est une nuit chaude, sans vent. Robert et Fisher entrent dans la Casbah. Ils parcourent les étroites ruelles du labyrinthe que constitue le quartier arabe. De loin en loin, ils peuvent entendre des cris, des plaintes, des gémissements, des pleurs. L'Armée française torture. Le Renseignement ne prend même plus la peine de ramener les prisonniers dans les centres d'interrogation. Seuls les plus coriaces sont embarqués. Pour les autres, ils opèrent sur place, dans les cuisines et les chambres à coucher. Devant les enfants. Tout le monde connaît la violence des soldats. La terreur qu'ils inspirent suffit souvent à faire parler les plus fragiles dès les premières baffes. Personne ne veut faire partie des prisonniers « disparus », « évadés », « suicidés ».

Robert et Fisher débarquent dans le bordel en défonçant la porte.

— Où est cette pute ? demande-t-il.

— Laquelle, mon chéri ? répond la tenancière, masquant sa frayeur sous une couche supplémentaire d'onctuosité obscène.

Fisher s'avance et lui met son poing dans le foie. Elle tombe à terre, trop suffoquée pour émettre le moindre son. Les autres femmes présentes se jettent autour d'elle pour la protéger. Robert les moleste en hurlant. Du sang, des cris, des os brisés.

— Elle ne parlera pas ici. Trop de monde, dit Fisher.

Ils traînent la tenancière jusqu'au PC. C'est une magnifique villa de style mauresque sur les hauteurs d'Alger. Robert y est toujours bien accueilli : la reconnaissance du ventre. Le jardin planté de palmiers offre une vue imprenable sur la baie et le port. Le soir, sous le chant des grillons, il arrive à Robert d'aller y fumer une cigarette en contemplant les lumières de la ville. Il y a toujours quelques prisonniers dans les caves mais, en dehors des horaires d'interrogatoires, il est rare de les entendre. Et en journée, la musique diffusée dans la cour couvre la plupart des hurlements d'agonie.

Tout le monde a entendu parler de ce qui est arrivé à Robert. De ces cinq jours passés dans le sous-sol du café après que l'établissement s'est abattu autour de lui. Le gradé est très compréhensif. Il laisse Robert et Fisher s'installer dans une salle d'interrogatoire. Une salle de bains.

— La gégène est en panne, prévient-il. On doit la faire réparer demain. Mais vous n'en aurez pas besoin. Si vous vous en sentez la patience, vous pouvez simplement vous relayer pour la gifler pendant une heure. Ça va la rendre folle, elle parlera. Sinon, il y a le bâton. Vous l'utilisez pour lui fouetter la plante des pieds jusqu'à ce que la peau craque. Évitez de frapper une autre partie du corps, ça se verrait trop. Là, on pourra dire qu'elle a tenté de s'enfuir sans chaussures. Ou alors vous avez la baignoire. Vous savez comment on s'en sert ?

Ils savent. Le gradé les laisse. La tenancière est secouée de tremblements, blafarde. Fisher va remplir la baignoire. Robert arrache les vêtements de sa prisonnière.

— C'est l'heure du bain.

Elle essaie de résister mais la panique l'empêche de coordonner ses mouvements. Il lui écrase son poing sur la mâchoire. Elle tombe à la renverse en beuglant. Sa bouche est en sang, une dent tombe dans sa main.

— On n'aura qu'à dire que t'as sucé une bite un peu dure, ricane Robert.

— Arrêtez ! Je vous dirai tout ! Qu'est-ce que vous voulez savoir ?

— Où est la blondasse qui a mis la bombe dans le café ?

— Elle est partie ! Je vous jure sur la tête de mes

aïeux ! Elle a quitté la ville ! Je ne sais pas où elle est ! Elle est avec le FLN !

Robert et Fisher échangent un regard. Elle dit la vérité, c'est évident. Tassée dans un coin, les mains jointes pour supplier, elle dit la vérité.

Voir une telle épouvante chez cette femme d'ordinaire si belle, si sûre d'elle, met Robert mal à l'aise. Il se sent physiquement imprégné de cette peur, comme si c'était la sienne. Il se voit par les yeux de sa victime, il s'imagine à sa place. Pourquoi ne lutte-t-elle pas ? Il lui en veut.

— Tu sais qu'elle est avec le FLN mais tu ne sais pas où elle est. Tu te fous de nous ? demande Robert.

— Non ! Je vous jure que je ne sais pas !

— Comment elle s'appelle ? demande Fisher.

La tenancière du bordel hésite. Robert voit ses pensées se bousculer sur son visage. Elle connaît le nom. Elle pourrait le dire. Elle va le dire. Et puis un blanc. Et puis ses traits qui se figent. Son souffle plus court. Elle vieillit de dix ans en dix secondes. Elle vient de décider qu'elle ne parlera pas. Elle vient de décider de subir la torture. Elle vient d'accepter de mourir.

Quelque chose cède en Robert. Il est absolument terrifié par ce qu'il vient de lire dans les yeux de cette femme. Elle est plus forte que lui. Il a perdu.

Il la prend par les cheveux, la tire jusqu'à la baignoire et se casse la voix :

— TU VAS PARLER SALE PUTE ?

Il lui plonge la tête sous l'eau. Elle lutte. Il la maintient. Il sait qu'il doit la laisser sous l'eau suffisamment pour qu'elle croie mourir, puis lui sortir la tête et la replonger immédiatement, et la ressortir. Cinq ou six fois peuvent suffire. Une bonne méthode pour faire parler. Efficace. Mais Robert s'en fout de la faire parler.

Quand la tenancière est morte, Robert la lâche. Elle

glisse sur le sol. Fisher n'a pas bougé. Lui et Robert se regardent dans les yeux.

— Je m'occupe du corps, murmure Fisher.

C'était comme ça qu'on se faisait des amis pour la vie. C'est-à-dire jusqu'à la mort.

Les pieds congelés dans ses bottes de caoutchouc, Robert regardait le visage mutilé de son ami. Le Noir n'avait pas que le fric à rembourser. Il allait devoir payer le prix du sang.

CHALEUR DES RETROUVAILLES

La voiture sentait le poulailler. Elias avait passé deux semaines dans une ferme pendant son enfance et n'avait jamais oublié l'odeur. Un truc organisé par la mairie et les associations. « Tu vois, ça c'est une vache ! » lui avait dit la fermière en lui montrant une vache. Bien sûr que c'était une vache ! Comme sur les briques de lait. Fallait pas le prendre pour un débile.

Arrêté à un feu, Elias se demandait ce qu'il allait faire de cette voiture orange. Il l'avait prise parce qu'elle était gratuite, mais elle ne résolvait pas son problème. Sur le trottoir en face de lui, l'homme qu'il avait croisé au garage marchait vite. Cet homme avait eu un regard étrange tout à l'heure, comme s'il le reconnaissait, comme s'il était surpris. Effrayé même. Elias avait une impression de déjà-vu. Cet homme sur le trottoir, le garage, la voiture orange, il y avait un lien, quelque chose qu'il avait déjà rencontré. Peut-être dans un rêve.

On klaxonna derrière lui. Le feu était passé au vert. Il avança, doubla l'homme et le regarda dans le rétroviseur. L'homme tapa son poing dans sa main – signe qu'il avait oublié quelque chose d'important – et repartit en sens inverse.

« Personne ne fait ce geste dans la vraie vie, pensa

Elias. Ce mec sait que je le mate et veut se la jouer nature… C'est quoi son blème ? »

Elias fit demi-tour, baissa sa fenêtre et se gara à côté de lui.

— Qu'est-ce que vous m'voulez ?

François avait l'air tétanisé.

— Je vous demande pardon ?

— Vous arrêtez pas d'me regarder ! Qu'est-ce que vous m'voulez ?

— Je ne vois pas de quoi vous…

— Pourquoi tu m'évites ? J't'ai fait quoi ?

— Non non, qu'est-ce qui vous fait croire que… Vous êtes le jeune homme du garage, c'est ça ? Vous avez eu un accident ?

Cette dernière question était sortie toute seule. Elias vit François tenter de la ravaler. Tout se mit en place en un instant. Le garage. L'épave. Les coupures sur le visage du lascar.

L'accident. C'était là qu'ils s'étaient rencontrés. Elias se rappelait le profil de François dans la pénombre, il se rappelait sa voix qui disait « On a eu un accident, oui. Un accident. »

Il ouvrit la portière, sortit de la voiture, saisit François par l'épaule.

— Allez, on va faire un tour.

Il l'assit de force sur le siège du passager, s'installa derrière le volant, et roula.

— M'enfin mais qu'est-ce que vous faites ?

— On va causer tous les deux. C'est toi qui m'as emmené à l'hôpital ?

— Quel hôpital ?

— Quel hôpital ? Tu cherches la baston ?

— Non, je…

— 'ttends, me réponds pas. Cogite un peu. Ch'connais déjà les réponses. Si tu m'flûtes, j'vais pas aimer. D'accord ?

— …

— D'accord ?

— D'accord.

— Alors vas-y dis-moi, sans déc', c'est toi qui m'as emmené à l'hôpital ?

— Oui.

— Et qu'est-ce que t'as fait de la Merco ?

— La… ? Je l'ai… Je l'ai heu… Je l'ai donnée aux flics. Je pense qu'ils ont dû la mettre à la casse.

— Allez, sans déconner, tu l'a donnée au keufs ?

— Oui.

— 'tain en vérité mais comment que tu mens mal ! Tu crois que les keufs y s'occupent de mett' les caisses à la casse ? Tu crois que moi j'le crois ? Hé, franchement, tu m'forces à t'taper, là ! C'est toi qui cherches ! T'as vu, j'te fais confiance et toi tu m'traînes dans la boue ! Vas-y, dis-moi la vérité, t'as intérêt, c'est pour ton bien j'te dis !

François cherchait visiblement une réponse plausible. Il passait nerveusement la langue sur ses lèvres.

— T'as pas compris la question ? Tu veux que j'répète ?

— Je l'ai ramenée chez moi.

— C'est où chez toi ? J't'emmène… C'est quoi ce soupir ?

— C'est trop loin, je…

— J'te ramène chez toi.

— Non, écoutez, on va trouver une autre solution. On se donne rendez-vous quelque part, je vous ramène votre voiture, c'est plus simple…

— C'est pas plus simple, c'est plus compliqué. Comment j'te r'trouve si tu décides de pas venir au rendez-vous ?

— Je peux vous laisser ma carte d'identité…

— Hé mais tu m'as pris pour qui, là ? Tu t'es cru à l'administration ou quoi ? J'm'en bats les couilles de ta carte d'identité ! Allez vas-y, dis-moi où tu crèches et on n'en parle plus !

— Bon, c'est à droite.

François dirigea Elias jusqu'à une impasse. Ils s'arrêtèrent devant une grille de fer forgé. À travers les barreaux, Elias aperçut une voiture emballée de draps fleuris.

— Classe, le tuning à fleurs !

— Ouais. Ma femme aime beaucoup, répondit François d'un air sombre.

Il ouvrit la grille et laissa passer Elias.

— Les clés sont à l'intérieur, dit François en se dirigeant vers la maison. Je vais les chercher.

— J't'accompagne, ça t'dérange pas ?

La maison était jaune. La peinture, le parquet, les moulures, tout était jaune ou blond ou crème. Propre. L'escalier était peint en blanc. Il y avait des cadres accrochés aux murs. C'était comme ça qu'Elias imaginait les musées. Même le canapé avait l'air d'être exposé. François donna les clés de la Mercedes à Elias et le précéda dans la cour. Il arracha les draps de la voiture.

— Voilà. Elle est en mauvais état mais elle roulait encore il y a deux jours. Vous pouvez la prendre.

Elias sentait que François était nerveux. Il appuya sur le bouton du porte-clés, le coffre s'ouvrit. Il vit François battre des paupières. Il ne lui en fallait pas plus pour comprendre que le coffre était vide.

— Bon. Et la mallette ?

— Quelle mallette ?

— Quelle mallette ? Quel hôpital ? T'as pas r'marqué qu'tu réponds à mes questions par des questions ?

— Non, mais là je suis désolé mais…

— Mais tu vois pas d'quelle mallette j'te cause.

— Non.

Elias commençait à perdre patience.

— Tu veux que j'te résplique pourquoi tu dois m'dire la vérité ? Tu veux que j'te mette un coup de lame pour mieux comprendre ?

— Je n'ai pas trouvé de mallette dans ce coffre.

— Pourquoi tu m'parles du coffre ?

— Vous avez ouvert le coffre, j'ai pensé que…

— Arrête de penser, ça t'fait du mal. T'as vu comment chuis gentil ? Je t'ai pas encore touché. Mais j'te jure, ça m'gratte.

Elias poussa François contre la voiture.

— Alors elle est où, cette mallette ?

— Je sais pas. Le coffre était ouvert ! Il a dû s'ouvrir pendant l'accident ! Peut-être que la mallette a été éjectée ! Y avait quoi dans cette mallette ?

— Elle. Est. Où. Cette. Mallette ?

Chaque mot était ponctué d'une petite claque sonore sur les joues de François. Elias voyait bien qu'il n'était pas du genre à résister à la menace. Il tremblait, ses oreilles étaient rouges. Il n'avait jamais dû se battre de sa vie.

— Tu veux que j'te plante ? C'est ça qu'tu veux ? Un joli trou dans l'bide ?

— Je l'ai pas ! Je l'ai… Je l'ai mise à l'abri. Dans un coffre. À la banque. Je… je peux pas y accéder avant lundi ! Revenez lundi, je l'aurai, c'est promis !

— Tu te fous pas de ma tronche, là ? T'as pas une idée d'me gruger, hein ?

— Non. Non, c'est promis. Lundi. Lundi après-midi.

Elias laissa consciencieusement passer un silence lourd de menaces. François ne soutint pas son regard. Il faisait presque pitié.

— C'est quoi, ta banque ?

— Heu… le Crédit Lyonnais.

— Et il est pas ouvert le samedi, le Crédit Lyonnais ?

— Heu… Nnn… Si, maintenant que vous m'y faites penser… oui…

— Bon, alors on s'revoit demain.

François hocha la tête.

— À quelle heure ?

— Heu… 5 heures, ça irait ? Parce qu'avant j'ai des trucs à faire…

— Demain à 5 heures. Sois pile.

Elias bouscula François d'un coup d'épaule et sortit de la cour avec la démarche traînante de celui qui n'a jamais d'obligation envers quiconque. Il remonta dans Clémentine sans un regard pour François.

Une fois hors de vue, il se laissa aller à un petit sourire. Il se sentait bien. Il y avait longtemps qu'il n'avait pas eu l'occasion de dominer. C'était une seconde nature chez lui. Tutoyer son interlocuteur, se tenir à trente centimètres de lui pour le faire reculer, le pousser du bout des doigts, donner l'impression qu'il maîtrisait tout, que l'autre n'était qu'un jouet entre ses mains.

Là où il avait grandi, il y avait deux façons de se faire respecter. Être dur, ou mimer le dur. Elias n'avait pas de couteau sur lui. Quand on se faisait fouiller par les flics deux fois par semaine, on évitait d'avoir les poches pleines. Mais ça, François ne pouvait pas le savoir.

SAMEDI 13 DÉCEMBRE 2003

Réclusion à perpétuité pour l'assassin de [redacted]

[…] Vu de loin, [redacted] était un homme sans histoire : bon père de famille et travailleur acharné.

[…] Muni d'un masque de diable et un couteau à désosser dans la poche, l'homme avait pénétré dans la maison, une fois assuré que sa victime était seule. […]

Après avoir porté soixante coups de couteau sur [redacted], le meurtrier a roulé le corps dans le fossé et a repris sa voiture. […]

JOURNAL DE RACHEL MARTIN-KUKLINSKI

Samedi 13 décembre 2003. 17 heures et des bananes.

Je viens de me voir dans la glace de la salle de bains et, à mon avis, elle est en panne. Elle s'est trompée de tête, c'était pas moi, c'est pas possible, elle a confondu avec le visage d'une junkie mal rangé dans sa base de données. Ça doit être ça. Les miroirs sont en réalité des ordinateurs hyperperfectionnés qui stockent tout un tas d'images dont l'affichage dépend de ce qui se trouve devant eux. Le mode économiseur d'écran, c'est quand on éteint la lumière. Là, mon miroir a un bug.

De toute façon, tout est buggé aujourd'hui. Je me suis couchée à 10 heures (du mat') dans un lit buggé qui se prenait pour un radeau sur une mer agitée.

Mon système digestif est buggé, il n'a pas réussi à assimiler le litre de punch, les quelques verres de tequila et les deux ou trois bières que j'ai avalés cette nuit (dois-je mentionner les joints et l'ecsta ? Je croyais qu'un des avantages de l'ecsta, c'était d'éviter les gueules de bois !). J'ai vomi trois fois, sauf que la troisième il n'y avait rien à vomir : nouveau bug.

Mes oreilles sont buggées : elles sifflent. Ce n'est pas seulement qu'elles entendent un sifflement imaginaire : elles émettent ce sifflement.

Mes yeux sont buggés : ils sont couverts de sucre, granuleux comme les rebords des verres à cocktail. Qu'ils soient ouverts ou fermés ne change rien. Et cligner des paupières est insupportable.

Même ma peau est buggée. Tout ce que j'effleure me fait mal.

Après quelques heures employées à me faire croire que j'arrivais à trouver le sommeil (mais mon sommeil est buggé), après avoir passé au moins vingt minutes assise au bord du lit en pyj, la tête posée entre les mains, persuadée que je n'arriverais plus jamais à la relever, après avoir longuement réfléchi à l'expression « gueule de bois » et l'avoir finalement trouvée inappropriée (la bonne expression est « aaaaargh... »), me voilà en train de tenter d'aligner quelques mots cohérents, histoire d'oublier un peu le présent.

Tout a commencé par un clair après-midi d'hiver (hier), quand moi, Fred, Karen et Anne avons joyeusement investi la salle prêtée par la mairie pour préparer ma fête d'anniversaire. Nous étions jeunes et heureux alors, ignorants du drame que la Destinée mijotait en coulisses. Bref, on était encore sobres.

Les invités ont tous apporté une quiche ou un gâteau au chocolat (LE gâteau au chocolat, la recette ultime, le secret de famille jalousement gardé, la fierté de la dynastie... tout le monde a une recette de gâteau au chocolat insurpassable). On a dansé, on a bu, quelques joints ont circulé, j'ai enfilé le costume de l'hôtesse cordiale, un petit mot pour chacun, un sourire aux invités d'invités, un regard assassin aux filles plus jolies que moi. J'aime bien faire ça, papillonner d'un groupe à l'autre, danser avec tous les garçons, j'aime bien quand les fêtes sont mes fêtes. Fred a emmené un copain qui a fait DJ. Le genre qui doit prendre autre chose que de l'herbe, total halluciné, qui a dansé toute la soirée derrière ses platines en baignant dans sa sueur. Je crois que ce matin il est parti en dansant... En tout cas, la musique était trop bonne ! Vers 2 heures du mat', tout le monde était un peu assis ou avachi, ça sentait la fin de soirée, et il a mis un morceau de techno à fond, avec un beat ultrapuissant. Les basses allaient frapper directement le cœur, je veux dire physiquement. C'était comme si la musique décidait de nos pulsations cardiaques. Tout le monde s'est levé, c'était impossible de résister. On a dansé comme des malades, des vrais malades. Et du coup, les premiers départs n'ont pas eu lieu avant 5 ou 6 heures. Mais en ce qui concerne mon cœur, l'événement le plus important de la soirée n'était pas musical.

Juste après le morceau techno, j'ai vu Elias dans un coin de la salle... Je ne sais pas depuis quand il était là. Les mains dans les poches, il regardait sans participer. Je lui ai pris un verre de punch et je l'ai rejoint. Je lui ai demandé ce qu'il faisait là, pensant qu'il allait me répondre un truc bidon style qu'il avait entendu la musique, ou alors un truc de dragueur style qu'il savait que je fêtais mon anniv' ce soir ici... Mais non : c'est mon père qui l'avait envoyé, je cite « pour vérifier que tout allait bien ». Ça m'a trouée ! À travers la musique, j'ai crié en espérant qu'il saurait lire sur mes pulpeuses lèvres « tu remplaces Fisher ? », parce que, d'habitude, ce genre de petits travaux d'espionnage c'est Fisher qui s'en charge. Il m'a dit que peut-être, qu'on verrait bien, qu'en tout cas Fisher était crevé. J'ai demandé : « Ah bon, qu'est-ce qu'il a ? »

Elias m'a regardée bizarrement avant de répondre : « Il a qu'il est mort. Crevé. On va l'enterrer, tu piges ? »

Bon, en vrai je m'en fous de Fisher, mais j'avais déjà un peu bu et puis, mine de rien, je le connais depuis toujours, je montais sur ses genoux quand j'étais petite. Je me suis mise à pleurer comme une fille. Elias avait l'air embêté. C'est dingue ce que les mecs peuvent être gourds ! À croire qu'ils n'ont pas la télé ! Quand une fille pleure, messieurs, on la prend dans ses bras et on la serre très fort en enfouissant son nez dans ses cheveux divinement parfumés ! C'est quand même pas difficile !

Du coup, c'est moi qui ai dû me blottir. Il a genre tressailli, et j'ai bien vu qu'il ne savait pas quoi faire de ses mains, que ça ne lui serait pas venu à l'idée de les poser sur mon pauvre petit dos secoué de sanglots, qu'il n'aurait pas imaginé enrouler son bras puissant autour de mes frêles épaules.

Je fais de l'ironie là, mais en vérité j'étais réellement triste. Je pleurais de vraies grosses larmes bien mouillées qui dégringolaient en cascade le long de mes joues, comme si Fisher avait été mon meilleur ami. J'ai tout niqué mon rimmel, qui n'a même pas eu l'élégance de fondre joliment en laissant de sombres traînées romantiques sur ma peau de princesse, mais s'est détaché en gros paquets collants pour aller se coaguler sur mes joues cramoisies, ce que je n'ai réalisé que bien plus tard, évidemment.

En appuyant mon front contre son torse, j'ai habilement réussi à manœuvrer Elias pour qu'il m'emmène à l'écart de la salle, dans une petite pièce où il y a le frigo et le micro-ondes.

Il faisait sombre, l'ampoule était opportunément grillée, la seule lumière venait d'un lampadaire dans la rue. La musique était moins forte, on pouvait parler normalement. On s'est assis. Elias m'a appris d'un ton désolé que Fisher avait eu un accident de voiture. Il m'a demandé si je le connaissais bien. Je lui ai répondu que non, mais que bon. Ça a eu l'air de lui suffire. On est restés silencieux un moment. J'ai fini par lui demander si l'accident de Fisher était le même que son accident à lui. Il a hoché la tête. Il n'avait pas l'air de vouloir en dire plus. Je lui ai demandé comment allaient ses pansements (il n'en avait plus au visage), il a dit que ça allait avec un ton un peu agressif, comme s'il voulait que j'oublie tout à ce sujet.

Comme il était toujours aussi bavard, comme je ne voulais pas que notre conversation s'arrête là et comme j'étais suffisamment soûle pour prendre ce genre d'initiatives, je me suis à nouveau blottie contre lui, éplorée. Il m'a laissée faire.

J'ai dit : « C'est toi qui vas me protéger maintenant? » Nouvelle preuve que l'alcool peut tout. En tout cas, qu'il nous fait croire qu'on peut tout. Il nous fait même croire qu'on est trop ivre pour qu'il y ait des conséquences. J'ai osé lui sortir cette phrase de but en blanc. Quand je pense aux crises que j'ai pu piquer contre mon père quand il me mettait Fisher sur le dos sous prétexte de me « protéger » !

Elias a fait « mh ». À défaut de mieux, j'ai pris ça pour un acquiescement. Et il a posé sa main sur ma tête, une main immense, dont la paume couvrait mon front et dont les doigts atteignaient presque ma nuque. Je ne bougeais plus. Je faisais juste aller et venir mon index dans un pli de son ticheurte. Il s'est mis à me masser doucement les cheveux, de petits mouvements circulaires avec la pulpe des doigts. Je sentais son cœur battre lentement dans sa poitrine et le mien palpiter follement à mes oreilles. J'avais un peu le vertige, sans savoir si c'était l'émotion ou l'alcool. Un peu des deux sans doute.

Elias n'est pas du genre à gagner du terrain en douce, comme la plupart des garçons qui commencent en te posant chastement une main sur l'épaule avant de la faire glisser de manière moyennement subreptice jusqu'à l'agrafe de ton soutif. Elias, c'est le genre de mec, quand il te masse le cuir chevelu, il te masse le cuir chevelu, point barre. À croire qu'il le fait exprès. Du coup, c'était à moi de faire tout le boulot. Après dix bonnes minutes à explorer le pli de son ticheurte, j'ai décidé d'aventurer mon index un peu plus loin. J'ai commencé à circonvolutionner, à élargir mon périmètre d'investigation, j'ai fait entrer mes autres doigts un par un dans l'action. Je lui ai caressé tout le ventre, j'appuyais ma main comme font les chats avec leurs pattes quand ils tètent leur mère.

Il a glissé ses doigts sur mon visage, il m'a soulevé le menton, il a attiré mes yeux vers les siens... Et il a parlé.

— Je nique pas avec les VV.

— Quoi ?

— Je nique pas avec les pucelles.

D'habitude, quand je me retrouve toute conne à ne pas savoir quoi répondre, je pense à la réplique qui tue un peu plus tard, une fois rentrée chez moi, par exemple. Bien sûr, c'est rageant, mais d'une certaine manière ça soulage aussi. Je peux monologuer avec véhémence devant mon miroir en insultant la personne qui m'a coupé le sifflet. Mais là, franchement, qu'est-ce que je pouvais dire ? Même maintenant devant mon miroir, je resterais muette. Comme on dit dans les séries télé : je n'ai jamais été aussi humiliée de ma vie. D'abord comment il a su ? Est-ce que ça se voit sur mon visage ? Aussi clairement qu'une immatriculation en WW désigne une voiture neuve ? C'était du bluff, j'en suis sûre. Je ne peux pas avoir l'air d'une gamine à ce point-là ! Surtout hier soir, j'étais habillée comme une bombe à retardement ! Est-ce que c'est ma façon de bouger, de danser ? Est-ce que je ne suis pas assez sensuelle quand je me frotte aux garçons sur la musique cubaine ? Putain, c'est horrible. Ça doit se voir. Je dois être prude.

La seule chose que j'ai trouvé à faire pour ramasser les miettes de ma dignité, ça a été de partir. C'était plutôt pas mal comme idée, partir fièrement, sans me retourner, avec un petit reniflement méprisant, en faisant de grandes enjambées altières pleines de grâce et de détermination à la fois. Mais avec ma manie de toujours en faire plus, j'ai essayé de lancer un ricanement hautain qui aurait dit « alors là, mon pauvre coco, tu ne sais pas ce que tu rates » et qui aurait flotté dans la pièce après mon départ, comme un claquement de fouet. Mais ce qui a flotté dans la pièce après mon départ, c'est un misérable coassement.

J'ai traversé la piste de danse et je me suis dirigée droit vers le bol de punch. Je m'en suis servi une louche, j'ai rajouté de la tequila pour faire bonne mesure, et je l'ai bu d'une traite. Ça m'a fait comme un boulet de canon qui serait tombé au fond de mon estomac. Je me suis échouée au pied du bar, et pendant un instant je n'ai plus rien vu ni entendu. Juste le temps que l'alcool explose dans mon cerveau.

Frédéric s'est accroupi à côté de moi (il a un petit côté

ange gardien, il se débrouille toujours pour <u>être là</u>, parfois c'est réconfortant, parfois c'est juste irritant, comme s'il considérait que j'avais besoin d'être sauvée de quelque chose. Là, c'était réconfortant). Il m'a demandé si ça allait, je lui ai répondu « couci-couci ». Il m'a emmenée sur le parking, où un petit vent cinglant semblait avoir été mis juste pour me dessoûler, au moins superficiellement. Frédéric s'est gentiment enquis de ce qui n'allait pas. Je le sentais à la limite de l'agacement, mais c'est peut-être mon imagination. Je n'arrivais pas à lui répondre, je me contentais de le regarder, avec un air qui devait se situer entre le désespoir du chiot qui a perdu sa baballe et l'avidité du naufragé qui voit enfin la terre. Il m'a prise dans ses bras. Lui, il sait faire ce genre de choses, pas besoin de le forcer. « Tu me trouves gourde ? » j'ai demandé. Il m'a dit que oui, mais que c'était pour ça qu'il restait avec moi : ça le mettait en valeur. J'ai rigolé, lui aussi. Il me caressait doucement le dos.

C'est mon meilleur ami. Même avec Anne et Karen, ce n'est pas la même chose, pas la même intensité. J'ai l'impression qu'on ne se quittera jamais. La plupart des gens croient qu'on sort ensemble mais qu'on le dissimule. Karen pense que je me cache la vérité sur notre relation. Elle dit que l'amitié entre un garçon et une fille, ça n'existe pas. Je suis persuadée du contraire. Elle dit que la raison pour laquelle Fred et moi ne sommes pas encore sortis ensemble, c'est justement parce que ça ruinerait ma conviction. Que je suis en train de passer à côté de l'homme de ma vie juste par principe, par fidélité à un dogme.

Frédéric bandait. Il essayait de reculer le bassin pour que

je ne m'en rende pas compte, mais je le serrais trop fort. Je sentais son sexe contre mon ventre, ça irradiait, j'étais envahie de chaleur. J'ai levé la tête, je l'ai embrassé dans le cou, sur le menton, au coin de la bouche, et finalement il m'a embrassée. Il avait un goût d'alcool et de tabac. Sa langue était chaude et souple. Un premier baiser prometteur. On s'est regardés. Je lui ai dit que j'en avais marre d'être vierge. Je pleurais, je crois. Il m'a encore serrée dans ses bras. Sans reculer le bassin cette fois.

On s'est à nouveau embrassés, plusieurs fois. Je lui ai demandé de venir chez moi. Le regard qu'il m'a lancé était saturé de tendresse. Il a passé sa langue sur ses lèvres.

— Tu es soûle, il m'a dit. Je veux que tu aies envie de moi en ayant toute ta tête. Et je ne te ferai pas l'amour parce que tu en as marre d'être vierge. Je te ferai l'amour parce que tu m'aimes.

Il m'a posé un baiser sur le front et m'a laissée là, soudain toute grelottante sur le parking.

C'est à ce moment-là que j'ai décidé de me défoncer à l'ecsta.

AU FOND DU TROU

Le délai était passé et François n'en avait pas profité. Il avait cru qu'en gagnant du temps, en négociant vingt-quatre heures de réflexion, il trouverait un moyen de garder ses trois cent mille euros, mais aucune idée géniale n'était venue électriser le kilo et demi de matière molle que son crâne abritait.

En théorie, une somme pareille fournissait pourtant une large palette de solutions à la plupart des problèmes que pouvait présenter la vie quotidienne. Le simple fait de détenir cet argent aurait même dû en garantir la pérennité. Il aurait suffi à François de quitter la ville du jour au lendemain, de lâcher sans préavis son boulot de prof, de s'installer au soleil, de louer une petite maison, de vendre celle de Fontainebleau, de faire gérer son cybercafé à distance, de créer une petite entreprise dans une nouvelle région, voire de changer de nom… Tout cela était possible quand on possédait trois cent mille euros en liquide. Le Noir qui l'avait agressé ne connaissait rien de lui en dehors de son adresse. La probabilité pour qu'il le retrouve était infime. Rien ne retenait François à Fontainebleau. Ses anciens amis l'avaient tous plus ou moins lâché quand il avait fait faillite et, contrairement au lieu commun, ceux qui restaient n'étaient pas les plus fidèles : c'étaient les plus cons. Les plus chiants. Les ex-anars embourgeoisés qui se bardaient de culture Télérama et se réveillaient tous les matins avec le 7-9 de France Inter avec la profonde conviction d'être des libres penseurs, sans réaliser qu'ils n'avaient pas une seule opinion qui leur appartînt, pas une seule réflexion qui leur fût propre, et qu'ils n'avaient rien fait de neuf depuis la fin de leurs études. Ces gens-là ne lui manqueraient pas. D'ailleurs, François liait facilement connaissance ; commencer une nouvelle vie dans un nouveau lieu ne lui faisait pas peur, il aurait même vécu la chose comme un soulagement.

Mais il y avait sa famille. Catherine n'accepterait jamais de partir, les enfants non plus. Et si Catherine pouvait très bien se laisser amadouer par l'argent, il le paierait toute sa vie, au propre comme au figuré. Elle saurait lui faire sentir sa culpabilité de père irresponsable et de mari fautif. Pour se faire pardonner, il se sentirait obligé de dépenser l'argent comme elle l'entendait. Et quand, au bout d'un an ou deux, tout aurait été dilapidé, elle reprocherait à François d'avoir ruiné leur vie sans voir plus loin que le bout de son nez.

François avait donc résolu de rendre l'argent au grand Noir. Quel autre choix avait-il ? Se battre contre lui ? Le tuer ? Il avait eu la peur de sa vie quand le Noir l'avait embarqué dans sa voiture. Il aurait pu crier, appeler à l'aide, mais il s'était simplement déconnecté, comme engourdi par la peur. Le Noir semblait n'avoir rien à perdre. Si François avait résisté, il l'aurait probablement tué. Et comment résister face à un type de près de deux mètres élevé en cité et armé d'un couteau ? François, brillant parleur, avait trouvé ses mots aussi creux que des noix véreuses. Il n'y avait rien à en tirer ; son agresseur n'avait pas prévu d'écouter. Tel un enfant pris sur le fait, François avait proféré des mensonges intenables, s'enfonçant à chaque parole, se rétractant, bégayant. Le souvenir honteux de sa nullité lui remontait par bouffées et lui assénait à chaque fois un coup au cœur.

Cinq heures moins le quart. Le Noir allait arriver.

François souleva la plaque d'égout, la retourna.

L'argent n'était plus là.

Incrédule, il plaqua brusquement sa main à l'endroit où le sac de congélation plein de billets aurait dû se trouver, comme si, en étant assez rapide, il pouvait empêcher sa disparition. Une seconde, il pensa qu'il l'avait rangé ailleurs, que son esprit avait sauté une case. Mais non. Le sac de congélation était tombé dans l'égout, tout bêtement. La pâte magique s'était décollée d'un bloc, sans raison. Il n'en restait pas une miette.

Le fond de l'égout se trouvait à environ un mètre cinquante. Un mince filet d'eau sale cheminait entre deux bordures de béton. Peu de courant. Le sac n'était peut-être pas allé loin. François se précipita vers sa voiture pour chercher sa lampe de poche et se rappela que « sa voiture » était un concept révolu. Il réfléchit, se jeta sur les solutions comme sur les parois d'un labyrinthe. Grises, compactes, impénétrables, il les heurtait sans les voir. Il se força à se calmer. Du moins se força-t-il à *essayer* de se calmer. Il entra dans la maison, scannant les étagères, ouvrant les tiroirs sans les refermer, traversant toutes les pièces à la recherche de n'importe quoi qui pourrait faire de la lumière dans un tunnel. « Si seulement j'étais bricoleur, les bricoleurs ont toujours tout ce qu'il faut. »

Le caméscope. Il y avait une torche sur le caméscope. François courut le chercher sous la télé. Comme toute personne normalement constituée, il ne se servait jamais de son caméscope. La batterie était donc morte. Il galopa de pièce en pièce et débrancha toutes les rallonges qu'il trouva sur son chemin. Branchées les unes aux autres et reliées à la prise murale qui servait au mixer, elles aboutissaient au centre de la cour et jusqu'au fond du regard. François brancha son caméscope, alluma la torche, et descendit l'échelle. Le passage était étroit, ses coudes et ses épaules frottaient des deux côtés. En bas de l'échelle, François tâta le vide du bout du pied. Il n'avait pas assez de place pour voir ce qu'il faisait. Il plongea la pointe de sa chaussure dans l'eau visqueuse, écarta la jambe sur le côté et trouva une bordure. Il posa l'autre pied de l'autre côté, fléchit les genoux, et comprit qu'il n'irait pas plus bas de cette manière. Le conduit était trop exigu. François se rappela la façon de faire des égoutiers. Ils travaillaient toujours par deux ; l'un, encordé, descendait la tête la première, tandis que l'autre tenait la corde et l'aidait à remonter. Ils râlaient sur la conception absurde de ces regards.

François ne se voyait pas descendre la tête la première dans l'égout mais une meilleure idée lui vint, sa première bonne idée depuis des lustres, semblait-il. Il remonta l'échelle, vérifia que le caméscope contenait une cassette, appuya sur le bouton d'enregistrement, et le fit descendre dans le conduit, le retenant par la lanière. Les jambes allongées sur les pavés de la cour, le haut du corps plongé dans le trou, agrippant un barreau d'une main, manœuvrant la caméra de l'autre, François exécuta un lent panoramique au fond du trou. Il remonta la caméra, rembobina la cassette, et la mit en lecture.

L'image se balance. L'échelle, la paroi de béton, l'eau noire, le visage de François qui grimace, la paroi, la lanière, le visage, le béton, un barreau… L'image se stabilise face à une paroi. Elle commence à tourner vers la droite, un léger roulis accompagne le mouvement. La canalisation. La lumière de la torche accroche sur la granulosité du béton, ricoche sur la surface de l'eau. Mais le reste est noir comme du charbon. Si une pochette en plastique traîne dans le coin, il est impossible de le dire. Le panoramique continue. L'autre côté de la canalisation n'est pas plus clair. Soudain, une surface brillante renvoie de la lumière.

Pause. Rewind. Play. Pause. Rewind. Pause.

Là. Ça pourrait être ça. Un sachet en plastique, oui, c'est presque certain.

François lâcha un soupir. L'argent était là, à portée de main.

Mais il fallait le récupérer. Descendre dans ce regard la tête la première. La vision de l'argent avait rendu la tâche beaucoup plus envisageable.

Après les premiers tâtonnements, l'exercice se révéla plus facile que prévu, presque naturel. Descendre les barreaux de l'échelle revenait à « monter en bas », et l'étroitesse du fourreau de béton empêchait de tomber à la renverse. Le plus délicat était d'empêcher la caméra-lampe de poche de tomber. François serrait la courroie de nylon entre ses dents. Une fois au fond, il cala ses pieds sur la bordure extérieure du trou et prit appui sur ses mains de part et d'autre du filet d'eau. Il s'en dégageait une chaleur écœurante et un relent de marée nauséabond. François n'avait jamais su s'il valait mieux respirer par la bouche pour éviter les odeurs ou par le nez pour filtrer les microbes. Il opta pour la bouche. Il posa la caméra avec précaution et dirigea le faisceau de lumière vers le fond de la canalisation. C'était bien le sac de congélation. Il ne semblait même pas ouvert. François écarta les jambes plus fort pour raffermir ses prises, et tendit un bras pour attraper le sac. Il était hors de portée. De très peu. Il devait pouvoir l'atteindre. Il plia le bras qui le soutenait, gagna quelques centimètres, pivota légèrement sur lui-même, gagna encore quelques centimètres. Il y était presque. Il sentait ses cheveux tremper dans la boue. Le sang lui montait à la tête, il commençait à trembler sous l'effort, il s'essoufflait. Il étira son bras libre au maximum, enfonçant son aisselle contre l'angle aigu de la canalisation, il sentit les cartilages de son coude craquer… Encore trop court. Il fallait passer la tête. Avec un soupir de résignation, François se laissa choir sur le fond. Sa nuque s'enfonça avec un bruit onctueux dans quelques centimètres de liquide tiède et gras. « Oh putain, c'est dégueulasse ! » gémit-il. Le corps à la verticale, le cou à angle droit dans la boue, il étira à nouveau le bras en enfonçant sa tête dans le tuyau.

Quelqu'un, quelque part, décida que le moment était venu de tirer une chasse, ou de vider une baignoire, ou de faire couler de l'eau dans un caniveau, ou de faire une bonne blague à François. Il entendit dans son dos le grondement caractéristique d'une cataracte domestique, sentit l'eau s'insinuer dans ses oreilles, et paniqua comme jamais. Il donna de grands coups à l'aveuglette pour tenter d'attraper la pochette en plastique, mais l'eau commençait à faire des remous et il changea de priorité : il fallait remonter. Il se tira de sous la canalisation et poussa sur ses bras pour remonter. Les bordures maintenant inondées étaient glissantes. Ses mains dérapèrent, s'écartèrent d'un coup, sa tête heurta le fond du conduit, l'immergeant jusqu'aux épaules. Ses bras, écartés en croix dans la canalisation, étaient ballottés par le courant. François voulut les ramener près de lui pour se pousser hors de l'eau, mais les tuyaux étaient trop étroits : impossible de plier les coudes. Il essaya de trouver une prise avec ses pieds, de s'accrocher aux barreaux, il battit des mains, chercha une anfractuosité sur laquelle prendre appui…

L'eau s'infiltrait par ses narines, se précipitait dans sa bouche ouverte.

Comme un con, il allait se noyer.

À DEUX C'EST MIEUX

Elias ne comprit pas immédiatement ce qui se passait. Voyant deux pieds s'agiter à l'extérieur de la bouche d'égout, il pensa d'abord que quelqu'un y faisait des travaux. Ce ne fut que dans un second temps, quand par simple curiosité intellectuelle il se rapprocha de l'ouverture pour voir de plus près le genre de travaux qui nécessitaient une position aussi ridicule, qu'il comprit que l'homme était coincé la tête sous l'eau. Il se pencha pour lui attraper les jambes et reçut un violent coup de pied dans le plexus. Il tomba en arrière, le souffle momentanément coupé. Il s'approcha une deuxième fois, plus prudemment et saisit l'homme par les mollets. Celui-ci ne sembla pas s'apercevoir qu'on lui portait secours. Il continuait de gigoter comme un poisson tandis qu'Elias faisait de son mieux pour le tirer hors du trou. Doté d'une force colossale, Elias était capable de soulever par les chevilles un homme de poids moyen sans broncher. L'homme de poids moyen, suspendu la tête à l'envers, gouttant comme une vieille serpillière, arrêta finalement de se débattre pour regarder Elias avec stupéfaction. Celui-ci le posa sur le sol.

— Y a d'aut' moyens vachement plus simples pour s'suicider, savez.

Il tira sur la chaîne de rallonges électriques et repêcha une caméra hors d'usage emmêlée de filaments bruns, probablement des algues. Perplexe, il jeta un œil interrogateur à François, qui restait assis par terre, les coudes sur les genoux, les mains ballantes.

— L'argent, dit il d'un ton découragé. Il était là-dedans. Il a été emporté.

Elias s'accroupit à la hauteur de François et endossa sans difficulté le rôle du méchant.

— Emporté ? Ça veut dire quoi, emporté ? demanda-t-il sans sourire.

— Emporté par le courant. Dans les égouts. Il y a une minute.

Elias n'en croyait pas ses oreilles.

— Tu peux m'espliquer c'que ma thune foutait dans un tuyau d'égout ?

— Je l'avais cachée là. Pour la protéger.

— Attends, kess tu m'dis, là ? Si j'te comprends bien, l'autre jour tu m'as bouffé le crâne, c'est ça ? Tu m'as menti !… Hé l'mesquin, tu m'réponds ?

— Je… j'étais en train de le récupérer… j'allais vous le donner…

— Non t'allais pas m'le donner, t'allais m'le *rendre*, y a nuance ! Alors elle est où ma thune ?

— Je vous l'ai dit, elle est…

Elias était enragé. Il lança son poing sur la joue de François. L'impact rendit un son humide. Elias regarda sa main soudain poisseuse avec dégoût. Il l'essuya sur le pantalon de François.

— J'm'en bats les couilles de ton blème ! Ton blème, c'est que t'as les mains vides. Ton blème, c'est que tu m'as chourave. Ton blème, c'est que j'vais t'écorcher vif si tu m'donnes pas ma caillasse tout d'suite, tu piges ?

Elias voyait que François était terrorisé. Au bord des larmes.

— Mais je l'ai plus, cet argent !

— 'tain j'te jure, tu pues la merde.

Pour ne pas se salir, Elias se retint de frapper à nouveau François. Il se releva. À ses pieds, François tremblotait de froid ou de peur. Un vrai pédé. Elias lui envoya son pied dans le gras de la fesse. François cria et se mit en boule pour se protéger. Il ne se rendait même pas compte qu'une position pareille appelait l'acharnement. Comment des baltringues pareils pouvaient-ils être la classe dominante ? N'était-il pas censé y avoir une sélection naturelle ? Elias avait souvent pensé que le jour où la banlieue se soulèverait, les costards-cravates ne tiendraient pas une semaine.

En d'autres circonstances, Elias se serait probablement défoulé sur lui. Mais ça ne résoudrait rien. Comme disait sa mère, « la banane ne pousse pas plus vite si tu cries dessus ».

— Y va où c't'égout ?

François sortit la tête de sous ses bras.

— Je sais pas. Ça coule par là, fit-il en pointant la direction du menton.

— Eh ben, on n'a qu'à suiv' le courant et on ouvre toutes les plaques d'égout.

— On peut pas faire ça, c'est dans des propriétés privées !

Elias chercha ses mots un instant.

— Tu peux m'redire ça ?

— Non, rien.

— Bon, alors t'arrêtes de rouiller maint'nant et tu t'dépêches. Allez, debout !

Elias sortit dans la rue, suivi de François qui grelottait.

— Il nous faut une lampe de poche. On n'y verra rien sinon, dit François.

Il avait raison. Elias ouvrit l'arrière de son Express

– qu'il avait récupérée contre 350 euros et qui faisait un nouveau bruit bizarre. Il fouilla son bordel et retrouva sa lampe, une grosse Maglite de flic au faisceau puissant.

Il se hissa sur le portail du voisin de François et jeta un œil dans la cour. Il ne semblait pas y avoir de plaque d'égout. Il essaya sur le suivant, toujours pas de plaque. En revanche, dans la cour d'à côté…

— Là, y en a une. Allez, saute par-dessus la grille.

François hésita un instant.

— Vous êtes sûr que c'est pas ouvert ?

Avec un soupir d'agacement, Elias fit jouer la poignée, en vain. François regarda le portail avec embarras.

— Bon. Vous me faites la courte échelle ?

— Tu t'fous d'moi ou quoi ?

Elias n'avait pas du tout l'intention de servir de maman à cette fiotte. Il regarda avec impatience François se hisser péniblement à mi-hauteur du portail, hésiter sur la façon d'enjamber les pointes sans s'empaler, s'y reprendre à plusieurs fois pour passer la première jambe, échouer systématiquement… N'y tenant plus, Elias le poussa. François émit un couinement terrifié et s'écrasa dans la cour, non sans avoir laissé la moitié de sa chemise en chemin. Elias le rejoignit, souleva la plaque d'égout, et la jeta de côté, où elle atterrit avec vacarme.

— Doucement ! chuchota François. Vous allez alerter tout le quartier !

— Ça s'est arrêté de couler. Allez, tu descends, moi j'te r'monte.

— Je sais pas si… commença François.

Elias lui appuya derrière la nuque et le fit tomber à plat ventre. Il s'essuya la main sur le pantalon de François.

— Tu fermes ta bouche. Tiens !

Il lui glissa la Maglite dans la main, et le poussa dans le conduit. François s'agrippa fébrilement aux barreaux de l'échelle.

— Oh la ! Oh la ! Doucement ! Douuuucement ! Aïe !

Il dégringola jusqu'au fond. Elias attendit.

— Alors ?

— Alors y a rien ! Vous pouvez m'aider à me mettre dans l'autre sens ?

Elias le saisit par les chevilles et le retourna avec la même aisance que s'il s'était agi d'un guidon de vélo.

— Aïe ! Stop ! C'est bon ! Aïe !... (Un temps de silence.) Rien non plus de ce côté ! Vous pouvez me re... aaaaaïeuuuh ! Aïe !

Elias tira François sans ménagement et le lâcha sur le sol pavé. Il avait de la boue fraîche collée aux cheveux et grimaçait de douleur.

— Aïe ! Merci... Vous pourriez essayer d'être un peu plus doux la proch...

Elias se dirigea vers la grille sans un mot.

— OK, je viens ! Je viens ! Vous voulez pas refermer le... ? Attendez-moi !

Ils parcoururent toute la longueur de l'impasse, répétant l'opération à quatre adresses différentes. Soit le fric était parti plus loin, soit il était coincé entre deux accès. La dernière plaque d'égout qu'ils soulevèrent était sur un trottoir (« On peut pas faire ça, c'est sur la voie publique ! »). À cet endroit, plusieurs tuyaux se déversaient dans un conduit plus large. Si le fric était arrivé ici, il était définitivement perdu. Et selon toute probabilité, c'était exactement ce qui s'était passé.

François n'était plus qu'une loque et il fouettait grave. Elias le surprit en train de faire un petit signe de la main gêné à une vieille qui passait sur le trottoir. Probablement une connaissance. Ils retournèrent chez lui.

— Alors blonblon ? Qu'est-ce qu'on fait maint'nant ?

— Je sais pas.

— T'as pas l'air très navré, ch'trouve. T'sais qu'tu m'dois quat' cent mille euros ?

— Quatre cent mille ? Y avait pas quatre cent mille ! Y avait trois cent mille !

Il avait compté. Dommage, Elias aurait pu gratter un peu.

— Ouais, trois cent mille euros. Donc tu sais compter. Ça fait deux cent barres. C'est pas rien deux cent barres. Ça commence à manquer, tu vois ? Y a comme un vide. Et t'sais quoi ? La nature a horreur du vide !

Un pain dans sa face pour bien faire rentrer le message. François trébuche et recule de plusieurs pas, mais ne tombe pas.

— Reviens là. Allez, reviens.

François s'avance prudemment en se tenant la mâchoire, les yeux affolés. Elias tend la main. François se tasse. Elias essuie sa main sur son pantalon.

— Ch'pourrais t'fumer tout d'suite. La seule raison pourquoi tu respires encore, c'est qu'tu m'dois. Alors tu vois, le deal, il est simple. J'te laisse jusqu'au 24 décembre pour m'organiser mon bonheur. Et si t'essaies d'me barber, t'es mort.

— Mais où est-ce que vous voulez que je trouve deux millions de francs ?

Un autre pain dans sa face. Elias s'essuie la main sur le pantalon de François.

— Tu t'démerdes. T'as une maison ? Tu la vends ! T'as une banque ? T'empruntes, tu la braques, j'm'en bats les couilles. Elle te sert à quoi, ta femme ? Fous-la sur le trottoir ! R'garde moi, comment j'me débrouille ! J'te menace de mort ! T'as qu'à faire pareil ! Tu trouves un blindé et tu le fais cracher ! J'te dis, c'est pas mon bizness.

— J'aurai jamais le temps de réunir autant d'argent !

— Mais t'as pas l'choix ! C'est ça, ou l'caveau. Familial en plus !

— Ne touchez pas à ma famille ! Ils n'y sont pour rien !

— T'as pas vu ? C'est marqué en tout p'tit en bas du contrat. Ta famille fait caution !

— Non ! Vous pouvez pas…

Un gros pain complet dans sa face. François s'effondre. Elias se penche sur lui et essuie sa main sur son pantalon.

— Je peux c'que j'veux.

LUNDI 15 DÉCEMBRE 2003

Poissons empoisonnés

Des centaines de kilos de poissons morts ont été retirés de l'étang des Terres Noires. […] Carpes, brochets, gardons et poissons-chats ont ainsi été ramassés à la surface de l'eau. Cette catastrophe écologique est due à la pollution des eaux usées. […]

JOURNAL DE RACHEL MARTIN-KUKLINSKI

Lundi 15 décembre 2003. Avant l'aube.

C'est la guerre froide avec Frédéric. Depuis la fête, on s'évite. Une bise de Barbie lundi matin (joue contre joue, la bouche embrasse le vide) parce qu'on était coincés au même endroit, mais sinon pas un mot. Il est resté avec ses copains, moi avec mes copines, on s'est appliqués à regarder ailleurs, et voilà. Je me sens un peu honteuse, et en même temps ça m'énerve parce que je ne devrais pas. Ou peut-être que si. Enfin bon, je me suis mise dans une situation merdique, j'ai été conne et infantile, certes, mais il pourrait comprendre que j'étais soûle, que je ne pensais pas vraiment ce que je disais... ou que, même si je le pensais, ça ne compte pas! C'est ça qui m'emmerde le plus, je crois. Je me suis mise à nu, je lui ai livré un peu de moi, et lui m'a jetée. Je suis risible. Quand je pense à ce moment, ça m'étouffe, J'AI ENVIE DE CRIER!!! (points d'exclamation rageurs)

Mais si je me calme, si je tente de réfléchir posément, je pense que lui s'en fout. Ma honte, l'image de faiblesse que j'ai laissée échapper, c'est mon problème avec moi-même. J'essaie de me mettre à sa place : si c'était lui qui m'avait demandé de coucher et que j'avais refusé, je ne l'aurais pas trouvé risible. Peut-être même que j'aurais été plus gênée que lui.

Ce qui pose vraiment problème, ce qui fout définitivement notre amitié aux orties, c'est la manière dont il m'a répondu :

« Je te ferai l'amour parce que tu m'aimes. »

Sous-entendu, si je ne suis pas totalement mytho : « Je t'aime. » Ça me déçoit. Tout le monde avait raison finalement : l'amitié entre fille et garçon est impossible. Pourtant j'y croyais, et j'aimais cette amitié, sa qualité très particulière. Je n'ai jamais été aussi intime avec quelqu'un et c'est sans doute parce que c'est un garçon, même si je ne peux pas expliquer cette corrélation.

D'accord. Je vais être honnête. On jouait vachement la séduction, les insinuations, les doubles sens. C'est sûrement ça qui me plaisait aussi. Pousser le bouchon le plus loin possible sans jamais conclure. Et bien entendu, ce n'est pas innocent si j'ai voulu que ce soit lui qui me décapsule (pour filer la métaphore du bouchon). Je suis une vraie salope quand j'y pense. « Allez viens, on couche ensemble, mais en tout bien tout honneur, on est des amis, il n'a jamais été question d'autre chose, et si tu pouvais te retenir d'éjaculer pendant qu'on y est, parce que sinon ça pourrait devenir vraiment ambigu... » Jusqu'où étais-je prête à aller en niant l'évidence? Jusqu'au bout, c'est simple. Jusqu'au bout. Sentir son sexe contre mon ventre m'a complètement affolée. J'y repense constamment, ça me fait un nœud.

(ha ha)

Est-ce que je l'aime? Est-ce que je l'aime trop pour risquer de le perdre dans une histoire d'amour? La principale caractéristique de l'amour par rapport à l'amitié, c'est que ça finit. Mais tant que l'amour n'est pas déclaré, il n'y a pas de risque de le voir s'éteindre. On peut continuer à souffler sur les braises d'une amitié équivoque aussi longtemps qu'on veut. Ça engendre probablement une certaine frustration, mais c'est justement ça qui émoustille, qui tient en alerte, vivant.

Raisonnement à deux euroballes : notre amitié n'avait rien d'éternel. Elle est partie en fumée dans la nuit de samedi à dimanche. Et contrairement à ce qu'on aurait pu imaginer, ce n'est pas l'amour qui est sorti du tas de cendres qui gît sur le parking de la salle des fêtes. C'est le vide. Ni amis ni amants, on n'est plus rien.

Et il y a Elias. Juste pour tout simplifier, il y a Elias.

Frédéric a très bien vu qu'il y avait anguille sous pansements. Peut-être même qu'il m'a vue pleurer dans ses bras à mon anniv'. Et juste après m'être pris un râteau avec lui, je vais trouver Fred. « Hé, bouche-trou, si tu me débouchais le trou ? » Évidemment qu'il n'a pas apprécié. J'ai même de la chance qu'il n'ait pas été plus dur que ça.

Elias.

Il vient tous les soirs à la maison voir mon père. Je ne sais pas ce qu'ils traficotent, sûrement que mon père lui donne le travail que Fisher n'est plus en état de faire (mais alors plus du tout...). Ce qui ne répond pas à ma question : qu'est-ce qu'il traficote ?

Lundi soir, ça a gueulé dans le bureau. Mon père avait l'air très en colère. Mais depuis quelques jours, il est toujours en colère. Déjà que, d'habitude, c'est pas facile de lui parler, là ça relève carrément du suicide de lui adresser la parole. On dirait qu'il va mordre tout le monde. Je reconnais cette tête à dix mille kilomètres, ses mâchoires serrées, comme un bouledogue qui tente de chier une brique. C'est étonnant de constater à quel point je détecte le moindre changement d'humeur sur son visage alors que je le connais si peu. C'est sans doute une faculté dérivée de l'instinct de survie. Quand j'étais petite, il suffisait que je pose une question au mauvais moment pour me prendre une baffe. J'ai appris à lire ses traits. Et surtout à me taire.

Bref, tout ça pour dire quoi ?

Ah oui. Samedi soir, vers 23 heures, quand Elias en a eu fini avec mon père, je l'ai suivi sur mon scooter. Il est allé jusqu'au parking de la Faisanderie. Je me suis garée à une certaine distance, et j'ai attendu de voir ce qui allait se passer. Je voulais savoir qui il attendait. Il est resté un moment dans sa voiture, il avait l'air de lire ou de prier (?), ou je ne sais pas. Au bout d'un moment, il est sorti, s'est étiré, et est allé pisser contre un arbre (exactement le genre de scène dont je me serais passée... surtout qu'il m'a tourné le dos...). Il est revenu vers sa Renault Express, a ouvert l'arrière, et s'est assis là pour manger une boîte de conserve, froide, je suppose. Ça faisait au moins une demi-heure qu'il était là, personne ne venait, et je commençais à vraiment me les geler.

Quand il a eu terminé son festin, il a jeté sa boîte au loin, a remonté ses jambes dans la voiture et a fermé les portes. J'ai encore attendu quelques minutes, mais il ne se passait plus rien. J'ai mis un peu de temps à comprendre...

Qu'Elias dort dans sa voiture.

Et ça recoupe un truc qui s'est passé la semaine dernière en sport : on avait cours en première heure au stade de la Faisanderie. Quand la prof a ouvert les vestiaires, elle a découvert que la porte n'était pas fermée à clé. Et à en juger par l'odeur de savon qui flottait dans l'air et par la touffeur de l'atmosphère, quelqu'un venait de prendre une douche. Sachant que ces vestiaires sont réservés aux scolaires (et donc aux horaires scolaires) et que de toute façon personne ne les utilise, qui d'autre qu'un SDF dormant sur le parking était susceptible de s'être livré à d'illégales ablutions avant notre arrivée ?

Apparemment ça fait deux ou trois semaines que ça arrive régulièrement, je crois que maintenant ils ont mis quelqu'un pour garder les lieux. Si c'est vrai, non seulement Elias est à la rue, mais en plus il n'a plus d'endroit où se laver.

Alors voilà ce que j'ai fait. Je ne sais pas exactement pourquoi je l'ai fait, je veux dire ni pour quelle raison ni dans quel but. La version officielle, c'est que je ne supporte pas l'idée qu'un mec qui travaille avec mon père crèche « sur le trottoir ». Et c'est vrai, ça me retourne le cœur. Mais il y a peut-être aussi un peu d'opportunisme dans mon intervention. Parce qu'il est inutile que je me mente : ce mec n'est pas n'importe quel SDF pris au hasard.

Hier, après sa sieste dominicale, j'ai glissé à ma mère d'un ton extrêmement concerné et à mots choisis que le nouveau collaborateur noir qui travaille pour papa n'avait pas de domicile et dormait dans sa voiture sur le parking de la Faisanderie et que je trouvais ça quand même un peu limite avec toute la place qu'on a chez nous... Bien sûr, le saint-bernard qui sommeille en elle s'est mis à gémir, elle a été scandalisée, et bref ça a marché comme sur des roulettes, elle est allée trouver mon père pour lui apprendre la nouvelle d'une voix bouleversée en me prenant à témoin.

Mon père nous a regardées comme si on lui avait tendu un piège. Il a commencé par dire qu'on n'était pas l'Armée du Salut, qu'il ne connaissait Elias que depuis peu, qu'on ne savait jamais

« avec ces gens », que s'il vivait dans sa voiture, c'était peut-être un choix, et que loger chez nous pourrait le rendre envieux, le pousser à voler, etc. J'ai eu le sentiment qu'il avait un truc sur le bout de la langue qu'il brûlait de cracher mais qu'il tournait autour. Ma mère lui disait qu'elle était certaine que « ce charmant garçon » était adorable, qu'elle avait eu un vrai coup de cœur pour lui quand il avait dîné à la maison, que si mon père l'avait embauché, c'était bien la preuve qu'il était tout à fait recommandable, que de toute façon ce n'était que pour une nuit ou deux, le temps de lui trouver un toit, qu'on ne pouvait pas décemment laisser ce jeune homme dormir dehors par un froid pareil...

Mon père a demandé à ma mère où elle comptait loger notre invité. Elle a répondu, ET JE JURE QUE C'EST VRAI, elle a répondu que comme Elias avait certainement tout ce qu'il lui fallait dans sa voiture, il valait sans doute mieux ne pas bousculer toutes ses habitudes d'un coup. Il pouvait la garer dans la cour et continuer à dormir dedans tout en utilisant la salle de bains le matin et en mangeant avec nous s'il en avait envie. Et elle a conclu, j'ouvre des guillemets mais ça ne suffira pas pour mettre la phrase à distance : « Tout le confort d'une vraie maison, mais en gardant sa liberté ! »

J'ai été estomaquée. C'est typiquement elle. À vomir. Altruiste en théorie, claquemurée en pratique. En fait, c'est clair, elle regrettait de s'être laissée aller à la compassion. Les arguments de mon père avaient porté, elle craignait de se faire égorger en pleine nuit par le charmant garçon. Mais comme elle ne pouvait pas revenir en arrière sans perdre la face, comme elle est tellement soucieuse de la pieuse image de Mère Teresa qu'elle s'est fabriquée, voilà ce qu'elle a trouvé pour s'en sortir.

Je n'ai pas pu me retenir. Je lui ai dit que ça n'allait pas résoudre le problème du froid et qu'à ce compte-là on ferait aussi bien de le laisser où il est. Elle m'a lancé avec le mépris souverain qu'elle affiche quand elle veut me faire comprendre que je n'ai pas à me mêler des histoires d'adultes : « Ne dis pas de bêtises, il y a beaucoup moins de vent dans la cour que sur un parking ! »

Moralité, on s'est engueulées. Comme toutes les disputes, c'était assez pathétique, surtout ses répliques et ses arguments. À la fin, je l'ai traitée de conne, elle a regardé mon père avec horreur, il y a eu un moment de flottement où j'ai bien vu qu'il se demandait quelle attitude adopter, et il m'a mis la gifle de ma vie. Je n'ai rien senti, j'ai juste pensé que ma tête allait se dévisser. En revanche, mon piercing n'a pas trop aimé, je me suis mise à saigner du nez, une vraie cataracte. J'ai clairement distingué ce que je décrirais comme une lueur de joie sauvage dans le regard de ma mère avant qu'elle ne se ressaisisse. Elle a crié sur mon père « tu es fou ? Regarde ce que tu as fait ! » et m'a donné du « oh ma pauvre chérie, tu as mal ? Montre-moi, mets ta tête en arrière ».

Je lui ai gueulé de me foutre la paix en insistant bien sur le F et le P, afin de lui postillonner le plus de sang possible à la figure, et je suis montée dans ma chambre.

Plus tard dans la soirée, Elias a garé sa voiture dans la cour. Elle y est toujours ce matin. Avec lui dedans. Hier, quand j'ai conçu l'idée de faire venir Elias ici, j'étais surexcitée, je me trouvais brillante et inventive. Maintenant, je m'en fous.

Le soleil n'est pas levé. Je n'ai presque pas dormi de la nuit. Mon nez pulse d'une douleur sourde, et j'ai les neurones en surcharge. Je crois bien que je déteste ma conne de mère. Je la hais. Je l'ai toujours haïe. Elle a passé sa vie à s'occuper des pauvres et des causes perdues, elle se pose en exemple pour l'humanité, mais elle ne s'est jamais occupée de moi. Pour ce qui est de se donner bonne conscience en récoltant des fonds, en organisant des réunions et des conférences, là, elle assure. Mais en réalité, ce n'est pas aux autres qu'elle s'intéresse, c'est à sa réputation. Ses œuvres de charité, son implication dans la paroisse, toute cette bonté sirupeuse qui dégouline de partout, c'est juste parce qu'elle n'a rien d'autre à foutre de sa vie. C'est sa raison sociale, voilà ce que c'est, une identité par procuration !

J'ai été élevée par des filles au pair. Enfant, je trouvais normal d'être habillée, nourrie, lavée, soignée, punie par ma nounou alors que ma mère était au salon en train de bavarder avec des amies, de feuilleter un magazine ou de regarder la télé.

Aujourd'hui, je trouve ça dingue.

Pendant toute mon enfance, j'ai l'impression de n'avoir vu ma mère que le soir, pour la rituelle histoire avant de dormir... On a dû lui dire que c'était très important pour le développement d'un enfant qu'on lui lise des histoires au lit. C'est tout ce qu'elle a retenu. Elle n'a aucune idée de ce qu'est un enfant, pas plus qu'un Biafrais, un Tibétain, un Roumain ou même qu'Elias. Elle ne m'a vue que lavée, coiffée, en pyjama, telle une poupée parfaite. Elle n'a jamais été dans la réalité, ni avec moi ni avec d'autres. Et c'est cette connasse qui prétend m'apprendre la vie ! Hallucinogène ! Je préfère encore son fonctionnement normal : quand elle m'ignore.

Il n'y a qu'une personne à qui je voudrais parler de tout ça. Frédéric.

MARDI 16 DÉCEMBRE 2003

Un père accusé d'inceste

Un ancien agent hospitalier [...] comparaîtra jeudi et vendredi aux assises [...]. Il est accusé d'avoir violé sa fille de 16 ans. La victime, tombée enceinte, avait dû avorter à l'hôpital de Fontainebleau.

Elle avait fait des confidences à sa mère qui avait porté plainte. [...] L'adolescente craignait son père, qui se montrait parfois brutal. Elle aurait subi des rapports sexuels durant deux ans.

LES AFFAIRES COURANTES

Robert avait fait payer l'enterrement par la ville. Un enterrement rapide, sans cérémonie, sans stèle. Juste un trou dans la terre et une petite plaque avec le nom Fisher et la date de son décès. Robert ne connaissait pas sa date de naissance, ni rien de sa vie privée. Il ne semblait pas avoir de proches et, s'il lui restait de la famille en Algérie, Robert en ignorait tout. À l'inhumation, il n'y avait eu personne d'autre que les employés de la mairie. Ils avaient profité de la mort d'un collègue pour prendre leur matinée, mais la plupart d'entre eux ne lui avaient jamais adressé la parole et aucun ne savait précisément quel était son rôle dans la municipalité.

Robert se sentait démuni. Cet homme, avec qui il avait passé presque cinquante ans de sa vie et dont il ne savait pourtant rien lui manquait terriblement. Fisher était la main de Robert. Une extension naturelle de sa personne. Des pans entiers de son existence reposaient sur lui. Robert fixait les buts, Fisher trouvait les moyens de les atteindre. Par accord tacite, il ne parlait jamais de ses méthodes, de ses réseaux, de ses contacts. Il faisait ce qu'il y avait à faire, Robert n'en demandait pas plus. Depuis son décès, Robert avait fait le geste de lui téléphoner une bonne quinzaine de fois, et chacun de ces appels avortés lui rappelait à quel point Fisher avait été essentiel.

Après l'enterrement, Robert s'était enfermé dans le bureau de Fisher. Un bureau isolé, au rez-de-chaussée, situé juste à côté d'une petite porte discrète qui donnait sur l'arrière de l'hôtel de ville. La plupart des visiteurs de Fisher ne voulaient pas être vus à la mairie. Dans la petite pièce, il n'y avait pas de dossiers, pas de papiers. Juste un fauteuil derrière un bureau et deux chaises dures pour tenir les visiteurs dans un état d'inconfort et donc d'infériorité. Sur le bureau se trouvait un ordinateur.

Robert détestait ces machines. Il ne les comprenait pas, et avait tout fait pour s'en tenir éloigné. Il savait que tout le monde, y compris les chefs d'entreprises, travaillait sur informatique, mais c'était pour lui un signe de laisser-aller. Trente ans auparavant, aucun chef d'entreprise ou homme politique digne de ce nom n'aurait été surpris avec une machine à écrire sur son bureau. Il y avait des secrétaires pour taper le courrier et les rapports, faire les tableaux et les calculs.

Robert appuya sur le bouton de mise en marche de l'ordinateur. Après quelques secondes, un message s'afficha à l'écran, lui demandant un nom d'utilisateur et un code. Il resta interdit. C'était dans cet ordinateur que se trouvaient tous les renseignements concernant l'activité de Fisher. C'était là-dedans que Robert devait pouvoir trouver les noms et adresses de ses débiteurs, l'argent qu'on lui devait, le montant des commissions que chacun lui payait, le rythme des versements. Il ne connaissait pas les gens avec qui il était « en affaires ». À l'exception de quelques-uns – très rares, comme Michel Rousseau, le gars des égouts – qui tenaient à traiter directement avec lui, Robert ne savait même pas le nom de ces malhonnêtes citoyens dont dépendait près de la moitié de son revenu… Huit mois auparavant, lorsqu'il avait fallu négocier la cession des espaces pour la nouvelle galerie commerciale, tous les contrats comportaient une clause cachée précisant le pourcentage de chiffre d'affaires que chaque commerçant devrait consacrer à sa « sécurité ». Les travaux de la galerie n'avaient même pas débuté que c'était déjà le merdier. Comment trouver le code ? Et en admettant qu'il le trouve, comment retrouver les informations dans l'ordinateur ? Robert ne pouvait quand même pas demander à Leslie, par exemple, de récupérer et d'imprimer les documents pour lui ! De toute façon, connaissant Fisher, ils étaient probablement codés eux aussi. Comment Robert allait-il faire pour récupérer son dû s'il ne savait pas à qui s'adresser ? Il s'imaginait mal débarquant dans une boutique et réclamant – en sa qualité de maire – la petite enveloppe de liquide qui lui revenait… Il n'était d'ailleurs pas sûr que Fisher mentionnât jamais le fait que l'argent atterrissait dans sa poche. Les commerçants pensaient peut-être avoir affaire à une mafia locale.

Et Robert doutait fort que ce connard de Noir puisse remplacer Fisher. Il avait l'air dégourdi comme un fer à souder. Un jour il était tout fier d'annoncer qu'il savait où était l'argent – il aurait même lâché un nom si Robert ne l'en avait pas empêché – et la fois d'après il revenait la queue entre les jambes, bafouillant qu'il y avait eu un contretemps. Robert était de moins en moins persuadé de récupérer un jour ce fric. Pourtant, avec les incertitudes liées à la mort de Fisher, il avait plus que jamais besoin de cash. Si le Noir ne lui rapportait pas cet argent, Robert aurait au moins un prétexte pour le tuer. Ça ne sauverait pas sa situation financière, mais ça le soulagerait. Il ne pouvait pas le sacquer. La bonne impression qu'il avait eue lors de leur première rencontre devant son coffre-fort s'était volatilisée. Le Noir avait tué Fisher, perdu trois cent mille euros, et hypothéqué son équilibre financier à long terme. Ça faisait un contentieux.

De plus, il n'avait aucune force de caractère. Il baissait la tête, se contentait d'encaisser les brimades sans répondre, semblait attendre que la foudre lui tombe dessus. Un tel tempérament de victime ne pouvait susciter que le mépris. Il obéissait à tout ce que Robert ordonnait sans demander de compensation, sans discuter. Robert n'arrivait pas à comprendre qu'il n'ait pas déjà détalé. Était-il con au point de croire ce qu'il lui avait dit en prenant le polaroïd ? De croire que Robert pouvait le faire rechercher par la police ? Et pour quel motif ? C'était à pleurer de rire !

Et il logeait dans sa cour. Au début, Robert avait été plutôt contre, mais l'avoir toujours à l'œil et sous la main pourrait finir par présenter des avantages. Il était juste dommage qu'il soit tellement abruti. Robert hésitait à lui confier des tâches plus compliquées que d'aller faire la plante verte à l'anniversaire de sa fille ou d'emmener sa femme à un dîner de charité. Presque par jeu, il s'en servait comme coursier, pour voir jusqu'où il était prêt à obéir. Il semblait ne pas y avoir de limite. Mais Robert ne se faisait pas d'illusions : il ne suffisait pas de vouloir, il fallait aussi pouvoir, et un crétin pareil était de toute évidence dépourvu des talents de coercition de Fisher.

C'était ce que Robert trouvait de fascinant avec la population des banlieues chaudes. Comme des loups, elle pouvait mordre si on entrait sur son territoire, mais comme des loups elle avait avant tout l'esprit de meute. Le loup solitaire recherche un chef qui lui dise quoi faire, qui lui indique la direction. Le jeune de banlieue était un loup dégénéré. Un bâtard galeux, prêt à suivre le premier meneur venu, avide de se nicher sous la domination d'un mâle plus puissant que lui. Pour mettre en place son trafic de cigarettes, Fisher avait fait la démonstration de sa force, et les loups avaient cessé d'aboyer.

La menace de soulèvement des banlieues qu'évoquaient régulièrement les médias (et que relayait, en roulant de gros yeux, la bourgeoisie terrifiée des dîners mondains) faisait ricaner Robert. Que la banlieue se soulève, qu'elle ose sortir de son territoire, et elle serait défaite en une semaine.

À la mairie, Leslie lui remit son courrier, cacheté comme toujours – certaines correspondances ne devaient pas tomber sous n'importe quels yeux.

Il entra dans son bureau et ferma la porte. Une enveloppe noire l'intrigua particulièrement. Son nom en capitales y était écrit en rouge sang, et s'étalait sur toute la surface de l'enveloppe. Il l'ouvrit. À l'intérieur, une feuille blanche et une photo. Sur la feuille était tapé un message plutôt bref mais très clair :

CETTE PHOTO SERA RENDUE PUBLIQUE
DANS UNE SEMAINE
OU PEUT-ÊTRE PAS
300 000 € CONTRE MON SILENCE

La photo, d'une netteté étonnante, le montrait dans son bureau, vêtu d'une chemise blanche, le pantalon sur les chevilles, en train de se faire téter le gland par Catherine Chardone. L'air concentré, assez stoïque en vérité compte tenu de la situation, il était tout à fait identifiable. Il regrettait de ne pas avoir enlevé sa cravate, elle lui donnait une touche assez ridicule. Catherine, malgré une mèche de cheveux qui lui barrait la joue, était également très reconnaissable pour quiconque l'avait déjà vue bite en bouche. Et de manière générale, pour quiconque la connaissait.

Du chantage. Quelqu'un osait se risquer à le faire chanter. Robert sentait son sang circuler avec plus de force, l'adrénaline s'épandre dans ses veines. Un *vrai* combat à mener. Il était excité.

Il leva la tête pour repérer l'endroit d'où avait pu être pris le cliché. Balaya du regard la façade de l'autre côté de la rue. Le photographe s'était forcément trouvé là. La photo était zoomée et écrasait les perspectives, il était impossible de déterminer avec précision la fenêtre où s'était posté le photographe, mais Robert pouvait deviner une légère plongée. L'image avait été prise depuis les étages supérieurs. Il aurait été facile d'envoyer Fisher dans les six ou huit appartements susceptibles d'abriter l'apprenti paparazzo, il aurait réglé la question proprement, mais Fisher n'était plus là. Robert allait devoir s'occuper lui-même de cette affaire. Il sourit en faisant craquer les jointures de ses doigts.

La première question était la suivante : qui pouvait être assez inconscient pour se commettre dans une entreprise aussi évidemment vouée à l'échec ?

PAPARAZZO

François n'en revenait pas : comment avait-il pu être assez inconscient pour se commettre dans une entreprise aussi évidemment vouée à l'échec ?

Et pour commencer, qu'est-ce qui lui avait pris de suivre le conseil du Noir ? Ce n'était même pas un conseil ! C'était une idée en l'air, une plaisanterie, un exemple absurde ! Dans la même phrase, il lui avait aussi suggéré de cambrioler une banque ou de mettre sa femme sur le trottoir. Alors pourquoi l'avoir écouté ?

Menacer un riche pour lui soutirer de l'argent. L'idée, aussi saugrenue que les autres a priori, avait pourtant fait son chemin.

Après avoir passé une heure la tête dans les égouts (et tandis qu'il inventait de nouveaux mensonges pour justifier aux yeux de sa femme et de ses enfants les nouveaux bleus qu'il avait au visage, la perte de sa chemise et l'odeur de vase qui flottait autour de lui), François avait laissé son cerveau travailler en tâche de fond. Il triait ses amis et relations en fonction de leur fortune réelle ou supposée, et cherchait les moyens de pression dont il disposait pour les faire passer à la caisse. La conclusion était vite tombée : il ne connaissait plus personne de suffisamment riche pour le tirer d'affaire, et n'aurait de toute façon pas pu les compromettre de quelque manière que ce fût.

Alors qu'il venait de se résoudre à abandonner cette voie, ce fut Catherine qui lui fournit la solution en lui annonçant qu'elle rentrerait certainement un peu tard le lendemain, car elle voyait Gisèle après le travail. La dernière fois que Catherine lui avait parlé de Gisèle, c'était pour lui raconter qu'elle avait trompé son mari avec le vendeur de farces et attrapes (ce que toutes ses amies désapprouvaient). François eut la certitude que Catherine mentait. Son inconscient lui avait fait choisir Gisèle comme alibi parce que leurs situations étaient similaires. Elle avait prévu d'aller se faire tringler par son ami le sénateur-maire. Le picotement de jalousie réflexe ne dura pourtant qu'un instant, et François se dit qu'il devrait réfléchir à l'indifférence qui le gagnait concernant le délabrement de son couple. Mais il avait plus urgent à penser. Le maire. Cet homme était le plus riche de Fontainebleau, c'était de notoriété publique. Il se plaisait à parader au volant de sa Jaguar, vivait dans un immense hôtel particulier, possédait la peau, les cheveux, les dents et les costumes d'un homme qui avait les moyens. Sa fortune devait se compter en millions et François savait comment le faire chanter.

Comptant sur une certaine ancienneté de l'adultère, et donc sur l'installation d'une routine dans les horaires, François était retourné voir le vieux libraire juste avant l'heure de fermeture. Sous prétexte d'installer un antivirus sur son ordinateur, il était parvenu sans peine à se faire inviter pour l'apéro. Comme prévu, le couple clandestin s'affairait sur le bureau en acajou payé par le contribuable. Un verre à la main, François et le libraire avaient observé la scène en connaisseurs. Tout entier mobilisé par l'enjeu de sa photo, François s'était comme dédoublé. Il n'avait rien ressenti de particulier à voir son épouse dévorer le corps d'un autre. Sans le moindre embarras, il avait sorti son appareil et pris quelques photos, soignant le cadre et la mise au point. Le libraire n'avait fait aucune remarque, soit qu'il fût trop absorbé par le spectacle, soit qu'il considérât que prendre ces photos était bien naturel.

Le lendemain, au moment de développer la pellicule, François s'était rendu compte qu'il n'avait pas tout prévu. Ces photos valaient de l'or ; il ne pouvait pas faire confiance au technicien du labo photo pour rester discret. Or si elles étaient diffusées, son moyen de chantage s'évaporait. François avait fini par se décider à faire le travail lui-même. Tout ce qu'il fallait, c'était développer le rouleau de film. Pour le tirage papier, son scanner et son imprimante couleur laser feraient l'affaire. Il n'y connaissait rien en développement mais avait trouvé sur Internet un site qui donnait la marche à suivre. Il avait opéré dans l'atelier photo de l'école, une pièce en sous-sol, ancienne cave envahie de salpêtre et équipée d'un matériel archaïque. Priant pour ne pas faire d'erreur dans le dosage des produits ou le minutage des bains, priant pour ne pas être surpris par un collègue ou un élève, priant pour que juste cette fois quelque chose fonctionne dans sa vie, il avait suivi scrupuleusement les indications du site. Et ses prières avaient été exaucées.

Plus tard, chez lui, il avait passé la pellicule au scanner. Au cœur de la nuit, assis dans le renfoncement du couloir qui lui servait de bureau, se donnant l'impression d'être un adolescent en train de surfer en cachette sur des sites Web interdits, il avait choisi la meilleure pose avec minutie – sur des critères essentiellement artistiques – et l'avait imprimée sur un papier mat de qualité. Il lui avait ensuite fallu une heure pour trouver la formulation de sa lettre d'accompagnement.

Il avait voulu envoyer la photo par mail en cachant l'expéditeur, mais il n'avait pas réussi à trouver l'adresse électronique du maire ; et, en observant de plus près ses clichés, il s'était rendu compte qu'il n'y avait pas trace du moindre ordinateur dans le bureau. Robert Martin ne devait même pas savoir se servir d'une souris. François préférait ne pas envoyer cette photo sur le poste de la secrétaire.

Il avait donc pris une autre heure pour fabriquer son enveloppe, et une bonne demi-heure le lendemain matin pour guetter le moment où personne ne regardait et glisser le tout dans la boîte aux lettres de la mairie.

Après quoi, il avait été frappé de diarrhée et avait passé le reste de sa journée cloué au lit et vissé au siège des toilettes, en alternance.

C'est dans cette deuxième position qu'il avait reçu le coup de fil qui devait aggraver son état.

— Monsieur Chardone ?

— Oui, c'est moi.

— Robert Martin à l'appareil.

— … Qui ?!

— Robert Martin. Le maire.

— Ah oui… Monsieur Martin ! Comment ça va ?

L'effort déployé par François pour paraître jovial avait fait muer sa voix comme à l'adolescence. Le « va » était allé se perdre dans les aigus.

— Ça pourrait aller mieux. Beaucoup mieux en fait.

— … Ah bon.

— Je ne vous cache pas que je vous appelle justement pour ça.

— Vous, heu… Vous avez des problèmes de… d'ordinateur ?

— Vous voulez passer me voir à mon bureau ?

— Heu… C'est-à-dire demain j'ai cours toute la journée, et…

— Qu'est-ce que vous faites tout de suite ?

— Tout de suite, vous voulez dire maintenant ?

— Oui.

— Heu je… rien, je… Enfin, j'allais… Mais la mairie n'est pas fermée ?

— La mairie ferme quand je le décide, c'est moi le maire.

— Ah oui. Bien sûr.

— Alors je vous attends…

— …

— Chardone ?

— Oui, oui. J'arrive.

— À tout de suite.

Au volant de Clémentine, les mains glacées et les tripes en éruption, François paniquait. Comment Robert Martin avait-il découvert si vite qu'il était le maître chanteur ? François lui-même ne s'était pas encore fait à l'idée ! Est-ce que Catherine avait repéré son manège ? L'avait-elle espionné tandis qu'il imprimait sa photo ?

Tout compte fait, il aurait été mieux inspiré de la prostituer, c'était moins risqué. Et le chantage était plus sévèrement puni par la loi que le proxénétisme, il en était sûr. Combien risquait-il pour ces clichés ? Il essaya de se raisonner. Si Martin l'avait appelé, c'était qu'il voulait négocier. Après tout, François était en position de force. Il avait les photos, il pouvait les publier, et le maire pensait peut-être qu'il avait d'autres éléments encore plus compromettants en sa possession… Mais alors pourquoi se sentait-il dans une telle situation d'infériorité ?

L'hôtel de ville était désert. La porte était ouverte. François entra, et gravit les marches de marbre qui menaient à l'étage avec la sensation de monter à l'échafaud. Son reflet dans un miroir lui renvoya un visage couvert d'ecchymoses et de coupures. Le visage d'un homme qui avait déjà perdu quelques combats et ne nourrissait pas de folles illusions quant à l'avenir immédiat. Robert Martin était assis dans son fauteuil, les bras croisés. Il ne faisait rien. Il l'attendait.

— Entrez. Installez-vous.

François entra, s'installa.

— On se connaît très peu, Chardone. Mais je ne vais pas y aller par quatre chemins : vous me mettez dans une situation très désagréable, et je veux régler ça maintenant.

Raide comme un morceau de bois, François ne savait pas quoi répondre. Il ignorait ce que savait réellement Martin. Fallait-il jouer l'innocent en espérant que l'autre était juste en train de le sonder, ou valait-il mieux mettre cartes sur table pour éviter de s'enfoncer ? Il toussota en changeant de fesse d'appui, attendant que le maire en dise plus.

Le maire n'en dit pas plus. Il sortit une photo que François reconnut immédiatement.

— Je ne suis pas responsable ! lança-t-il un peu trop vite.

Robert pencha la tête et le considéra en silence, les sourcils froncés. François ne soutint pas son regard, préférant se pencher sur la photo.

— Vous devez bien avoir votre part de responsabilité, mais ce n'est pas à moi d'en juger.

Il fallut quelques secondes à François pour assimiler cette réponse et reconfigurer le scénario de l'entretien en la prenant en compte. Robert ne savait pas qu'il était l'auteur de la photo ! Il la lui montrait parce qu'il voulait lui annoncer lui-même que sa femme le trompait ! D'homme à homme, les yeux dans les yeux !

— Ah oui, pardon, excusez-moi ! dit François sur le même ton que si Robert lui avait annoncé qu'il avait la braguette ouverte.

Il y eut une lueur de surprise dans les yeux de Robert. Le soulagement de François était trop perceptible, il était censé être assommé par cette terrible nouvelle. Quelle était la bonne réplique, déjà ?

— Pourquoi vous me montrez ça ?

Vaine tentative de voix blanche dans le but de paraître assommé par la terrible nouvelle.

— Ça fait un certain temps que ça dure, et vous alliez finir par le découvrir d'une manière ou d'une autre. De toute façon, vous ne paraissez pas très surpris. Vous aviez sûrement des soupçons. (François ne répondit pas.) Le type qui a pris cette photo essaie de me faire chanter. Il a promis de la rendre publique d'ici une semaine. Comme je n'ai pas l'intention de me plier à ses désirs, j'essaie de lui mettre la main dessus avant qu'il ne passe à l'acte. Mais si je n'y arrive pas, il ira au bout. Il y a très peu de chances pour que les médias la publient, mais ce qui est certain, c'est qu'ils relaieront l'information et tenteront d'en faire un scandale. Personnellement, je m'en serais passé, même si je ne risque pas grand-chose. Je suis un homme politique. Tout le monde s'attend à ce que j'aie une maîtresse. C'est presque une question de crédibilité. Ça n'aura pas sur ma carrière l'influence que ce photographe amateur imagine. Ça pourrait même me rendre service, me mettre un peu sur le devant de la scène. Mais pour vous, c'est une autre histoire. J'ai pensé qu'il valait mieux que je vous en parle. Catherine ne sait rien de cette photo, elle ne sait pas non plus que je vous ai fait venir ce soir. J'ai pensé que vous préféreriez régler le problème entre vous.

— C'est très gentil. Enfin, non. Vous êtes un salaud.

— J'accepte l'épithète, répondit Robert avec un rictus amusé. Mais si vous y réfléchissez, vous verrez que ce que j'essaie de faire en ce moment, c'est surtout d'éviter que le scandale ne rejaillisse sur vous et votre famille. Vous révéler la vérité, même de manière aussi brutale, vous permet de vous préparer. Et ça donne de toute façon moins de poids au chantage. Si le maître chanteur apprend que vous êtes au courant – et j'ai bien l'intention de le lui faire savoir –, il saura que son scoop a perdu la moitié de sa valeur.

François ne pensait pas à Catherine. Il ne pensait pas au scandale dont il savait – et pour cause – qu'il n'éclaterait jamais. Il pensait à trois cent mille euros qui venaient de se volatiliser une seconde fois. Il pensait qu'il n'avait pas de plan B.

— Pendant que j'y pense, enchaîna Robert, vous êtes ingénieur informatique, non ?

— Heu… Si.

— Je peux vous montrer un ordinateur, en bas ? J'ai perdu le code pour le faire démarrer, et il contient des documents qu'il faut absolument que je récupère…

ÉVA CONTRE ÉVA

Tout le monde m'aime. Je ne parle pas d'amour fou, n'est-ce pas, mais je ne me connais pas d'ennemi. Ça paraît prétentieux mais c'est la vérité. Je n'ai pas le moindre ennemi. Mais bon, si on y réfléchit, ça n'est pas si étonnant que ça : qui pourrait en vouloir à quelqu'un comme moi, qui passe son temps à aider les autres ? Lundi soir, la Maison des Associations m'a décerné une médaille. Ça n'est pas dans leurs habitudes, ils ne font jamais ça. Mais, grâce à tout ce que j'ai fait depuis quinze ans – aussi bien dans l'humanitaire que dans la vie associative –, ils ont eu cette idée charmante d'organiser un cocktail en mon honneur, avec remise de médaille et tout. Le président de la cérémonie a énuméré la liste des associations que j'ai fondées, ou auxquelles j'ai activement participé, il a aussi mentionné toutes les œuvres de charité dans lesquelles je me suis impliquée… C'était affreusement géant, heu pardon, affreusement *gênant*… Je ne me rappelais pas moi-même en avoir fait autant ! Les analphabètes, les SDF, les maladies orphelines, le tiers-monde, les animaux abandonnés, la pollution, les sans-papiers… On dirait que j'ai tout fait ! J'ai même récolté des fonds pour la réfection du clocher de l'église !

En fait, je suis de gauche, il faut que je me rende à l'évidence, je suis de gauche. Mon mari serait fou s'il apprenait ça.

Je ne sais pas si je vous l'ai dit mais, depuis quelque temps, mon mari emploie un jeune homme. C'est un peu son factotum. Par exemple, il l'envoie faire des petites courses, ou il lui demande de me conduire. D'ailleurs, c'est lui qui m'a emmenée à cette remise de médaille. Et en principe il devrait venir me chercher à la fin de notre séance. Il s'appelle Elias, il est absolument délicieux. Si touchant avec son petit air buté et son accent de banlieue. On sent qu'il essaie de bien faire mais qu'il a du mal à lutter contre sa nature… Bref, je l'aime bien. Et l'autre jour, j'ai découvert qu'il n'avait pas de domicile ! Je ne sais pas où mon mari est allé le chercher, mais ce pauvre garçon dormait dans sa voiture sur le parking de la Faisanderie, vous savez, à côté du stade… Alors bien sûr, dès que j'ai appris ça, je n'ai fait ni une ni deux, j'ai proposé de le loger en attendant qu'il trouve un toit ! Je lui fais à manger – on l'invite à notre table, évidemment –, on lui donne accès à une salle de bains, je fais laver son linge par la femme de ménage, bref, il est comme à l'hôtel ! Je lui fais la conversation aussi, mais il est tellement timide… il n'ose pas exprimer sa reconnaissance. En réalité, c'est tout juste s'il ouvre la bouche.

Mais je ne suis pas venue pour vous raconter Elias. C'était juste un exemple pour illustrer… Pour illustrer… je ne sais pas, pour illustrer le décalage. Le décalage entre ce que je suis et…

J'ai un problème avec Rachel. C'est ma fille. Elle me déteste. Je vous ai dit que tout le monde m'aimait, mais c'était en fait pour vous dire que Rachel me déteste. Pourtant, elle a toujours été une enfant très sage, très docile. Bon, c'est une adolescente, elle s'émancipe, c'est normal, elle a des crises, comme toutes les filles de son âge… Le mois dernier, elle s'est fait planter une boucle d'oreille dans le nez sans me demander mon avis, ni à son père. Je l'ai disputée, j'étais obligée, je suis sa mère quand même ! Je ne peux pas la laisser se faire trouer de partout, surtout qu'on ne connaît pas les conditions d'hygiène dans les officines qui pratiquent ce genre d'opération ! Mais c'est une gentille fille, et d'ailleurs il lui va plutôt bien finalement, ce bijou. Elle ne pose pas de problème, on lui laisse une très grande liberté, on a confiance en elle, elle n'est pas du genre à faire des excès, à se droguer ou à avoir des mauvaises fréquentations.

Bon, elle n'a pas le droit de sortir trop tard, ni en dehors du week-end ou des vacances, mais c'est normal, elle est encore à l'école, encore mineure, tous les enfants sont soumis au même régime, en tout cas dans les familles responsables. Et puis en général, on peut quand même dire qu'on lui fiche une paix royale.

Pourtant elle m'en veut. C'est terrible à quel point elle m'en veut, je ne comprends pas… Ça a commencé l'autre soir, quand j'ai décidé d'accueillir Elias à la maison. Rachel s'est mise à me crier dessus, elle me disait que je n'en faisais pas assez, que… Enfin je n'ai rien compris, je recueille ce garçon qui est à la rue, et elle me hurle dessus comme si j'avais commis un crime ! Elle me dit que je suis égoïste, que je ne pense qu'à moi, que je ne vais pas au bout de mes intentions, elle me parle comme… comme si j'avais décidé de laisser Elias dehors ! Et elle a fini par me traiter de… de conne, excusez-moi, mais c'est le mot qu'elle a employé. Ça n'a aucun sens, ça m'a complètement bouleversée, je n'ai pas fermé l'œil de la nuit.

…

Il faut quand même que je vous explique ce qui a provoqué cette crise. Quand j'ai parlé à mon mari de faire dormir Elias à la maison, il était assez embêté. Il avait peur qu'Elias ne vole des choses, ou ne profite de la situation pour faire… je ne sais pas, moi ! Je ne le connais pas, Elias, et j'ai pensé que si mon mari disait ça, c'est qu'il avait de bonnes raisons, vous voyez, qu'il connaissait peut-être le passé de ce garçon, ou… On n'a pas eu l'occasion d'en reparler, mais je pense qu'il doit être en réinsertion, il a peut-être fait de la prison, ou quelque chose comme ça. Bref, comme je ne voulais quand même pas laisser Elias dormir sur le parking, j'ai proposé qu'il emmène sa voiture – en fait, ça n'est pas une voiture, c'est une petite fourgonnette, vous voyez, comme un véhicule d'électricien ou de plombier, il y a toute la place pour dormir à l'arrière si besoin –, j'ai proposé qu'il gare sa voiture dans la cour et qu'on le fasse manger avec nous, qu'on lui prête la salle de bains, et tout ce que je vous ai dit, mais que, *dans un premier temps*, il reste dormir dans sa voiture. Pour qu'il n'ait pas la tentation de rôder dans la maison la nuit. Ça paraît raisonnable, non ? Ça n'est quand même pas faire preuve d'égoïsme ou de racisme ou de préjugés ! C'est une prudence élémentaire, on ne le connaît pas ce jeune homme, après tout !

Bon, c'est ce que j'ai essayé d'expliquer à Rachel, mais elle n'a rien voulu entendre, elle était complètement enragée. Je ne me souviens pas de m'être jamais disputée aussi fort avec elle. À la fin, son père a dû la gifler, c'est vous dire ! Il y est allé un peu fort d'ailleurs, elle s'est mise à saigner du nez… Moi je suis contre les châtiments corporels, je n'ai jamais levé la main sur Rachel, mais lui, c'est différent, c'est un homme, il est comme ça. Enfin, je ne voudrais pas qu'il y ait de malentendu, Rachel n'a jamais été une enfant battue ! Mais c'est vrai que Robert lui a donné quelques bonnes fessées de temps en temps. Sans excès, juste quand elle le méritait. Quand il jugeait qu'elle le méritait.

Après cette dispute, comme je vous disais, j'ai très

mal dormi. Je me suis levée tôt et j'ai préparé son petit déjeuner pour le lui amener au lit. Je ne fais ça que quand elle est malade, mais c'était une manière de se réconcilier. De savoir comment allait son nez, peut-être de discuter un peu pour comprendre ce qui s'était passé, pour lui montrer que je ne lui en voulais pas de s'être emportée, qu'elle restait ma fille. Pour lui expliquer plus calmement mes raisons à propos d'Elias. Mais elle n'était pas dans sa chambre, elle était déjà sous la douche. J'ai voulu poser le plateau sur son bureau, qui était encombré comme tous les bureaux d'ado, j'ai essayé de faire de la place en poussant un peu… et je suis tombée sur son journal. Je savais qu'elle tenait un journal. Depuis qu'elle sait écrire je la vois plongée dans ses cahiers. Elle en a rempli des dizaines et des dizaines.

Enfin bref, son journal était ouvert sur son bureau, à l'endroit où elle s'était arrêtée. Je n'ai jamais fouillé dans ses affaires, je ne regarde jamais ses journaux, je ne m'immisce jamais dans sa vie privée, mais il était là, ouvert sous mes yeux, et… et ça parlait de moi ! Elle parlait de moi !

Ce qu'elle dit de moi… Ce qu'elle écrit de moi…

Comment vous dire… Je sais bien qu'on ne connaît jamais sa famille, mais là… Pour elle, je suis… une imposteuse, je ne sais pas si le mot existe mais vous voyez. Une mauvaise mère et une imposteuse. Elle écrit qu'elle me déteste. Textuellement : elle me déteste. Selon elle, je ne me suis pas assez occupée d'elle quand elle était petite, elle m'en veut parce que soi-disant elle passait plus de temps avec les filles au pair qu'avec moi, mais… Mais elle ne comprend pas qu'on ne pouvait pas s'occuper d'elle à plein temps, mon mari et moi ! Les adultes ont des choses à faire, des vies à mener, on ne peut pas tout arrêter à cause d'un enfant ! On a trouvé le meilleur compromis, ç'aurait pu être largement pire, on aurait pu l'envoyer à la crèche, enfin je…

Elle a toujours eu quelqu'un pour prendre soin d'elle, quelqu'un pour lui tenir compagnie. C'est vrai que ça n'était pas toujours moi, que je me reposais beaucoup sur les filles au pair, mais enfin vous n'allez pas me dire que j'ai été une mauvaise mère parce que j'ai fait en sorte qu'elle ne manque de rien !

Ou peut-être que si ? Peut-être que j'ai échoué dans mon rôle de mère, je ne sais pas. C'est comme ce qu'elle écrit sur mon engagement dans l'humanitaire. Pour elle, ce n'est qu'une vitrine. Elle pense que je fais tout ça pour me donner bonne conscience mais qu'au fond je suis égoïste, que je ne pense qu'à mon image, à ce que les gens vont penser de moi. C'est absurde, c'est…

Mais si elle avait raison ? Tout à l'heure je vous ai dit que tout le monde m'aimait. Mais c'est peut-être ce que je *veux* croire, si ça se trouve tout le monde pense comme elle, que je suis une hypocrite, une femme superficielle. Qu'est-ce que les gens pensent de moi en réalité ? Je n'ai aucun moyen de le savoir. Et si tout le monde pense que je suis fausse, est-ce que tout le monde a raison ? Est-ce que je me fais des illusions sur moi-même ? Je connais plein de gens qui se trompent sur eux-mêmes. Des gens sinistres qui se croient drôles, des imbéciles qui se croient intelligents, des artistes ratés qui se croient talentueux. J'en connais plein, j'en croise tous les jours ! Et si j'étais comme eux ?

Après tout, la dernière fois, j'étais à deux doigts de vous avouer que si j'avais autant d'activités dans ma vie, c'était pour remplir le vide de mon existence. « *Le vide de mon existence* »… J'ai l'impression d'avoir piqué cette expression à toutes les personnes qui se sont allongées sur ce divan avant moi. Le vide, le trop-plein, vous devez entendre ça toute la journée. Mais au fond c'est de ça qu'il s'agit, non ? L'être humain s'agite pour ne pas se laisser aspirer par sa propre vanité. Est-ce que je suis beaucoup plus dans la fuite en avant que le reste de l'humanité ? Il faut bien se donner une raison de vivre ! Certains choisissent leurs enfants, moi j'ai choisi l'humanitaire. Ça n'est pas si honteux, si ?

Qu'est-ce que vous feriez, vous, si d'un seul coup vous appreniez que les gens vous voient différemment de ce que vous pensiez ? Si tout ce que vous considérez comme vos meilleures qualités était en fait perçu comme vos pires défauts par l'ensemble de vos amis, par votre famille ? Est-ce que ça n'est pas totalement effroyable de se rendre compte qu'on n'a aucune prise sur ce que les gens pensent de soi ? Aucune vérité ? Et qu'il en sera toujours ainsi ? Quand j'entends le mal que les gens disent des autres... Pour quelle raison est-ce que j'échapperais à ça ? Aux ragots, aux commérages, aux coups de poignard dans le dos ?...

Du coup, je regarde tout le monde d'un autre œil. Je perçois des doubles sens qui n'en sont sans doute pas, j'interprète les regards ou les intonations. Et ça me rend ridicule : je m'observe, je suis si attentive à ne pas avoir l'air fausse qu'évidemment je le deviens ! Tout à l'heure, je suis allée voir des copines. Je leur avais promis un gâteau et je suis venue les mains vides. Pourquoi ? Parce que j'ai pris conscience que faire des gâteaux c'est juste acheter de la reconnaissance. J'attends qu'on s'extasie, qu'on me remercie, qu'on me demande ma recette... Ça me valorise. Je dis toujours que j'aime faire plaisir, mais en réalité, qu'est-ce que je cherche quand je fais plaisir ? Je cherche à être le centre de l'attention, je cherche la gratitude. On peut appliquer ça à tout. Aux SDF, au tiers-monde, aux enfants malades... Tout ce que je fais me vaut de la reconnaissance. Est-ce que je ne fais tout ça que dans ce but ? Dans son journal, ma fille a appelé ça ma *raison sociale*. Et si elle voyait juste ?

Je sais que ça n'a rien de nouveau, je ne prétends

pas faire la découverte du siècle, on se pose tous ces questions, mais… Mais je ne sais pas, en ce moment, tout prend une importance démesurée. Je n'arrive pas à *accepter*. Je sais qu'il n'y a rien à faire, que c'est le propre des rapports humains de ne pas être perçu ainsi qu'on voudrait l'être, je sais qu'on se demande toujours si les autres sont plus clairvoyants que nous. Mais s'ils le sont vraiment ? N'y a-t-il pas moyen d'agir ? De changer les choses ? D'être plus conforme à ce qu'on voudrait être ? Qu'est-ce que je dois faire ? Vous n'imaginez pas quelle torture ça a été d'affronter la déception de mes copines. Elles comptaient sur moi pour le gâteau. J'ai même cru déceler une pointe de réprobation et sûrement que je ne l'ai pas rêvée. Qu'est-ce qui se passerait si je n'amenais plus jamais de gâteau ? Est-ce qu'elles arrêteraient de m'inviter ? Est-ce que je veux perdre mes amies pour une simple histoire de gâteau ? Mais si un simple gâteau peut faire échouer une amitié, alors que vaut cette amitié ?

Comment est-ce que je vais pouvoir continuer comme ça ? Mon Dieu, je suis perdue, perdue ! Je ne sais plus qui je suis. Je *croyais* le savoir, je croyais être une femme *bien*, comme on dit, mais… mais je ne suis qu'une coquille vide.

MERCREDI 17 DÉCEMBRE 2003

L'accusé aurait séquestré son amie

[…] Jeudi et vendredi, [redacted], âgé de 32 ans, sera sur le banc des accusés de la cour d'assises. Il aurait séquestré son ancienne petite amie en la menaçant avec une arme. […] L'homme s'était lui-même dénoncé aux policiers. […]

Mais il avait fallu l'intervention du RAID pour libérer l'otage et maîtriser son agresseur. […]

À l'étage de la maison, les forces de l'ordre avaient retrouvé des sangles et du ruban adhésif utilisés pour ligoter la victime, ainsi que différents produits susceptibles d'être utilisés pour faire exploser les lieux. […]

LE LINGE SALE EN FAMILLE

— Quand j'étais petit, c'était tout un cirque pour que je me lave les mains avant de passer à table. Un jour, dans un but que j'imagine pédagogique, ma mère m'a expliqué ce qu'étaient les microbes. Je devais avoir quatre ou cinq ans, par là. Ça n'a pas marché, j'ai continué à ne pas me laver les mains. Tu sais pourquoi ? Parce que je ne voyais pas le rapport. Avec mon esprit d'enfant, j'avais complètement transformé tout ce qu'elle m'avait raconté. Je croyais que c'était plus ou moins un conte, une histoire à dormir debout. D'abord, je pensais qu'il s'agissait de Minicrobes, et non pas de microbes. Minicrobes avec une majuscule, comme un nom propre. Des personnages. Je pensais que les Minicrobes étaient des êtres minuscules qu'on ne pouvait pas voir, mais qui étaient partout, cachés sous les lits, derrière les murs, dans les bacs à sable, sur la rampe de l'escalier, même sous les ongles, comme me l'avait dit ma mère. On ne les voyait pas mais ils étaient méchants, ils salissaient tout, ils abîmaient tout, rendaient les gens malades. Et le plus fort, c'est qu'ils arrivaient à salir les choses sans qu'on s'en aperçoive ! On croyait que tout était propre, mais tout était sale. Imagine le pouvoir de ces petits êtres ! Le concept de saleté invisible m'a longtemps intrigué, presque épouvanté par moments. Et puis j'ai grandi, et j'ai compris que je m'étais un peu planté, que les Minicrobes n'existaient pas, ni dans la réalité ni dans un conte… Mais aujourd'hui je me rends compte que les Minicrobes existent. Ils sont partout. Regarde cette ville. Derrière les jolies façades Renaissance des hôtels particuliers, derrière le vernis de respectabilité qui glace la ville comme une carte postale, derrière les sourires, les parfums et les vêtements chic, dans chaque maison ça grouille de Minicrobes. On les croise tous les jours, ils ont l'air propres, irréprochables, mais si on gratte un peu, juste du bout de l'ongle, on découvre la pourriture.

— Je ne comprends rien à ce que tu racontes.

— Tout le monde a un secret, Catherine. Tout le monde dissimule, et chacun fait mine de l'ignorer, juste pour continuer à vivre. La vérité, c'est qu'on a toujours une bonne raison de commettre une saloperie.

— Qu'est-ce qu'il y a ? Tu as un secret dont tu voudrais me parler ?

— Moi ? Non. Non, je n'ai pas de secret.

— L'exception qui confirme la règle…

— Ce que je voudrais, c'est que tu m'avoues le tien.

— Mais je ne suis pas un Minicrobe, François ! Je n'ai pas de secret !

— Je peux te mettre sur la piste, si ça peut t'aider.

— Mais qu'est-ce qui t'arrive aujourd'hui ? Qu'est-ce que tu me veux ?

— Parle-moi de Robert Martin.

— … Je te demande pardon ?

— Ça viendra peut-être dans un deuxième temps. Peut-être qu'il arrivera un moment où tu voudras effectivement me demander pardon, bien que j'en doute. Mais pour l'instant, c'est hors sujet. Parle-moi du goût de son sperme.

— Mais tu délires complètement ! Tu crois que tu

peux t'adresser à moi sur ce ton ? Non mais attends, pour qui tu te prends ? J'ai pas à entendre ces conneries !

— Vas-y, casse-toi. Fais comme d'habitude, casse-toi. Seulement, j'aimerais bien te voir revenir dans deux heures en faisant la gueule ! J'aimerais bien te voir me pourrir toute une semaine pour me faire payer ! Cette fois-ci, ça va être plus délicat, n'est-ce pas ? Quand tu seras allée voir le mec qui te bourre sur son bureau et qu'il t'apprendra qu'il m'a tout raconté, t'auras bien l'air d'une conne !

— Il ne t'a rien raconté du tout !

— Il m'a même montré une photo, si tu veux tout savoir ! Et si j'ai bien regardé, le sexe que tu tiens dans ta bouche ne m'appartient pas !

— Ne sois pas répugnant !

— C'est moi qui suis répugnant ? C'est la meilleure ! C'est moi qui suis dégueulasse ? Excuse-moi, mais c'est pas moi qui suce la bite du maire de Fontainebleau, que je sache !

— Tais-toi, les enfants vont t'entendre !

— Et alors ? Ça te pose un problème ? Qu'ils entendent ! Ils ont bien le droit de savoir que leur mère est une salope ! C'est important de savoir ce genre de chose ! Tiens, justement, voilà Frédéric ! Frédéric, tu savais que…

— François, tais-toi !

— Ah, et voilà Nathalie ! Les enfants, votre mère se fait sauter par Robert Martin, le maire de Fontainebleau !

— TAIS-TOI !

— J'ai pensé que vous deviez être au courant, et peut-être écouter ce qu'elle a à dire à ce sujet.

— T'es complètement cinglé, mon pauvre. Regarde-toi, t'es pitoyable, tu brailles, tu brailles, tu prends les enfants à témoin pour me piéger, mais tu te rends compte à quel point c'est malsain ?

— Malsain ? Pourquoi ? Tu crois que la vérité est malsaine ?

— La vérité ! Encore un de tes grands mots vides ! Ils n'ont rien à voir dans cette histoire ! C'est immonde de leur faire porter ce truc, ça ne les regarde pas ! On peut régler ça entre nous ! C'est pervers, ce que tu fais ! Je vais te dire, c'est beaucoup plus pervers de leur envoyer ça à la figure que d'avoir des relations extraconjugales ! Putain, François, tout le monde trompe tout le monde, qu'est-ce que tu crois ? Tu penses que c'est une raison pour traumatiser nos enfants ?

— Maman, on ne se fait aucune illusion sur la sexualité des adultes, si c'est ce que tu veux dire. Je ne pense pas qu'on va être traumatisés, Nathalie et moi. Et puis on sait bien que tout le monde trompe tout le monde.

— Vu l'état de votre couple, ça faisait longtemps qu'on se disait que vous couchiez ailleurs. Question d'équilibre. Il faut bien évacuer la tension d'une manière ou d'une autre.

— Vu l'état de notre couple ?

— Même si on aurait plutôt parié sur des infidélités de papa. Enfin, je sais pas ce que t'en penses, Nat…

— Ouais, c'est sûr. C'est surtout lui qui aurait besoin d'une soupape. D'ailleurs, puisqu'on est dans le grand déballage, tu coucherais pas avec quelqu'un d'autre, papa ? On sait jamais, ça relativiserait les torts.

— …

— Alors ? Tu ne leur réponds pas ?

— Mais… Mais non, non ! Bien sûr que non, je ne couche avec personne d'autre ! Mais…

— Et on peut savoir ce que ça signifie, Nathalie, quand tu dis que c'est ton père qui a le plus besoin d'une soupape ?

— Ben, tu vois bien… Objectivement…

— Quoi ? Objectivement quoi ?

— Ce qu'elle veut dire, c'est qu'objectivement c'est

quand même toi qui gueules le plus dans cette maison. Papa, il s'en prend plein la tête à longueur d'année et il dit presque jamais rien. Alors nous on pensait qu'il avait une autre vie.

— Il s'en ?!... Il s'en prend plein la... ! Alors ça y est ! C'est décidé ! C'est moi la méchante, c'est ça ? Je suis la cause de tous les maux ! Ça ne vous a pas traversé l'esprit que si je *gueule* comme vous dites, c'est peut-être parce que j'ai mes raisons ? Vous croyez que c'est facile de vivre avec un incapable ?

— Heu, alors là, ça dépasse un peu nos compétences...

— Nous, on n'est pas pour l'un ou pour l'autre, hein. On s'en fout, vous êtes nos parents, on vous prend comme vous êtes.

— C'est pas comme si on avait le choix...

— Bande de petits cons ! Montez dans vos chambres !

— Catherine, tu déraillles ! Restez là, les enfants. Enfin, faites ce que vous voulez. Au point où on en est...

— Je vais vous dire qui est votre père ! Votre père est un... un... un... menteur ! Il a passé son temps à me faire des promesses qu'il n'a jamais tenues ! Regardez-moi, j'ai passé toute ma vie avec un informaticien ! Un informaticien ! Vous ne vous êtes jamais demandé ce qu'une femme comme moi faisait avec un homme comme *lui* ? Comment une artiste a pu se marier avec ce scientifique tout gris ? Peut-être qu'il ne m'a jamais trompée – et encore, ça reste à démontrer – mais j'ai été trompée sur la marchandise ! Il m'a fait miroiter une vie que j'attends toujours ! On n'a rien en commun ! Il n'a aucune fantaisie, aucune conversation, il ne lit jamais de livres, il passe sa vie devant le foot ou son ordinateur, il ne me regarde même plus, ça fait presque six mois qu'il ne m'a pas touchée si vous voulez savoir ! Est-ce que je dois me dessécher en attendant la ménopause ? Il ne remarque pas quand je vais chez le coiffeur, il ne voit pas les efforts que je fais pour tenir la maison, il ne me remercie jamais de faire à manger tous les jours… Tout ce qu'il sait me dire, c'est que je dépense trop ! Il me culpabilise d'acheter de nouvelles chaussures, comme si j'abusais ! Mais je les garde jusqu'au bout, mes chaussures ! Je les rafistole, j'en prends soin ! Alors d'accord on ne roule pas sur l'or, mais il faut pas exagérer ! J'ai bien le droit de me chausser ! Vous savez le nombre de discussions qu'on a eues juste pour que je le convainque de vous donner de l'argent de poche ? Vous savez le regard qu'il me lance quand je ramène des fleurs à la maison, ou un bon fromage pour se faire plaisir ? Peut-être qu'il ne *gueule* pas, mais ses reproches sont constants ! Je dépense trop ! J'ai des goûts de luxe ! Des goûts de luxe ! Après tout ce que j'ai sacrifié ! Qu'est-ce que ça vous fait quand il se lève en soupirant ostensiblement pour aller éteindre la lumière que vous avez laissée allumée derrière vous ? Peut-être que vous ne vous rendez pas compte que…

Et blablablablablablablablablablablablablablablabla.

François n'écoutait plus. Il regarda Frédéric et Nathalie. Il était impressionné par leur sang-froid, leur détachement par rapport à la situation. Tandis que Catherine déversait son flot de bile, ils semblaient s'ennuyer discrètement.

En revenant de son entrevue avec le maire, François avait réalisé qu'il ne pouvait plus retarder le moment du face-à-face avec Catherine. Mais curieusement, il ne s'était plus du tout senti embarrassé à cette idée. Il avait senti qu'il allait enfin pouvoir lui clouer le bec une bonne fois. Il avait même savouré par avance cette bonne grosse engueulade où elle n'aurait pas d'échappatoire, où elle ne pourrait pas changer de sujet pour retomber sur ses pattes. Une dispute où elle aurait tort, quelle que soit la force de camouflage de sa mauvaise foi.

Il comprenait maintenant combien il l'avait sous-estimée. Elle avait fini par retourner la situation et il se sentait presque coupable qu'elle ait eu à le tromper. Il était certain d'une chose : demain il se réveillerait à côté de Catherine, et elle lui tirerait la gueule. Comme toujours.

Un énorme fracas retentit dans la cuisine, parvenant un instant à faire taire Catherine. Les meubles suspendus venaient de se détacher du mur. Tous ensemble. Avec leur vaisselle et leur nourriture.

— Dis-moi, ce seraient pas les meubles que t'as accrochés avec ta pâte magique, là ?

— Si.

— Tu vois, je t'avais dit que c'était n'importe quoi, cette pâte !

DÉBAT D'IDÉES

Elias luttait pour ne pas se laisser engloutir par le canapé. En face de lui, Éva lui parlait. Il ne savait pas de quoi. Il avait décroché depuis longtemps. Guidé par les intonations de son hôtesse, il hochait la tête un peu au hasard en émettant des bruits de gorge polis. Il se faisait grave chier.

Il venait pourtant d'un endroit où l'activité principale consistait à tenir les murs en attendant que le temps passe. Jour après jour, il retrouvait ses potes et ne faisait rien. À force, ils avaient fini par épuiser tous les sujets de conversation, aussi restaient-ils le plus souvent silencieux, crachant entre leurs pieds, guettant vaguement l'occasion de se distraire. De temps à autre, pour tuer l'ennui, ils cassaient quelque chose, volaient quelque chose, agressaient quelqu'un. Ça les sortait de leur torpeur. La vie, la vraie vie semblait commencer à la frontière extérieure de la Cité, chez les culs d'aspirine. Jamais Elias n'aurait imaginé qu'ils s'emmerdaient encore plus qu'eux. Jamais il n'aurait imaginé un tel néant. Tout se passait comme si l'argent les avait tellement abrutis que plus rien ne pouvait les occuper. Et comme ils ne pouvaient pas casser ou voler ou se battre, ils se gavaient de tchatche. Il *réfléchissaient*.

Ils *débattaient*. Ils poildecutaient à n'en plus finir sur des trucs dont tout le monde se branlait. « Pourquoi ? Comment ? Quelle solution ? » et « La politique, les gens, les associations, les lois… ».

Quitte à gâcher sa salive, autant cracher entre ses pieds. Au moins, ça arrosait la planète.

Dès qu'il avait vu le maire et sa femme débouler sur le parking, il avait senti le sale plan. Face à l'énormité de leur proposition, il n'avait pas su comment réagir. Le ton de Robert ne tolérait de toute façon pas la discussion. La situation était complètement pourrie. Pour la millionième fois depuis qu'il squattait là, Elias prit la décision de partir pour de bon. De monter dans sa caisse, de bouger le plus loin possible et de ne plus jamais passer à moins de cent bornes de cette bonbonnière et de sa gerbante odeur de vanille. Robert avait pris les clés de sa voiture – en disant qu'il allait les *ranger*, son regard signifiant qu'il allait les *garder* – mais Elias n'avait pas besoin de clés pour démarrer. Pourtant, quelque chose le retenait encore. L'espoir d'être enfin tombé sur du sérieux. Il ne pouvait pas laisser filer un employeur qui palpait régulièrement trois cent mille euros en cash. C'était la porte entrouverte. Derrière, se trouvait l'ascenseur qui allait le faire monter tout en haut. Certes, Robert ne lui avait pour l'instant confié que des petites tâches, mais tout changerait s'il lui ramenait la thune. C'était le contrat implicite. Tous les soirs, au moment de rejoindre sa voiture pour la nuit, Elias était arrêté par Robert qui égrenait le compte à rebours : « Plus que onze jours, Elias. Plus que dix. Plus que neuf… » Il souriait en montrant les dents. Elias savait que tout dépendait de ça.

Le vrai lézard, c'était que même en y mettant du sien, en jouant à fond la carte de l'optimisme le plus délirant, il ne croyait pas une seconde que l'autre blonblon parviendrait à réunir cette somme avant l'expiration du délai.

Une sonnerie tonitruante tira Elias de son inattention hébétée. Éva s'excusa et alla décrocher le téléphone. C'était Annelle (Anel ? Anne-El ?). Elias était sauvé : Éva en avait pour dix ans. Tandis qu'elle emportait le téléphone avec elle dans une autre pièce, Elias s'extirpa du canapé pour rejoindre sa voiture. Il était 22 h 30, largement l'heure d'aller se coucher. Il écouterait Skyrock un moment puis tâcherait de trouver le sommeil. Avec un peu de chance, il éviterait Robert.

— Je suis pas vierge, tu sais.

C'était Rachel. Cette baraque de cinglés était un vrai champ de mines.

— Kess tu crois qu'j'en ai à fout' de ton signe zodiacal ?

— Tu sais très bien de quoi je parle.

— Et alors, tu m'as pris pour un gynéco ? Tu veux que j't'applaudisse ?

— Non, c'était juste une info. Pour que t'arrêtes un peu de te la péter.

— Tu devrais pas être au lit à ç't'heure là ? T'as perdu ton nounours ?

Elias vit Rachel ouvrir la bouche pour répliquer, et se raviser. Elle pinça les lèvres un moment, puis ouvrit à nouveau la bouche.

— Tu crois pas qu'on pourrait être copains plutôt que de se faire la guerre ?

— Copains ? Et pourquoi ?

— Ben, je sais pas. C'est ce que font les gens. Je te rappelle quand même que je t'ai soigné quand t'étais blessé, ça devrait compter pour quelque chose.

— Écoute, ch'ais pas ç'que tu connais d'ton dareup, mais moi j'peux t'dire qu'y s'rait pas d'accord pour qu'on zone ensemb'. Alors lâche l'af'.

— Tu sais, on vit quasiment sous le même toit

maintenant. On mange ensemble. On regarde la télé ensemble. Si ça dérangeait mon père qu'on « zone » ensemble, tu serais pas là, crois-moi.

— 'tends, pourquoi tu dessines des guillemets avec tes doigts quand tu r'prends mes mots, là ? Tu t'fous d'moi ?

— Ho ! du calme ! Pardon, ça va !

— Tu m'as pas répondu : tu t'fous d'moi ?

— Non, je me fous pas de toi ! Je… je sais pas, j'ai fait ça comme ça quoi, c'est bon…

Pourquoi cette pétasse le rendait-elle si nerveux ? Il avait envie de lui éclater sa tête, c'était presque plus fort que lui.

— Ouais, ben tu fais pas des trucs « comme ça », OK ? Chuis pas ton pote.

— Putain mais c'est quoi ton problème, merde !? cria Rachel dans un murmure pour ne pas alerter toute la maison, ce qui produisit un son médian assez étrange. C'est parce que j'ai un peu pleuré la dernière fois ? C'est ça ? C'est de ça que t'as peur ?

— J'ai pas peur.

— Tu crèves de trouille ! T'as peur que je te drague, t'as peur de tomber amoureux de la fille du patron !

— 'tain mais de quoi tu parles ? T'es shootée ou quoi ? Sans déconner, tu vois pas qu'tu t'chopes la honte, là ? Ferme ta bouche, c'est un conseil que j'te donne, t'es en train d'te mettre ridicule !

— Ha ha ha ! Regarde ! Tu rougis !

Il allait la destroy. Il sentait dans ses mains le fourmillement caractéristique du pain qui levait et qui allait demander à être servi sur la gueule de quelqu'un. Elle dut le sentir car son rire stoppa net.

— OK, excuse-moi, j'en fais trop. Ce que je veux dire, c'est que je ne vais pas te demander de coucher avec moi, ni même de me prendre la main. Je veux juste être ton amie, c'est tout. Apprendre à te connaître. Rien de méchant.

Elias avait du mal à comprendre qu'on puisse être tellement à l'ouest. Dans quel monde vivait-elle pour sortir des débilités pareilles ?

— Mais t'es qui toi pour êt' mon amie ? Tu crois qu'ça s'décide ? Tu crois qu'y suffit d'dire « tiens, toi j'veux qu'tu sois mon pote » pour qu'ça marche ? On est pas chez Monoprix, là ! Chuis pas une poupée !

— Je dis pas que... Bien sûr que ça se décrète pas ! Mais on peut au moins essayer ! Qu'est-ce que ça a de si dingue ?

— 'tain mais t'es vraiment une... Qu'est-ce qu'on a en commun ? Dis-moi ! Dis-moi ! Tu sais pas ? Moi j'vais t'dire : rien ! Que tchi ! On n'a pas un truc en commun. R'gard' toi ! Tu t'assois dans des canapés tellement mous on dirait qu'ils sont liquides ! Et r'gard' comment tu t'sapes ! Des sapes toutes niquées avec des trous partout ! Et plus y a de trous, plus tu casques ! Tu trouves pas ça grave ? T'as pas l'impression d'marcher sur la tête ?

— Excuse-moi, mais tes survêtements Sergio Tacchini, à mon avis, ils doivent pas être donnés non plus...

— Ouais mais moi j'les tirave ! Et puis y sont propres.

— Tu les voles ? Et t'es fier ?

— 'ttends, mais tu débarques ou quoi ? Sergio Tacchini, tu crois qu'y fait des sapes pour qu'on les achète ? Tu crois qu'il est pas au courant du prix du tissu ? Il se fait cinquante fois la culbute sur le moindre slip ! Il va pas faire son étonné ! C'est un voleur, y sait très bien qu'il habille des voleurs ! Si y en a qui sont assez blaireaux pour lui filer des thunes, tant mieux pour lui !

— Ouais, enfin bon si tu crois qu'on n'a rien en

commun parce qu'on n'est pas habillés pareil, c'est sûr qu'on va pas aller loin. Tu sais comment ça s'appelle, ça ? Du racisme.

— 'tain arrête, là franchement tu m'vénèr. Tu m'fais trop d'la peine.

— Quoi, je te fais de la peine ? Tu me rejettes à cause de la tête que j'ai ! C'est pas du racisme, ça ?

— T'es vraiment bouchée, hein. On s'ra pas amis pask'on n'est pas pareils ! T'es caillassée à mort, et moi j'gale depuis ma naissance ! T'es en place ! Tu barbottes dans l'choix ! Tu vas faire médecin ou taffer dans un bureau, ou tu vas faire comme ta reum et inviter des connasses à tiser du thé toute la journée ! Moi j'ai même pas fini mon CAP de serrurier ! Tu crois qu'j'ai l'choix d'ma vie ? J'ai trente-deux piges et j'dors dans ma caisse ! Non mais sérieux, tu la vois où, notre amitié ?

— Tu comprends pas que c'est justement ça qui est intéressant ? On est tellement différents, on a forcément des choses à apprendre l'un de l'autre !

— Apprendre ! Vas-y, tu parles comme tous ces bouffons. « On va s'apprendre des trucs. » Et dans deux minutes tu vas me mett' un bouquin dans les mains, ou tu vas m'faire écouter un skeud pourri... Déjà qu'ta reum ell'm'tanne pour me faire visiter des apparts ! J'ai pas envie d'dev'nir comme toi, tu piges ?

Rachel ne répondit pas tout de suite. Elias voyait ses narines palpiter de colère.

— Non, je pige pas. Je pige pas ce que tu fous là. Pourquoi t'es pas resté dans ta cité ou je-sais-pas-d'où-tu-viens si t'as à ce point *pas* envie de t'intégrer ? Parce que si tu crois que le monde va s'adapter à toi, si tu crois que Fontainebleau va se transformer pour que M. Elias Machin puisse retrouver le cadre de vie merdique auquel il semble si attaché, tu te fous le doigt dans l'œil jusqu'à l'omoplate ! Et je te signale que tu fais ta victime, mais qu'en attendant t'es logé, nourri, et que mon père te file du boulot ! Alors vas-y, explique-moi ! Explique-moi ce que tu viens foutre ici puisque tu détestes tant tout ce qu'on représente ! Personne t'a demandé de venir, que je sache !

— 'tain vas-y, tu m'soûles.

Elias ouvrit la baie vitrée du salon, traversa la cour sans un regard en arrière et monta dans sa voiture. Il avait la rage. Cette fois, c'était décidé : il partait.

Pourtant, il ne partait pas. Il était assis, les mains crispées sur le volant, mais ne partait pas. Il secouait nerveusement la jambe, le cerveau perclus de pensées contradictoires. Une bonne partie de ces pensées, pleines de points d'exclamation, étaient dirigées contre Rachel. Mais d'autres s'immisçaient, moins affirmatives, plus fragiles. La question de Rachel résonnait dans sa tête : « *Qu'est-ce que tu viens foutre ici puisque tu détestes tant tout ce qu'on représente ?* »

Ce qu'il foutait ici : quand le maire ou sa femme n'avaient pas besoin de lui, il passait le plus clair de son temps à errer dans la ville. Il s'asseyait dans le parc du château. Il fourguait l'herbe qui lui restait. Il niquait le temps comme il pouvait.

JOURNAL DE RACHEL MARTIN-KUKLINSKI

17 décembre. Soir.

Elias a 32 ans ! J'hallucine ! Je lui en aurais donné 25 max ! Je viens de m'engueuler avec lui. Il fait son djeunz de banlieue qui se sent agressé par la société et qui entend des insultes derrière mes phrases les plus anodines parce qu'il cherche la bagarre. Une vraie tête à claques ! Mais c'est moi qui ai eu le dernier mot. Je crois que ce mot était « toi ». Comme dans la phrase « ouais c'est ça, casse-toi ». Mais je ne crois pas qu'il l'ait entendu : il était déjà parti. Qu'est-ce qui compte le plus : avoir le dernier mot ou avoir le dernier geste ? Est-ce que partir au milieu d'une dispute ça veut dire qu'on a gagné ou qu'on avoue sa défaite ? (Cela en admettant que les disputes se gagnent ou se perdent, ce qui est loin d'être prouvé. Donc je retire la série de questions qui précède.)

J'arrive pas à croire qu'il ait 32 ans. Qu'est-ce qui m'attire chez lui ? Il est beau, certes. Mais je suis une fille. Les filles sont supposées n'accorder qu'une importance minime au physique des hommes. Je le sais, je l'ai lu dans « 20 Ans ». Alors quoi d'autre ? Sa réussite sociale ? Sa culture ? Sa courtoisie ? Je rigole ! Sur un point il a raison : on n'est pas du tout du même monde. Mes sentiments envers lui n'arrêtent pas de changer. Je passe du mépris à l'irritation à la détestation à la navritude. Et pourtant, quand je le sais dans la maison, je cherche tous les prétextes pour me trouver dans la même pièce que lui, quand je suis près de lui, je me sens électrique, quand il me parle, je fonds, et quand il part, je déprime ! Limite je serais jalouse de savoir qu'il a une vie en dehors de moi !

Peut-être que c'est sa résistance qui me fait ça. Il fait tout pour m'éviter et, dès que je lui adresse la parole, il me jette. Peut-être que s'il s'intéressait à moi je me foutrais totalement de son existence. Peut-être que c'est mon esprit conquérant qui s'excite. (J'ignorais que mon esprit était conquérant. S'il s'avère que c'est bien le cas, il faudra que je commence à me demander quoi faire d'un tel don du ciel. Envahir la Macédoine ? Devenir Présidente du Monde ? Passer devant tous les autres à la queue de la cantine ?) Ce qui est sûr, c'est que, pour me rejeter de manière aussi catégorique, il doit surtout être en train de lutter contre lui-même. Je suis certaine que quelque part il est amoureux de moi et qu'il le refuse. D'ailleurs, ce soir, le premier argument qu'il a sorti quand je lui ai demandé pourquoi il ne voulait pas qu'on devienne « amis » (je louvoie, oui c'est vrai, mais commençons modestement. Amis un jour, amants la nuit d'après...) ce n'était pas que LUI ne voulait pas, mais que MON PÈRE ne voudrait pas. Nuance !

(Ici, imaginer un clin d'œil entendu.)

Au fait : je ne suis plus vierge ! Mais l'ai-je jamais été ?

J'en avais marre de cet hymen qui me compliquait la vie, alors j'ai décidé de le virer. J'ai passé un long moment hier soir devant le bac à légumes du frigo, à hésiter entre courgette et carotte pour procéder à l'opération. Mais les courgettes étaient un peu trop grosses, et les carottes étaient pleines de terre et de bosses pas très engageantes. En fin de compte, j'ai opté pour le manche de ma brosse à cheveux, dont l'oblonguité arrondie m'a toujours plu. J'ai d'ailleurs acheté ma brosse pour son manche : je trouvais qu'elle tombait bien dans la main, qu'elle était agréable à tenir. Maintenant je comprends pourquoi ! Les designers sont vraiment des petits malins : ça fait un an que je me coiffe avec une bite et je ne m'en étais jamais rendu compte !

J'ai essayé de bien faire. C'était un grand moment, j'étais mi-excitée, mi-terrorisée. J'ai surfé sur quelques sites pornos pour me mettre en condition... Il s'agissait quand même d'y prendre un minimum de plaisir ! Donc j'ai un peu joué avec mes doigts, enfin bref je ne vais pas rentrer dans les détails, ça me fait rougir devant mon cahier ! Et puis finalement c'est arrivé tout seul. J'ai eu envie de ce manche en moi... et il est rentré sans problème ! Même pas mal, même pas de sang, rien ! Juste une sensation nouvelle, pas désagréable (mais pas le pied non plus, faut reconnaître). Moi qui m'attendais à un geyser d'hémoglobine, j'ai été déçue... J'ai lu sur un site que certains hymens très élastiques ne se déchirent pas : il se dilatent seulement. On appelle ça « l'hymen complaisant » ! Ça me troue le [...] ! Si ça se trouve, c'est ça que j'ai : un hymen complaisant ! En d'autres termes, aimable, prévenant, affable...

C'est quoi, la virginité ? Ce n'est pas juste une question de bout de peau à trouer. On y attribue beaucoup d'importance, ça porte une valeur initiatique à cause de la charge symbolique du sang, de la douleur et tout ça... Et d'ailleurs, sur le site, ils disent qu'on ne connaît pas l'utilité physiologique de cette membrane, et que de tout le règne animal seule la femme (embranchement des vertébrés, classe des mammifères, ordre des primates, famille des hominidés, espèce humaine, bref, la femme quoi) la possède. Forcément, ça donne envie de tomber dans le mythologique ou le religieux. De lui donner du sens.

Mais moi, qui n'ai eu ni douleur ni sang, j'ai compris un truc : l'hymen est secondaire. Le dépucelage, c'est quand on se fait pénétrer par un homme pour la première fois. Donc je retire ce que j'ai écrit : je suis encore vierge.

Est-ce que je vais finir vieille fille ? En tout cas, quand je pense au scandale du moment au collège, je me dis que j'ai du retard à rattraper... Toute une cargaison d'élèves de sixième passe en conseil de discipline parce que les fillettes taillent des pipes aux garçonnets pendant les cours. Elles n'ont même pas de seins, ils n'ont même pas de poils, mais ça n'a pas l'air d'être un problème. Impossible de savoir qui a lancé la mode, mais ça change des scoubidous ! Tout le monde ne parle que de ça. Les professeurs sont traumatisés, et j'imagine la tronche des parents. C'est remonté jusqu'au lycée. Ils ont fait venir un psychologue et un médecin de je ne sais plus où pour intervenir dans toutes les classes, de la sixième à la terminale. Jusqu'à présent, personne ne leur a dit que des photos circulaient... J'en ai vu une, ça fait tout bizarre quand même... Il paraît que

SMS de Frédéric : MON PÈRE COUCHE AVEC SA MÈRE !

Je viens d'avoir Fred au téléphone. Ce n'est pas une blague : mon père et sa mère couchent ensemble ! Le père de Fred est au courant, on ne sait pas comment il l'a appris, ça a fait toute une scène chez eux.

Mon père trompe ma mère ! Je n'arrive pas à le croire ! Quel enfoiré ! Est-ce que ma mère le sait ? Je suis sûre que non, ça aurait fait des vagues ! Et Frédéric qui était tout cool au téléphone, il avait même l'air de trouver ça marrant ! Moi, je suis carrément commotionnée ! Comment je vais pouvoir regarder mon père maintenant ? Et ma mère ? Et le père de Frédéric qui, je le rappelle, se trouve être mon prof de math ?

PUTAIN, MON PÈRE TROMPE MA MÈRE ! C'est pas possible ! Comment j'ai pu être aveugle à ce point ? Quand est-ce qu'il trouve le temps de faire ça ? Où ? Dans un hôtel ? Combien de fois par mois ? Depuis combien de temps ça dure ? Est-ce que c'était la première fois ? Est-ce que c'est du sérieux ? Est-ce qu'il l'aime ? Et ma mère dans tout ça ? Pourquoi il reste avec elle ?

Je n'arrive pas à penser clairement.

Récapitulons :

1. Mon père couche avec la mère de Frédéric.
2. J'ai souvent dit que mon père devait avoir une maîtresse mais je plaisantais !
3. Mon père offre souvent des cadeaux à ma mère. Dernier exemple : un collier à mon anniv'. Pour se déculpabiliser ?
4. Ma mère dépend totalement de mon père, au moins sur le plan financier.
5. Pourquoi je fais une liste alors que rien n'a de rapport avec rien ?

6. Si c'est juste une coucherie, ça n'est peut-être pas grave.
7. Mais ça fait peut-être des années qu'il la trompe.
8. J'ai l'impression que c'est moi qu'il trompe.
9. Le père de Frédéric est au courant : des choses vont forcément changer. Soit sa mère arrête de voir mon père, soit elle divorce et... et que ferait mon père dans ce cas-là ?
10. Mon père ne divorcera pas pour une autre.
11. En fait, je n'en sais rien.
12. QUELSALAUDQUELSALAUDQUELSALAUD QUELSALAUD !
13. Comment va réagir ma mère quand elle va l'apprendre ? La pauvre.
14. Est-ce qu'il faut que je dise quelque chose ? Que je fasse quelque chose ? Est-ce qu'il faut que j'agisse comme si rien ne s'était passé ?
15. Quelle est ma place dans toute cette histoire ?
16. Les parents devraient demander l'accord de leurs enfants avant de prendre des amants.
17. Peut-être que la mère de Fred fait mieux l'amour que la mienne.
18. Est-ce que ma mère accepte la sodomie ?
19. Est-ce que mon père a enculé la mère de Fred ?
20. J'espère que mon père met des capotes.
21. Je n'arrive pas à imaginer mon père avec une boîte de capotes.
22. Et si cette histoire durait depuis 20 ans ? Et si j'étais la demi-sœur de Fred ?
23. Tiens... Fred et moi on se reparle.

JEUDI 18 DÉCEMBRE 2003

Vol d'argent à la BNP

Une somme de 148 000 euros a été dérobée en toute discrétion à l'agence BNP de Fontainebleau [...]. La disparition a été constatée mercredi matin.

La veille, un employé avait déposé le sac contenant la somme d'argent dans un local équipé d'un système partiel de vidéosurveillance.

La banque a porté plainte contre X. La police judiciaire est en charge de l'enquête.

LOURDES RESPONSABILITÉS DU CHEF DE FAMILLE

Lorsque François avait accepté cet emploi de professeur de mathématiques, il avait imaginé que c'était un poste stratégique. Cette position lui permettrait de rencontrer quelques-uns des riches parents d'élèves bellifontains qui mettaient leurs enfants gâtés en école privée, et qui avaient sans aucun doute un peu d'argent défiscalisé à placer dans une nouvelle entreprise ambitieuse (François avait dans son chapeau deux ou trois idées tout à fait réalisables à ce sujet), ou au moins une confortable fonction à lui proposer dans le ventre d'un mastodonte de l'économie.

Mais ses espoirs de rencontrer un riche industriel ou un magnat de la puce siliconée s'étaient volatilisés un peu moins de deux semaines après son entrée en fonctions, lors de sa première réunion parents-professeurs qui, si l'on incluait les profs présents, était peuplée à 90 % de femmes. Où était l'homme moderne soucieux de l'épanouissement de sa progéniture et investi dans son éducation quand on avait besoin de lui ? François s'était alors rappelé que lui-même, malgré les plus de trente ans de scolarité cumulés de ses deux enfants, n'avait jamais mis les pieds dans aucune de leurs écoles, si ce n'est lors des inscriptions de début de cycle, et parfois pour un soporifique spectacle de fin d'année.

Vue de l'établissement où il enseignait, la famille bellifontaine typique ressemblait à une guirlande en perspective. Au premier plan, la mère, engoncée dans une bourgeoisie d'apparat, cliquetante d'or et de perles, s'habillant en bleu marine, en vert marine, en rouge marine et même en blanc marine, avec des chemises vichy et des pantalons de velours côtelé, empestant le Chanel N° 5 et utilisant pour s'exprimer des modulations de voix qu'on avait envie de caricaturer. Derrière la mère, et aussi loin que pouvait porter le regard, une ribambelle de gamins aux noms composés, comme sortis d'une photocopieuse haute définition. Des clones en bermuda ou portant serre-tête dont les tailles suivaient une pente descendante régulière, allant du mètre quatre-vingt-dix à soixante centimètres. Toute une dynastie destinée à se succéder sur les bancs des écoles privées de la ville pendant un temps qui semblait dépasser l'espérance de vie de n'importe quel professeur.

François avait rapidement compris qu'en fait d'embauche, les femmes de ces familles ne pouvaient lui proposer que trois perspectives d'avenir sérieuses : enseigner les mathématiques à leurs enfants jusqu'à ce que mort s'ensuive (il y avait même la possibilité alléchante de donner des cours particuliers aux plus rétifs d'entre eux !), intégrer la chorale de la paroisse de Fontainebleau, ou occuper un poste de femme de ménage dans leur luxueuse mais bordélique maison de ville.

Il n'y avait pas à espérer de surprise de la part de telles familles.

C'était en partie la raison pour laquelle le conseil de discipline avait été si éprouvant. Comment de telles choses pouvaient-elles se produire dans un collège privé de Fontainebleau ? Ça dépassait l'entendement. D'autant plus que les enfants ne semblaient pas comprendre ce qu'on leur reprochait. Ils pensaient qu'ils étaient là parce qu'ils avaient pratiqué des actes sexuels *en classe*, mais ne voyaient pas que c'étaient les actes eux-mêmes – et non l'endroit où ils s'étaient déroulés – qui étaient graves. Un gamin de onze ans avait même argumenté que ça n'était pas comme s'ils étaient pédophiles, puisqu'ils avaient tous le même âge. Une fille avait surenchéri en remarquant qu'ils risquaient moins d'attraper « le microbe du sida » qu'avec des plus grands. François avait eu l'impression de se trouver face à des monstres. Leurs parents étaient livides, les professeurs désarmés. Personne n'avait su comment aborder les faits, personne n'avait osé entrer dans le détail. À un moment, la directrice avait parlé de « fellation ». Les enfants ne connaissaient pas le mot.

Derrière la colère et l'indignation, c'était de la peur que François avait lu dans les yeux des parents. La peur de ce qu'ils ignoraient de leurs rejetons, la peur qu'il soit déjà trop tard.

Il comprenait ce sentiment : lui-même était mort de trouille, une trouille animale pour sa progéniture. Depuis la naissance de ses enfants, toute sa vie avait été consacrée à les protéger, à leur garantir le meilleur avenir possible. Les insomnies qu'il avait eues quand il s'était retrouvé ruiné n'avaient pas eu d'autre objet : qu'allaient-ils devenir s'il se retrouvait à la rue ? Aujourd'hui encore, des sueurs froides le prenaient quand il mesurait la précarité de sa situation. Quand il levait les yeux de ses tableaux de comptes et regardait ses deux grands adolescents plongés dans les préoccupations de leur âge, l'éventualité de briser leur insouciance lui faisait parfois monter les larmes aux yeux. Les trois cent mille euros l'auraient aidé à mieux dormir. Au fond, c'était pour ça qu'il avait voulu les garder. Mais à cause de cet argent, ses enfants se retrouvaient aujourd'hui en danger. Jusqu'où irait le Noir s'il ne le remboursait pas ? Quand il était pris d'une crise d'optimisme, François pensait que le Noir se contenterait de le tuer, peut-être même sans trop le faire souffrir. À d'autres moments, il imaginait toute sa famille ligotée à des radiateurs et torturée sous ses yeux avant d'être découpée en petits cubes. Il ne se sentait pas en mesure d'empêcher quoi que ce soit. Il était trop *faible*.

C'était ce que lui avait dit Catherine, au cœur de la nuit, quand ils avaient fini par avoir une vraie discussion. La nuque enfoncée dans son oreiller, elle lui avait parlé avec calme en fixant le plafond blanc. Ce qu'elle lui reprochait était de « ne pas être un homme ». Elle le trouvait mou, servile, elle était horripilée par son manque d'opposition. Elle pouvait faire tous les caprices, être de la pire mauvaise foi, il lui passait tout. Ou quand il protestait, c'était presque pour la forme, il n'allait jamais jusqu'au bout. Et plus il était velléitaire, plus elle avait envie d'être insupportable. Elle cherchait l'affrontement. Elle voulait qu'il réagisse, qu'il résiste, qu'il lui fixe des limites. Elle aurait même rêvé qu'il la gifle ! Mais il était *faible*. Elle le menait par le bout du nez. Comment voulait-il qu'elle le respecte ? Ils étaient un couple, chacun devait tenir sa place ! Or elle était seule à gérer la maison et les enfants. Seule à prendre les décisions qui comptaient. Ce qu'elle était allée chercher chez Robert, c'était un homme, tout simplement. Elle n'avait pas l'intention de mettre fin à cette relation. C'était maintenant à François de faire les choix qui s'imposaient, dans un sens ou dans l'autre. Elle en avait assez fait.

Il lui avait répondu : « Mais t'aurais dû me demander d'être plus autoritaire ! » Elle avait poussé un soupir irrité, s'était tournée sur le côté, et avait éteint la lumière.

Elle avait raison. Il était *faible*. Apathique. Il s'était toujours considéré comme un winner sous prétexte qu'il était entrepreneur, mais c'était elle qui avait raison.

Catherine se fichait de l'entrepreneur, elle voulait un mari. C'était de lui qu'elle était tombée amoureuse, pas de son compte en banque ou de sa position sociale. En concentrant toute son énergie sur son travail pour l'impressionner (et pour nourrir ses enfants, et, oui, par orgueil) il l'avait délaissée. Il l'avait déçue.

S'il trouvait une solution pour les trois cent mille euros, il se promettait d'essayer de rattraper ce qui pouvait l'être.

À une époque, il avait eu cette solution entre les mains. C'était dans une autre vie. Au moment de monter sa start-up, il avait eu besoin de lever un capital d'un million de francs. En cherchant des investisseurs et des banques, il avait compris qu'il n'arriverait jamais à réunir cette somme. Il lui manquait les contacts, il n'était qu'un petit ingénieur informatique sans envergure, et semblait condamné à le rester. Au sein de l'entreprise qui l'employait, il travaillait au remplacement du logiciel de traitement des transactions financières pour une grosse banque d'affaires. Il avait été frappé par la rapidité avec laquelle s'effectuaient les transferts d'argent : il suffisait de taper une somme sur l'ordinateur pour qu'un compte soit débité et qu'un autre soit crédité à l'autre bout du monde. Il y avait des systèmes de sécurité pour prévenir toute erreur, mais ils étaient simples à contourner, surtout quand on en était le concepteur… Le jour de la mise en ligne du système, c'était François qui était au clavier. Le premier transfert d'argent opéré par le logiciel le rendit riche. Il simula un versement en liquide d'un million d'euros sur un compte ouvert pour l'occasion, et effectua un virement immédiat vers un autre compte, situé aux Bahamas. L'opération lui prit une minute. Trente secondes de plus pour effacer son compte-tampon, et avec lui toute trace du transfert. C'était superbe. Il était riche sans avoir volé personne, ni emprunté à personne. Il avait créé de l'argent *ex nihilo*. Il y avait quelque chose de vertigineux à cette pensée. Pendant quelques jours, il avait eu un mal fou à garder son secret. Il voulait partager son sentiment de triomphe. Mais personne n'avait jamais été au courant.

Depuis, il avait souvent regretté de n'avoir pas tapé dix, ou cent millions sur cet ordinateur. Ses scrupules l'avaient mené au bord de la banqueroute. Et pourtant, il avait recommencé avec Robert Martin, à qui il n'avait demandé que trois cent mille euros, alors qu'il aurait pu exiger plus. Ce qui n'aurait d'ailleurs rien changé à la somme finalement obtenue, à savoir : pas un rond. François pensait que voler l'argent dont il avait *besoin* revenait d'une certaine manière à réclamer son dû. Ce qui lui revenait de droit. C'était plus acceptable pour sa conscience.

Est-ce que des hommes comme Robert Martin s'embarrassaient de tant de scrupules ? François revoyait son expression arrogante. Il n'avait même pas eu l'air gêné ou désolé quand il lui avait présenté la photo. L'adultère était insignifiant, l'argent était insignifiant, François était insignifiant. Pour Robert, il ne s'agissait que de mesurer son pouvoir. François se souvint de la nonchalance avec laquelle il lui avait ensuite demandé de déverrouiller l'ordinateur bloqué. Et de la servilité avec laquelle lui-même s'était empressé d'accéder à sa demande… C'était exaspérant. Comment des hommes comme Robert obtenaient-ils toujours tout ce qu'ils voulaient sans jamais rien devoir à personne ?

François sentit fondre sur lui un déferlement de fureur. Il n'allait pas laisser cette raclure gâcher sa vie. Il n'allait pas être *faible*. Ce type baisait sa femme, François exigeait un dédommagement. Il avait été trop gentil jusqu'à présent. Il allait changer les termes de son chantage. Robert Martin allait payer. Car François savait une chose : un homme qui sait qu'il va mourir est toujours prêt à payer.

LE FICHIER DE FISHER

Tout était là.

Les noms, les dates, les montants, les moyens de pression.

Il ne fallut pas une minute à Robert pour comprendre qu'il n'y comprendrait jamais rien.

babar 30170471	00:00:09:06	10:58:30:19	10:58:39:24	Oui	Aucune	Ignorer	Normal	Mardi	paire
babar 30170471	00:00:20:09	11:02:35:12	11:02:55:20	Oui	Aucune	Ignorer	hebdo	Mardi	paire
babar 30212647	00:00:12:22	11:05:07:13	11:05:20:09	Oui	Aucune	Ignorer	hebdo	Mardi	paire
babar 30212647	00:00:04:11	10:57:09:03	10:57:13:13	Oui	Aucune	Ignorer	hebdo	Mardi	paire
babar 30212647	00:00:05:06	10:57:18:22	10:57:24:02	Oui	Aucune	Surveiller	Normal	Mardi	paire
babar 30212647	00:00:08:13	10:06:32:19	10:06:41:06	Oui	Aucune	Surveiller	Normal	Mardi	paire
babar 30212647	00:00:11:04	10:55:27:05	10:55:38:08	Oui	Avec	Surveiller	hebdo	Mardi	paire
babar 30212647	00:00:15:00	10:51:14:22	10:51:29:21	Non	Avec	Surveiller	Normal	Mardi	paire
babar 30212647	00:00:04:21	11:06:19:07	11:06:24:02	Non	Avec	Surveiller	Normal	Mardi	paire
babar 30212647	00:00:17:22	10:56:46:04	10:57:04:00	Non	Avec	Surveiller	Normal	Mardi	paire
babar 30212647	00:00:11:24	10:07:06:19	10:07:18:17	Oui	Avec	Surveiller	Normal	Mardi	paire
babar 30212647	00:00:08:18	10:01:19:08	10:01:28:00	Oui	Avec	Surveiller	Normal	Mardi	paire
babar 30212647	00:00:09:14	11:04:53:22	11:05:03:10	Oui	Avec	Surveiller	Normal	Mardi	paire
babar 30212647	00:00:06:07	10:55:44:12	10:55:50:18	Non	Avec	Ignorer	Normal	Mardi	paire
babar 30212647	00:00:05:09	10:55:55:04	10:56:00:12	Oui	Avec	Ignorer	Normal	Mardi	paire
barbapapa 30044058	00:00:07:17	10:55:15:04	10:55:22:20	Oui	Avec	Ignorer	Normal	Samedi	paire
barbapapa 30044058	00:00:16:11	10:38:06:10	10:38:22:20	Oui	Avec	Ignorer	Normal	Samedi	paire
barbapapa 30044058	00:00:05:22	11:49:54:09	11:50:00:05	Non	Avec	Ignorer	Normal	Samedi	paire
barbapapa 30044058	00:00:17:14	10:02:03:03	10:02:20:16	Non	Aucune	Ignorer	Normal	Samedi	paire
barbapapa 30044058	00:00:05:10	10:02:37:04	10:02:42:13	Oui	Aucune	Ignorer	Normal	Samedi	paire
barbapapa 30044058	00:00:07:09	11:33:20:19	11:33:28:02	Oui	Aucune	Surveiller	hebdo	Samedi	paire
barbapapa 30044058	00:00:22:00	11:04:27:03	11:04:49:02	Oui	Aucune	Surveiller	Normal	Samedi	paire
barbapapa 30044058	00:00:20:10	10:00:37:20	10:00:58:04	Oui	Aucune	Surveiller	Normal	Samedi	paire

barbapapa 30044058	00:00:09:22	10:55:35:05	10:55:45:01	Oui	Aucune	Surveiller	Normal	Samedi	paire
barbapapa 30044058	00:00:19:04	11:49:23:16	11:49:42:19	Oui	Aucune	Surveiller	Normal	Samedi	paire
barbapapa 30142745	00:00:37:02	11:21:06:24	11:21:44:00	Oui	Aucune	Surveiller	Normal	Samedi	paire
barbapapa 30142745	00:00:12:20	10:14:46:00	10:14:58:19	Non	Aucune	Surveiller	Normal	Samedi	paire
barbapapa 30142745	00:00:20:04	11:15:18:10	11:15:38:13	Oui	Aucune	Surveiller	hebdo	Samedi	paire
barbapapa 30142745	00:00:45:02	10:30:51:06	10:31:36:07	Oui	Avec	Ignorer	Normal	Samedi	paire
barbapapa 30142745	00:00:09:07	10:12:33:24	10:12:43:05	Oui	Avec	Ignorer	Normal	Samedi	paire
barbapapa 30142745	00:00:07:14	10:15:07:18	10:15:15:06	Oui	Avec	Ignorer	Normal	Samedi	paire
barbapapa 30210942	00:00:12:00	10:54:39:14	10:54:51:13	Oui	Avec	Ignorer	Normal	Samedi	paire
barbapapa 30210942	00:00:08:15	10:02:30:00	10:02:38:14	Oui	Aucune	Ignorer	Normal	Samedi	paire
barbapapa 30210942	00:00:08:10	10:01:12:02	10:01:20:11	Oui	Aucune	Surveiller	Normal	Samedi	impaire
barbapapa 30210942	00:00:08:10	10:55:30:08	10:55:38:17	Oui	Aucune	Surveiller	Normal	Samedi	impaire
barbapapa 30210942	00:00:15:20	10:09:05:06	10:09:21:00	Oui	Aucune	Surveiller	Normal	Samedi	impaire
barbapapa 30210942	00:00:10:10	10:10:00:23	10:10:11:07	Oui	Aucune	Ignorer	Normal	Samedi	impaire
barbapapa 30210942	00:00:16:16	10:08:23:05	10:08:39:20	Oui	Aucune	Ignorer	Normal	Samedi	impaire
barbapapa 30210942	00:00:08:10	10:44:17:08	10:44:25:17	Oui	Aucune	Surveiller	Normal	Samedi	impaire
barbapapa 30210942	00:00:07:20	10:14:15:17	10:14:23:11	Oui	Aucune	Surveiller	Normal	Samedi	impaire
barbapapa 30210942	00:00:11:12	10:14:27:24	10:14:39:10	Oui	Aucune	Ignorer	Normal	Samedi	impaire
barbapapa 30210942	00:00:12:19	10:00:55:21	10:01:08:14	Oui	Aucune	Ignorer	Normal	Samedi	impaire
Calimero 30126939	00:00:21:02	11:18:34:08	11:18:55:09	Oui	Aucune	Ignorer	Normal	vendredi	impaire
Calimero 30126939	00:00:07:02	10:38:59:17	10:39:06:18	Oui	Aucune	Ignorer	Normal	vendredi	impaire
Calimero 30126939	00:00:09:16	10:33:18:00	10:33:27:15	Oui	Aucune	Ignorer	Normal	vendredi	impaire
Calimero 30126939	00:00:11:16	10:33:40:04	10:33:51:19	Oui	Aucune	Ignorer	Normal	vendredi	impaire

Calimero 30126939	00:00:09:16	10:36:16:12	10:36:26:02	Oui	Aucune	Ignorer	Normal	vendredi	impaire
Calimero 30126939	00:00:06:04	10:40:26:18	10:40:32:21	Oui	Aucune	Ignorer	Normal	vendredi	impaire
Calimero 30126939	00:00:12:21	10:37:55:14	10:38:08:09	Oui	Aucune	Ignorer	Normal	vendredi	impaire
Calimero 30126939	00:00:21:05	10:39:30:19	10:39:51:23	Oui	Aucune	Ignorer	Normal	vendredi	impaire
Calimero 30126939	00:00:06:05	10:36:08:16	10:36:14:20	Oui	Aucune	Ignorer	Normal	vendredi	impaire
Calimero 30126939	00:00:11:00	10:34:08:10	10:34:19:09	Oui	Aucune	Ignorer	Normal	vendredi	impaire
Calimero 30126939	00:00:11:17	10:40:46:03	10:40:57:19	Oui	Aucune	Ignorer	Normal	vendredi	impaire
Calimero 30126939	00:00:07:20	11:18:13:06	11:18:21:00	Oui	Avec	Ignorer	Normal	vendredi	impaire
Calimero 30126939	00:00:23:04	11:31:18:17	11:31:41:20	Oui	Avec	Ignorer	Normal	vendredi	impaire
Calimero 30126939	00:00:20:13	11:13:00:01	11:13:20:13	Oui	Avec	Ignorer	hebdo	vendredi	impaire
Calimero 30126939	00:00:38:21	11:15:11:24	11:15:50:19	Oui	Avec	Ignorer	Normal	vendredi	impaire
Calimero 30126939	00:00:14:24	11:17:20:12	11:17:35:10	Oui	Avec	Ignorer	Normal	vendredi	impaire
Calimero 30126939	00:00:13:10	11:18:52:03	11:19:05:12	Oui	Aucune	Surveiller	Normal	vendredi	impaire
Calimero 30126939	00:00:14:17	10:52:51:13	10:53:06:04	Non	Aucune	Surveiller	hebdo	vendredi	impaire
caroline 30153949	00:00:04:03	10:38:09:15	10:38:13:17	Oui	Aucune	Surveiller	Normal	mercredi	paire
caroline 30153949	00:00:08:18	10:55:34:00	10:55:42:17	Oui	Aucune	Surveiller	Normal	mercredi	paire
caroline 30153949	00:00:07:07	10:02:53:22	10:03:01:03	Non	Aucune	Surveiller	Normal	mercredi	paire
caroline 30153949	00:00:03:24	10:47:47:01	10:47:50:24	Non	Aucune	Surveiller	Normal	mercredi	paire
caroline 30153949	00:00:13:04	10:39:12:08	10:39:25:11	Oui	Aucune	Ignorer	Normal	mercredi	paire
caroline 30153949	00:00:06:03	11:07:39:11	11:07:45:13	Oui	Aucune	Ignorer	Normal	mercredi	paire
caroline 30153949	00:00:03:20	10:47:55:14	10:47:59:08	Oui	Aucune	Ignorer	Normal	mercredi	paire
caroline 30153949	00:00:07:19	10:13:17:08	10:13:25:01	Oui	Aucune	Ignorer	hebdo	mercredi	paire
caroline 30153949	00:00:04:01	10:16:39:16	10:16:43:16	Oui	Avec	Ignorer	Normal	mercredi	paire

caroline 30153949	00:00:09:09	10:16:29:17	10:16:39:00	Oui	Avec	Ignorer	Normal	mercredi	paire
caroline 30153949	00:00:07:00	10:19:38:22	10:19:45:21	Non	Avec	Ignorer	Normal	mercredi	paire
caroline 30153949	00:00:16:13	10:34:50:24	10:35:07:11	Non	Avec	Surveiller	hebdo	mercredi	paire
caroline 30153949	00:00:06:12	10:37:59:10	10:38:05:21	Non	Avec	Surveiller	Normal	mercredi	paire
caroline 30153949	00:00:11:20	10:06:37:07	10:06:49:01	Non	Aucune	Surveiller	Normal	mercredi	paire
caroline 30153949	00:00:12:00	10:02:03:22	10:02:15:21	Non	Aucune	Ignorer	Normal	mercredi	paire
caroline 30216926	00:00:28:16	10:13:19:01	10:13:47:16	Non	Aucune	Ignorer	Normal	mercredi	paire
caroline 30216926	00:00:04:03	11:01:28:01	11:01:32:03	Non	Aucune	Ignorer	Normal	mercredi	paire
caroline 30216926	00:00:06:22	11:01:15:12	11:01:22:08	Non	Aucune	Ignorer	Normal	mercredi	paire
caroline 30216926	00:00:21:17	10:41:18:04	10:41:39:20	Oui	Aucune	Ignorer	Normal	mercredi	paire
caroline 30216926	00:00:28:13	10:12:29:10	10:12:57:22	Oui	Aucune	Ignorer	Normal	mercredi	paire
casimir 01701766	00:00:12:06	10:15:40:16	10:15:52:21	Oui	Aucune	Ignorer	Normal	Mardi	impaire
casimir 01701766	00:00:11:17	10:16:17:24	10:16:29:15	Non	Aucune	Ignorer	Normal	Mardi	impaire
casimir 30194388	00:00:12:21	10:21:44:15	10:21:57:10	Oui	Aucune	Ignorer	Normal	Mardi	impaire
casimir 30194388	00:00:07:15	10:12:56:13	10:13:04:02	Non	Aucune	Ignorer	Normal	Mardi	impaire
casimir 30194388	00:00:09:01	10:12:27:13	10:12:36:13	Oui	Aucune	Ignorer	Normal	Mardi	impaire
casimir 30194388	00:00:16:03	11:09:54:05	11:10:10:07	Non	Aucune	Ignorer	Normal	Mardi	impaire
casimir 30194388	00:00:06:10	10:10:16:04	10:10:22:13	Oui	Aucune	Ignorer	hebdo	Mardi	impaire
casimir 30194388	00:00:06:19	10:13:08:06	10:13:14:24	Non	Aucune	Ignorer	Normal	Mardi	impaire
casimir 30194388	00:00:05:15	10:12:04:14	10:12:10:03	Oui	Aucune	Surveiller	Normal	Mardi	impaire
casimir 30194388	00:00:07:06	10:12:16:24	10:12:24:04	Non	Aucune	Ignorer	Normal	Mardi	impaire
casimir 30194388	00:00:06:22	10:55:18:06	10:55:25:02	Oui	Aucune	Surveiller	Normal	Mardi	impaire
casimir 30200554	00:00:08:13	11:16:49:23	11:16:58:10	Oui	Avec	Ignorer	Normal	Mardi	impaire

casimir 30200554	00:00:08:24	10:42:06:05	10:42:15:03	Non	Avec	Surveiller	hebdo	Mardi	impaire
casimir 30200554	00:00:23:03	10:50:46:13	10:51:09:15	Non	Avec	Ignorer	Normal	Mardi	impaire
casimir 30200554	00:00:07:01	11:01:02:23	11:01:09:23	Non	Avec	Ignorer	Normal	Mardi	impaire
casimir 30200554	00:00:10:21	10:51:15:03	10:51:25:23	Non	Avec	Ignorer	Normal	Mardi	impaire
casimir 30200554	00:00:07:14	10:53:23:04	10:53:30:17	Non	Avec	Ignorer	Normal	Mardi	impaire
casimir 30200554	00:00:19:10	11:01:09:23	11:01:29:07	Oui	Avec	Ignorer	Normal	Mardi	impaire
casimir 30200554	00:00:20:15	10:11:05:11	10:11:26:00	Oui	Avec	Ignorer	Normal	Mardi	impaire
casimir 30200554	00:00:12:03	10:28:30:05	10:28:42:07	Oui	Avec	Ignorer	Normal	Mardi	impaire
casimir 30212640	00:00:09:01	10:50:57:24	10:51:06:24	Oui	Aucune	Ignorer	Normal	Mardi	impaire
casimir 30212640	00:00:04:18	11:28:44:06	11:28:48:23	Oui	Aucune	Ignorer	Normal	Mardi	impaire
casimir 30212640	00:00:14:07	11:26:12:12	11:26:26:18	Oui	Aucune	Surveiller	Normal	Mardi	impaire
casimir 30212640	00:00:11:24	11:27:41:03	11:27:53:01	Non	Aucune	Surveiller	Normal	Mardi	impaire
casimir 30212640	00:00:11:03	11:57:34:16	11:57:45:18	Non	Avec	Surveiller	hebdo	Mardi	impaire
casimir 30212640	00:00:15:04	11:56:25:17	11:56:40:20	Non	Avec	Surveiller	Normal	Mardi	impaire
casimir 30212640	00:00:05:13	11:28:38:01	11:28:43:13	Non	Aucune	Ignorer	Normal	Mardi	impaire
casimir 30212640	00:00:13:00	10:51:17:14	10:51:30:13	Oui	Aucune	Ignorer	Normal	Mardi	impaire
casimir 30212640	00:00:12:19	11:44:40:09	11:44:53:02	Oui	Aucune	Ignorer	Normal	Mardi	impaire
elliott 30173068	00:00:12:04	10:21:21:10	10:21:33:13	Oui	Avec	Ignorer	Normal	jeudi	paire
elliott 30207388	00:00:30:23	10:14:02:17	10:14:33:14	Oui	Avec	Ignorer	Normal	mercredi	impaire
engie 30200554	00:00:06:04	10:04:38:05	10:04:44:08	Oui	Aucune	Ignorer	Normal	mercredi	impaire
engie 30200554	00:00:19:03	10:02:03:20	10:02:22:22	Oui	Aucune	Ignorer	Normal	mercredi	impaire
engie 30200554	00:00:09:22	10:03:56:18	10:04:06:14	Oui	Avec	Ignorer	Normal	mercredi	impaire
engie 30200554	00:00:11:21	10:00:48:01	10:00:59:21	Oui	Avec	Ignorer	Normal	mercredi	impaire

ÉCLATEMENT DE LA CELLULE FAMILIALE

Je sais que je n'aurais pas dû, je sais, c'est... Et maintenant je suis... Je savais que je ne devais pas le faire ! Vous allez m'en vouloir, je... je n'ai pas d'excuse. Mais je n'ai pas pu résister.

J'ai encore lu le journal de ma fille. C'était plus fort que moi, je voulais savoir... Je ne sais même pas ce que je voulais savoir, mais si j'avais pu imaginer... Je ne voulais pas *savoir ça* !

Mon mari me trompe ! Je ne sais pas quoi faire, je suis totalement désemparée, mon mari me trompe ! Il me trompe avec la mère du... du meilleur ami de Rachel. Enfin, peu importe avec qui, de toute façon je ne l'ai jamais rencontrée. C'est comme si le sol s'ouvrait sous mes pieds. Je vous jure, je ne sais plus où j'en suis, il faut que vous m'aidiez, je vais devenir folle ! Comment peut-il me faire ça ? Après vingt ans de mariage ? Je lui ai tout donné ! Tout ! J'ai quitté mon pays, ma mère ! Vous savez que je n'ai pas eu de nouvelles d'elle depuis que je suis partie de Pologne ? Je n'ai aucune idée de ce qu'elle est devenue, je ne sais même pas si elle est encore vivante !

J'avais une *vie* avant de le rencontrer, et il a tout balayé ! Tout ! Je voulais être institutrice ! Mon travail de mannequin était provisoire ! Et lui, il est arrivé, et il m'a tout pris !

On s'est rencontrés pendant une soirée à l'ambassade de France. Je défilais pour un couturier français qui vendait ses créations aux femmes de diplomates. Enfin on s'en fiche. Il est venu me voir pendant le cocktail... Ma vie était réglée, vous comprenez ? J'avais... Ma voie était toute tracée ! Et lui, il est arrivé, avec ses beaux discours, ses belles manières...

J'avais l'habitude de me faire courtiser, ça faisait partie du jeu. J'étais là parce que j'étais belle. Il n'était pas mieux qu'un autre, pas plus jeune qu'un autre non plus. J'allais avoir vingt ans, il en avait déjà quarante-six, il était comme les autres, ni plus ni moins.

Je vais vous choquer, mais ça ne me dérangeait pas de coucher avec ces hommes, juste comme ça. J'ai perdu ma virginité à quinze ans, après mon troisième ou quatrième défilé. C'étaient toujours des gens riches, polis, qui me faisaient des cadeaux, me traitaient bien. Des médecins, des politiciens, des membres du parti, des gens de la mafia. Des jeunes frimeurs, des vieux célibataires. Ou des diplomates étrangers qui avaient laissé leur femme dans leur pays. C'était ce genre de personnes qui fréquentaient les salons privés de Varsovie. La Pologne n'était pas communiste pour tout le monde, vous savez, et il y avait des avantages à circuler dans ces milieux-là. Quand vous grandissiez en Pologne dans les années soixante, soixante-dix, vous appreniez à faire des compromis avec votre conscience. Je vivais dans le luxe, je récupérais de la nourriture et des tas d'articles que je pouvais vendre au marché noir, ou donner à ma mère, à mes amis. Je sais ce que vous pensez : que je me prostituais. Mais c'est faux, je ne l'ai jamais ressenti comme ça. J'aimais passer du temps dans cette société, en compagnie de ces gens cultivés. Ils m'apprenaient des choses, ils me faisaient entrer dans des endroits que je n'aurais jamais rêvé voir un jour. Et je vais vous dire : je prenais du plaisir à faire l'amour avec ces hommes. Je ne me forçais jamais. Jamais. Même dans les soirées de…

J'aimais cette existence. J'étais heureuse ! Qu'est-ce que j'ai été stupide de suivre Robert ! Mais j'avais peur ! Je savais que ma chance pouvait tourner d'une minute à l'autre. On ne savait jamais de quoi le lendemain serait fait. Surtout que c'était dans la haute société que les têtes tombaient. Plus que n'importe où ailleurs. On n'aimait pas les gens qui avaient trop de pouvoir, vous comprenez, on se méfiait d'eux. J'en connais qui ont disparu du jour au lendemain sans laisser de traces. Je pouvais très bien me retrouver au bras d'un ennemi du régime. Que m'arriverait-il alors ?

C'est comme ça qu'il m'a eue ! L'ordure ! Il m'offrait Paris ! Il m'offrait la liberté ! Il voulait m'épouser ! Il était riche ! Je sais, c'est obscène de dire ça, de dire qu'il était riche, mais c'était important pour moi à l'époque. J'étais jeune. Je… oui, j'étais jeune, ça devrait suffire comme raison. Jeune et polonaise. Et j'étais amoureuse, j'oublie de le préciser mais ça comptait beaucoup. J'étais folle amoureuse de lui.

Quand il m'a demandé de partir avec lui, quand il m'a demandée en mariage, c'était le soir du jour de l'an. Ça va faire dix-neuf ans. Il m'avait fait faire un passeport avec un visa pour la France. Comment est-ce que j'aurais pu refuser ? Alors voilà, je l'ai suivi. Mais vous savez ce que ça veut dire, quitter la Pologne dans ces années-là ? Ça veut dire couper totalement les ponts ! Ne jamais retourner dans le pays, ne jamais écrire, ne jamais téléphoner… même si personne n'avait le téléphone, mais vous voyez ce que je veux dire. Si je donnais le moindre signe de vie à ma famille ou à mes proches après mon départ, ils seraient considérés comme complices de ma fuite et emprisonnés. J'ai dit au revoir à ma mère et je ne l'ai plus jamais revue. Ma mère… Elle pleurait, vous ne pouvez pas savoir ! Elle était heureuse pour moi, mais malheureuse au fond. La dernière image que j'ai d'elle, c'est son visage en larmes !

Excusez-moi, vous avez un mouchoir ?…

Merci…

Je n'ai même pas dit au revoir à mes amis, parce qu'on se méfiait de tout le monde… Bien sûr, je suis retournée à Varsovie en 1990, après la fin du communisme. Mais je n'ai pas pu la retrouver. Son appartement était habité par d'autres gens, qui vivaient là depuis des années. J'ai cherché sa trace dans les archives de la police, j'ai fait le pied de grue devant les administrations, mais je n'ai rien retrouvé. La plupart des documents sont encore secrets. Je suis presque sûre qu'elle a été arrêtée.

Quand je suis arrivée en France, je parlais déjà français, mais je peux vous dire que ça n'a pas été facile pour moi de m'intégrer. Je ne connaissais personne et Robert ne voulait pas que je travaille. Il disait qu'il ne m'avait pas sortie de Pologne pour que je me mette à travailler. Je restais des heures chez nous à ne rien faire. À pleurer. Qu'est-ce que j'ai pu pleurer ! Et le soir on allait à des pince-fesses. Mais je ne me plaignais jamais. Je me serais trouvée ingrate. Je n'osais pas lui dire que…

Je ne sais pas combien de temps j'aurais tenu si on n'était pas venus s'installer ici. C'est une petite ville, j'ai pu rencontrer des gens à l'église, me socialiser. Et j'ai eu Rachel. Je pouvais lui parler quand je me sentais seule. Bon, enfin je m'en suis sortie, mais… mais la vérité, c'est que je meurs d'ennui ! Regardez tout ce que je fais pour combler mon temps ! Je ne suis venue en France que pour lui ! Parce que je l'aimais, parce que je voulais vivre avec lui, parce que notre vie allait être magnifique ! Et c'est vrai qu'il m'emmène en voyage, c'est vrai qu'il me donne des cadeaux, mais *il me trompe* ! Et les voyages, c'est une fois, deux fois par an ! Les cadeaux, c'est… Qu'est-ce que j'en ai à faire de ses cadeaux ? Moi je voudrais qu'il me parle, je voudrais qu'il rentre tôt du travail, j'aurais voulu que… J'ai en permanence l'impression de le déranger ! Il ne m'écoute pas quand je parle. Je le vois bien, il est ailleurs ! Je l'encombre ! D'ailleurs, je ne lui parle presque jamais, et lui non plus. On vit dans le monde du silence.

Vous savez quoi ? Il ne voulait pas d'enfants. Je le soupçonne de m'en avoir fait un juste pour que je m'occupe, pour que je lui fiche la paix ! C'est vraiment ce que j'ai pensé quand Rachel est née. Il n'y avait aucun bonheur dans le regard de son père. Vous savez ce qu'il m'a dit ? Il a dit ça en riant mais je ne l'oublierai jamais. Il m'a dit : « Ça y est, tu as trouvé un sens à ta vie. » Alors oui, bien sûr, Rachel peut se plaindre de son enfance, oui elle peut dire que j'ai été une mauvaise mère, mais vous croyez que c'est facile d'aimer un enfant conçu dans ces conditions-là ? De vraiment l'aimer ? Quand je la regardais, je pensais à ce qu'il m'avait dit et elle me dégoûtait. Si je ne me suis pas occupée d'elle comme j'aurais dû, c'est en grande partie pour ne pas donner raison à Robert. En grande partie, j'en suis sûre.

Et puis aussi pour autre chose.

J'avais… Ce que je vais vous dire, je ne l'ai jamais raconté à personne. À personne. J'avais un fils en Pologne. Il avait trois ans et demi quand Robert m'a demandée en mariage. Robert n'a jamais été au courant. Je savais qu'il ne me prendrait pas avec un enfant. À mon départ, je l'ai confié à ma mère. Et je… je ne sais pas non plus ce qu'il est devenu. Je n'arrive pas à me le pardonner, je n'y arrive pas. Je pense à lui presque tous les jours ! Vous ne pouvez pas savoir ce que c'est…

Pardon, je suis en train d'écouler votre stock de mouchoirs…

Je n'arrivais pas à… à aimer Rachel. Je me sentais coupable de prendre soin d'un autre enfant alors que j'avais abandonné mon fils en Pologne. Je pensais que je le trahissais, que Rachel prenait sa place.

J'ai tout abandonné, tout supporté pour Robert, la dernière chose sur laquelle je comptais encore, c'était son amour, et il l'a bafoué. Il couche avec une autre. Je ne compte pour rien dans sa vie.

Alors qu'est-ce que j'ai qui vaille la peine de vivre ? Mon mari ne m'aime pas, ma fille me déteste, mes amies… pfff ne sont pas de vraies amies… J'ai perdu ma mère, j'ai abandonné mon fils, je suis… Qu'est-ce que je fais encore sur cette Terre ? À quoi je sers ? Qui se soucie de moi ? Qu'est-ce que j'ai fait de bon dans ma vie ? Il faut à tout prix que vous m'aidiez, sinon je vais faire une bêtise.

Sinon je vais faire une bêtise.

VENDREDI 19 DÉCEMBRE 2003

Un professeur exclu pour avoir bousculé un élève

[…] Le professeur, proche de la retraite, travaillait depuis 29 ans dans le lycée et ne s'était jamais fait remarquer pour ses actes de violence.

C'est […] en plein cours, qu'il aurait violenté un élève de première, âgé de 17 ans.

Il l'aurait poussé et le lycéen serait tombé, se cognant la tête contre le mur. […] le jeune homme a reçu plusieurs jours d'arrêt maladie. […]

Les versions diffèrent sur les circonstances qui ont provoqué l'exaspération du professeur. […]

LA THÉORIE DU CHAOS APPLIQUÉE À ROBERT

Où était ce putain de négro ? Robert était hors de lui. Pour une fois qu'il avait vraiment besoin d'Elias, il fallait qu'il disparaisse. Sa chiotte était toujours garée dans la cour, mais lui était absent. Et bien entendu il n'avait pas de portable. Impossible de le joindre. Robert avait suffisamment d'emmerdements aujourd'hui pour ne pas en plus perdre du temps à chercher Elias. Il remonta dans sa Jaguar et retourna à la mairie. En chemin, sur la rue de France, l'odeur fétide le pénétra à nouveau. Elle gagnait le centre-ville.

Leslie leva la tête à son arrivée.

— Alors ?

— Alors rien. J'ai fait le déplacement pour rien.

Elle ne savait pas exactement ce que Robert était parti faire, mais elle savait que quoi que ce fût, c'était censé résoudre le problème.

— J'ai décroché le téléphone. Je fais une pause. Si ça continue comme ça, je vais devenir folle.

— Mmm.

— Vous ne croyez pas qu'on devrait contacter une autre entreprise ?

— Je vous ai déjà répondu : EGC a passé un contrat avec la mairie. Ils doivent s'occuper des égouts jusqu'à la fin de l'année, point final. Il n'est pas question qu'on dépense un sou de plus que ce qui était prévu.

— Mais…

— Vous savez combien ça nous coûterait de payer quelqu'un d'autre pour intervenir d'urgence ? C'est niet. Et non seulement on ne va pas payer, mais je vous promets que Rousseau va cracher des dommages et intérêts ! D'ailleurs, où vous en êtes avec l'appel d'offres ?

— Il est parti la semaine dernière. On devrait bientôt avoir les premières réponses.

— D'accord… Quoi d'autre ?

— Le discours du 31 ?

— Ah oui. On peut pas ressortir celui de l'année dernière ?

— Non, j'ai regardé, on avait tout axé sur l'Algérie, les commémorations, les anciens combattants, tout ça. Il faudra trouver autre chose pour 2004.

— Ah oui, c'est vrai. Je ne suis pas mécontent qu'elle soit terminée, cette année de l'Algérie en France… Quelle connerie… Bon, écoutez, vous n'avez qu'à me pondre un truc bateau sur la baisse de la délinquance…

— Elle a augmenté de 1,5 %.

— Oui, alors sur la délinquance *maîtrisée*, et notre politique de prévention, insistez bien sur le fait qu'on n'a pas de quartier chaud. Parlez de la nouvelle galerie commerciale, des emplois que ça va générer… Et sortez le baratin habituel sur l'héritage culturel de Napoléon et de François Ier, Fontainebleau ville de lumière et de tourisme et cætera.

— On parle des égouts ?

— Non. Si. Oui. Dites qu'il y a des travaux de rénovation prévus pour l'année prochaine, juste pour montrer qu'on a les choses en main. Même si, d'ici le réveillon, ça devrait être résolu. Chargez EGC. Dites qu'on va changer de prestataire. Et vous conclurez par heu… je sais pas, dites que tout le monde nous envie notre cadre de vie, qu'il y a de plus en plus de familles qui emménagent, et voilà, qu'on a beaucoup de chance de vivre dans une ville préservée des grands fléaux de notre époque décadente et cætera et cætera...

Robert s'enferma dans son bureau. Il fulminait. Depuis le lever du soleil, les égouts exhalaient une odeur pestilentielle dans plusieurs quartiers de la ville, et Michel Rousseau – patron d'EGC, la boîte qui entretenait les canalisations – avait disparu. Sa secrétaire ne savait soi-disant pas où il était. Si Fisher avait été là, il aurait su convaincre la secrétaire de lui indiquer où se cachait son employeur, et aurait trouvé les arguments pour que celui-ci se remette au travail. Robert ne pouvait pas se permettre d'endosser le costume de Fisher. Et Elias, par son absence, ratait sa première chance de prouver qu'il n'était pas un tocard intégral.

La mairie était assaillie de coups de fil de riverains se plaignant de l'odeur. Sans compter les commerçants qui craignaient pour leur chiffre d'affaires. Certains cafés et restaurants mal situés étaient désertés. Si Rousseau ne réapparaissait pas avant Noël, Robert contacterait un autre prestataire. Il se donnait jusqu'à lundi.

Son téléphone cellulaire gazouilla. C'était sa fille qui avait choisi la sonnerie canari. Il décrocha.

— Monsieur Martin ? Jean-Charles Darras à l'appareil ! Comment allez-vous ?

Darras était son banquier. D'habitude, il l'appelait Robert. Ce « Monsieur Martin » sonnait de manière déplaisante.

— Ça va et vous ? Vous partez pour les fêtes ?

— Non, non ! Ha ha ha ! Le travail, toujours le travail... Vous savez ce que c'est !

— Oui.

— Écoutez, je vous appelle parce que j'ai... parce que votre compte fait bip-bip. Ha ha. Je suis sûr que ce n'est rien, mais je tenais à vous prévenir : vous êtes assez largement débiteur.

— Ah. De combien ?

— Trente-quatre mille euros et des poussières.

Robert était estomaqué. Il prit une ou deux secondes avant de répondre :

— Ah oui, quand même.

— Oui, hé hé hé. C'est pas mal. Mais je suppose que vous avez un virement en retard, ou…

— Je sais pas, faudrait que je voie. Qu'est-ce que j'ai sur mes autres comptes ?

— Oh ben pas grand-chose, vous savez. C'est surtout des placements. Enfin, en cash immédiatement disponible, c'est quand même assez limité.

— Bon, ne vous inquiétez pas, je vais voir ce qui se passe. Au pire je vendrai quelques actions, ça devrait combler le trou.

— D'accord. Vous me tenez au courant ?

— Je vous rappelle.

Robert raccrocha. « Ne vous inquiétez pas », avait-il dit à son banquier. Mais Darras n'était pas inquiet. Darras n'était pas dans la peau de Robert. Darras ne mesurait pas l'ampleur du problème. Trente-quatre mille euros de découvert ! Ce mois-ci, personne n'avait eu la visite de Fisher. Personne ne lui avait remis d'enveloppe. On ne payait pas les morts. Combien Robert dépensait-il pour se retrouver dans une telle situation à cause d'un seul paiement en retard ? Il appela son courtier.

— Ouais, c'est Robert. J'aurais besoin de vendre quelques actions.

— De vendre ? Mais c'est pas du tout le moment de vendre ! T'es pas au courant ? La bulle Internet a explosé ! Le World Trade Center a explosé ! L'Irak a explosé ! Et avec l'arrestation de Saddam, tout le Moyen-Orient va exploser ! Si tu vends maintenant, tu perds des tonnes de fric ! Pour le moment, tu achètes tranquillement, et tu attends ton heure.

— Comment ça, je perds des tonnes de fric ? T'es pas

censé empêcher ce genre de chose d'arriver ? Ça va, la bulle et tout ça, c'est passé maintenant ! C'est pas pour ça que je te paye ! Putain, ça fait trois ans que tu me dis qu'il faut que j'achète, et ça fait trois ans que tout ce que j'achète perd de la valeur !

— Non mais redescends sur terre, Robert ! Tout le monde a perdu du fric ! Moi y compris ! J'ai même moins bien placé mon argent que le tien !

— Écoute, je m'en fous. Pour le moment, j'ai besoin de trente mille euros. Trente-cinq mille.

— Trente-cinq mille ? Je peux le faire, mais à ce prix-là tu ferais mieux de faire un emprunt. Si je te sors ça maintenant, t'auras perdu… disons au mieux… attends, je regarde… T'auras perdu presque cinquante mille !

— T'es en train de me dire que sur quatre-vingt-cinq mille balles placées, je n'en récupère que trente-cinq ?

— En gros, oui. C'est ce que je suis en train de te dire.

— Attends, mais personne ne perd autant d'argent que ça ! On en aurait entendu parler ! Comment tu gères mes actions ? Tu me voles ou quoi ?

— Non mais… *tout le monde* a perdu autant d'argent que ça ! Et on ne parle *que de ça* depuis trois ans !

— Bon, on en reparlera. Je vais regarder un peu autour de moi. Je vais peut-être chercher quelqu'un d'autre. En attendant, tu me vends pour trente-cinq mille euros, et tu vires la somme sur mon compte. Et envoie-moi le détail de mes placements sur les trois dernières années. Je voudrais voir ça de près. Salut.

Robert raccrocha. Sa main tremblait. Il ne pouvait pas combler les trous de trésorerie à coups d'actions bradées, c'était trop coûteux et ça ne le mènerait de toute façon pas loin. Il commença à penser à ce qu'il pourrait vendre. Il avait un ou deux immeubles qui ne lui rapportaient rien. Un bateau qui mouillait dans la rade de Brest moyennant un coquet loyer et sur lequel il n'était pas monté depuis sept ou huit ans. Un terrain viticole. Objectivement il n'était pas à la rue. Mais il était ligoté. Il repensa aux trois cent mille euros qu'Elias ne récupérerait certainement jamais. Ce qui l'amena, par association d'idées, à poser un œil sur son courrier.

Sur la pile se trouvait un colis, emballé dans du papier noir, avec son nom écrit en rouge. Pas de timbre. Le maître chanteur donnait de ses nouvelles. « Manquait plus que lui », marmonna Robert en tirant le paquet à lui.

Il pesait environ une demi-livre. Robert secoua la boîte avec précaution. À l'intérieur, un objet roula dans un coin, rendant un bruit mou. Robert n'aimait pas ça. Il posa la boîte devant lui. D'où venait ce tic-tac qu'il entendait faiblement ? Il regarda sa montre, aussi en panne que d'habitude. Il colla son oreille contre le paquet. Pas le moindre bruit. Pourtant le tic-tac résonnait toujours.

Tictactictactictactictactictac. Clac. Un bruit familier, qui remontait parfois tel un parfum oublié. Le son de sa peur.

Robert se saisit de son coupe-papier et trancha le lien qui entourait le colis. Il déchira le papier. C'était une banale boîte en carton. Dessus était posée une feuille format A4 pliée en quatre.

TU AS VOULU JOUER AU PLUS MALIN,
MAIS JE T'OBSERVE.
L'ENJEU A CHANGÉ, MONSIEUR MALIN.
ON OUBLIE LES PHOTOS :
RASSEMBLE L'ARGENT POUR LE 24 DÉCEMBRE
OU TU MEURS, TOUT SIMPLEMENT.
DES INSTRUCTIONS SUIVRONT.

De la pointe de son coupe-papier, Robert souleva le couvercle de la boîte. Il eut un violent mouvement de recul. À l'intérieur se trouvait un cœur humain.

COUPS ET CONTRECOUPS

Elias était interdit de séjour dans la maison quand elle était vide. Instructions de Robert. Elias, qui avait fini par vendre son dernier gramme d'herbe la veille, n'avait rien à faire de sa journée. Strictement rien. Même la femme de M. Robert était partie sans lui demander de l'accompagner. Il avait marché une heure ou deux sur les trottoirs de la ville en passant un regard absent sur les vitrines de Noël qu'il connaissait par cœur. Ses pas l'avaient poussé vers le parc du château, mais son nez l'avait fait bifurquer : une puanteur infâme régnait à mi-parcours et l'avait convaincu de rebrousser chemin. Puis il était retourné vers la maison vide, vers ce qu'Éva lui avait demandé de considérer comme son « foyer » et qui lui était interdit d'accès… Il s'était installé au volant de sa voiture et avait mis la radio. Il aurait pu forcer la serrure de la maison, et Robert le savait très bien mais, s'il voulait son job, il devait respecter le marché : Robert lui accordait sa confiance ; s'il le décevait, plus de marché. Il était toujours dans sa voiture quand Rachel était rentrée de cours.

Terrassé d'ennui, les mains et les pieds engourdis par le froid de la nuit tombée, Elias avait été surpris de constater qu'il était assez content de la voir, même s'il y avait toutes les chances pour qu'elle le gave dans les deux minutes. Elle l'avait invité à entrer avec elle, s'étonnant de ce que son père ne lui ait pas donné un double des clés.

— On voit bien qu'tu l'connais pas.

— Ben quoi ? Tu vas quand même pas nous voler !

— Et pourquoi pas ?

— Tu serais bien con.

Il ne répondit pas.

— D'abord, tu fais quoi pour mon père ? Je comprends pas, c'est quoi ton boulot exactement ?

— Ben, j'taffe, quoi. J'fais des trucs.

— Ouais mais tu fais quoi ? À part emmener ma mère faire ses courses ?

— Vas-y, tu vas pas commencer à m'tanner !

— Attends, je m'intéresse, c'est normal ! Je suis pas en train de t'agresser !... Mais bon, d'accord, si tu veux parler d'autre chose, parlons d'autre chose...

Elias commençait déjà à regretter sa voiture mal chauffée.

— Et tu t'emmerdes pas toute la journée dans ta bagnole ?

— 'tain, t'as le don, toi ! T'sais pas t'occuper d'toi ? Vas-y, franchement, tu veux m'faire plaisir ? Mêle-toi d'ton biz.

— Mais justement ! C'est mon bizness ! Je veux savoir ! Tu passes vingt-quatre heures sur vingt-quatre ici, tu fais chauffeur pour ma mère, tu me surveilles à mon anniversaire... Je me sens concernée ! T'es quoi ? Une sorte de garde du corps, c'est ça ?

— Ouais, c'est ça, répondit Elias pour se débarrasser.

— Pourquoi ? Mon père court un danger ? Il est menacé ?

Elias émit un ricanement. Son employeur n'était pas du genre à courir le moindre danger.

— Ou alors c'est nous ? Il y a des menaces sur la famille ?

— Arrête de m'soûler, demande à ton reup ! Tu verras c'qu'y t'répond. D'ailleurs le v'là.

La Jaguar de Robert freina brutalement sur le gravier de la cour. Il en sortit sans prendre la peine de la rentrer au garage, jeta un œil par le pare-brise de l'Express, vit que les sièges étaient vides, en martela le toit avec furie. BLANG, BLANG, BLANG !

— Elias ! Sors de là, sale…

BLANG, BLANG, BLANG ! Quelque chose s'était passé. Quelque chose de mauvais pour Elias. Oubliant tout à fait Rachel, il s'avança et ouvrit la petite fenêtre de la cuisine.

— Chuis là.

Robert leva la tête, brusquement, les yeux exorbités de fureur. Il se dirigea vers la maison à grandes enjambées, presque en courant. Elias l'entendit entrer par la baie vitrée et traverser le salon avant de pousser la porte de la cuisine. Rouge de colère, Robert prit une inspiration pour crier quelque chose, et s'arrêta net en voyant Rachel.

— Tu montes dans ta chambre.

Rachel avait pâli. Elias n'y vit pas un signe encourageant. Elle tenta néanmoins de résister à l'injonction.

— Pourquoi ? Qu'est-ce que j'ai fait ?

— *Tu montes dans ta chambre et tu ne discutes pas !*

Rachel jeta un coup d'œil éclair à Elias et obéit. Robert l'écouta monter les escaliers. Dès qu'il l'entendit refermer la porte de sa chambre, il s'approcha du bar, s'empara d'un tabouret, et le brandit au-dessus de sa tête en hurlant :

— Je vais t'apprendre à me menacer !

Elias eut juste le temps de lever les bras avant de se prendre le pied du tabouret. Il était en acier brossé avec un socle en étoile, très design. Autrement dit : une barre de fer avec des bouts pointus qui dépassent. Elias tomba à la renverse, le souffle coupé, emportant avec lui une corbeille de fruits. Robert releva le tabouret et l'abattit à nouveau, sur ses côtes, sur son dos, sur ses épaules, sur ses bras. Elias rampait sur le côté pour s'échapper. Il essayait de reprendre son souffle, il lançait des coups de pied dans le vide, il reculait. Il se trouva acculé contre le plan de travail. Le plafonnier fut arraché et alla exploser sur l'égouttoir de l'évier. Une pluie de vaisselle brisée dégringola sur Elias. Dérapant sur les tessons, Robert perdit en précision et planta le tabouret dans le plan de travail, dispersant au passage le toaster chromé. Elias releva la tête et rencontra le talon de Robert. Sa pommette et son nez craquèrent, il eut l'impression que tout son visage se cassait en deux. Il hurla de douleur. Robert releva le tabouret. Il visait la tête. À travers ses larmes, Elias le vit arriver. Il sut que Robert voulait le tuer. Il leva les mains et bloqua la barre de fer en plein mouvement.

Elias était fort. Elias avait une force herculéenne. Ses poings serraient la barre telles des griffes de métal. Robert essaya de tirer le tabouret, de le pousser, mais il était pris comme dans un étau. Elias ne lâcherait pas. Leurs regards se croisèrent. Elias lut de la peur sur le vieux visage congestionné qui lui faisait face. Robert avait épuisé toutes ses forces, il était hors d'haleine. Grimaçant de douleur, Elias se redressa lentement, sans quitter Robert des yeux. Il ramena ses pieds sous lui et se leva. La moitié gauche de son visage était en feu, son œil fermé. Il sentait le sang couler le long de sa joue et dans son cou. Robert restait tétanisé, les yeux écarquillés. Il tenait toujours le tabouret.

Elias était dévoré par l'envie de lui sauter à la gorge. Il pouvait le tuer d'un coup de poing. Il avança d'un pas. Seule l'épaisseur du pied du tabouret les séparait. Robert, qui mesurait à peine un mètre soixante-dix, levait la tête comme un enfant devant un adulte. Avec une joie mauvaise, Elias constata qu'il tremblait.

— Vous m'espliquez ?

— Le chantage, dit Robert d'une voix mal assurée.

Elias ne voyait pas où il voulait en venir.

— C'est pas une esplication, ça. C'est un mot.

— J'aime pas qu'on me fasse chanter, répondit Robert plus fermement.

— Et moi j'aime pas qu'on m'attaque. C'est quoi, ç't'histoire de chantage ?

Elias vit de la stupéfaction dans les yeux de Robert.

— Ne fais pas l'imbécile, dit-il sans y mettre le ton.

— Vous m'causez correct. Z'êtes pas en position. C'est quoi ç't'histoire de chantage ?

Silence. Elias pouvait presque entendre les pensées de Robert s'entrechoquer. Il savait ce qui allait arriver quand il les aurait rangées à leur place : il comprendrait qu'il l'avait pris pour un autre.

— Quelqu'un m'a envoyé des lettres de menace.

— Ouais, ben, c'était pas moi. Z'avez pas r'marqué que j'vis là ? Vous croyez qu'j'ai besoin d'vous envoyer du courrier si j'veux taper la discute ?

— Le type me réclame trois cent mille euros.

— Trois cent mille ?

— Ouais.

— Putain d'coïncidence.

— Ouais.

— Alors on fait quoi maintenant ? J'vous arrache la tête, ou vous vous escusez ?

Robert relâcha sa prise sur le tabouret. Il ne répondit pas, battit nerveusement des paupières. Elias n'allait pas le laisser s'en tirer à si bon compte.

— Oh, vous m'répondez ? J'vous arrache la tête ?

— Je m'excuse, dit Robert en baissant les yeux une seconde.

La colère d'Elias ne l'avait pas quitté. Il la sentait qui se débattait dans son ventre comme un chat dans un sac. Mais il avait gagné plus qu'un combat : il avait gagné l'autorité. Robert avait maintenant peur de lui. Leurs rapports avaient changé. Il ne lui arracherait donc pas la tête. Pas pour le moment. Une autre occasion finirait bien par se présenter.

Dans un coin de la cuisine dévastée, il y eut un mouvement. Elias et Robert tournèrent la tête au même moment et virent Rachel, le visage ruisselant de sang, achever de rouler sur le dos en gémissant.

LE PLAN B

« *La stratégie, cela consiste à tirer pour faire croire à l'ennemi qu'on a encore des munitions.* » Ravagé par une crise d'eczéma sans précédent qui lui mettait les nerfs à fleur de peau, François tournait en boucle cette phrase dans sa tête. Il ne se rappelait plus où il l'avait lue mais elle l'obsédait. En livrant ce cœur de bœuf à Robert Martin, il avait tiré sa dernière cartouche. Il comptait uniquement sur l'impressionnabilité du maire pour obtenir son argent. C'était très maigre. Le maire ne semblait pas être du genre émotif. Et en imaginant que Martin cède au chantage (hypothèse très improbable, François en était de plus en plus conscient) comment récupérer l'argent sans se faire prendre ? Dans tous les films, les transactions de ce genre échouaient, la police cernait les lieux du rendez-vous, les billets étaient marqués, la valise lestée d'un mouchard… Même si Martin déposait la somme à un endroit convenu entre eux, François n'était pas certain d'avoir le cran d'aller la récupérer. Et le délai était effroyablement court. Robert Martin pourrait-il réunir autant d'argent en quatre jours, sachant que ces quatre jours comprenaient un week-end ? S'il demandait un sursis, comment le lui refuser ?

Mais comment négocier le même sursis avec le grand Noir ?

— On sort. On sera de retour pour dîner.

Nathalie et Frédéric refermèrent la porte d'entrée avant que François ait pu répondre. L'ambiance à la maison était plutôt paisible depuis que l'orage avait éclaté entre lui et Catherine. C'était inattendu. La famille semblait plus unie, on plaisantait à table, on regardait la télé ensemble. Catherine et François avaient même fait l'amour la nuit précédente. Tout le monde avait l'air d'attendre la prochaine étape, comme on guette la fin de l'anesthésie après s'être fait arracher une dent. Seul François était tourmenté, et cette nouvelle harmonie familiale ne faisait qu'accroître son tourment. D'une certaine manière, il était plus facile de gâcher la vie d'une famille désunie que de ruiner un bonheur familial fraîchement retrouvé.

Dans la cour, la Mercedes cassée n'avait pas bougé. François la considéra avec fatigue. Peut-être pourrait-il s'en débarrasser ce soir. À quel endroit l'emmener ? Il se voyait essuyer ses empreintes dans l'habitacle et briquer la carrosserie avant de pousser la voiture dans le fleuve. Et de rentrer à pied. Ça lui paraissait très au-dessus de ses forces. Et de toute façon, s'il n'obtenait pas l'argent, François était maintenant résolu à se livrer à la police. Il avait du mal à évaluer les conséquences de ses aveux. Il imaginait de la prison, mais ce serait bien moins grave que ce que le Noir lui réservait. Une chose était sûre : il valait mieux garder la Mercedes comme pièce à conviction.

— Tout est parti de cet accident, monsieur le commissaire. J'ai voulu sauver la vie du Noir, je l'ai emmené à l'hôpital, et j'ai découvert dans sa voiture trois cent mille euros que je n'ai pas voulu rendre à leur propriétaire, oui c'est du vol, je le confesse, mettez-moi en prison, et aussi pour chantage sur la personne d'un représentant de l'État, je suis coupable, mais protégez ma famille, je vous en prie protégez ma famille !

Voilà ce qu'il dirait à la police. Peut-être qu'ils seraient émus par son histoire, peut-être qu'ils lui trouveraient des circonstances atténuantes, peut-être même qu'ils lui seraient reconnaissants d'avoir dénoncé le Noir.

Une ombre épaisse escalada la grille et sauta dans la cour. François sursauta en reconnaissant la massive silhouette. Le Noir marchait d'un pas décidé vers la maison. Fébrile, grattant son eczéma, François alla à sa rencontre. Il ouvrit la porte de service et reçut le lourd poing d'Elias sur le nez avant même de le voir. Étalé sur le dos, presque évanoui, il regarda son agresseur le rouer de coups de pied avec une légère sensation de vertige, la douleur étant traitée comme une information parmi d'autres. Quand il eut fini de se défouler, Elias se plaça au-dessus de François, les jambes de part et d'autre de son corps.

— Vous êtes en avance, articula François. On avait dit dans quatre jours.

— On n'avait rien dit du tout. C'est moi qu'avais dit.

— C'est vrai.

Encore sonné, François se sentait plus spectateur qu'acteur. Le centre de son visage lui faisait l'effet d'une antenne déréglée qui émettait sur une longueur d'onde anormale. Toute sa tête résonnait comme une chambre d'écho. Elias se pencha sur lui et le prit par le col. François sentit les coutures de sa chemise céder tandis qu'Elias l'attirait contre lui pour lui parler nez à nez. Littéralement. Un nez qu'Elias avait énorme, boursouflé comme toute la moitié gauche de son visage. Un nez qui sortait d'une grosse bagarre ou d'un sérieux accident. François se demanda si son propre nez ressemblait à ça.

— Tu l'as, ma thune ?

— Pas encore. On avait... vous aviez dit dans quatre jours.

Parler faisait résonner ses sinus dans les graves. C'était assez désagréable.

— Tu vas la trouver où ?

— Je vais quand même pas vous donner mes sources ! tenta François avec un petit sourire.

Qui lui valut un suffocant crochet au foie.

— Tu vas la trouver où ?

Maintenu debout par Elias, François n'avait pas le loisir de se tordre de douleur. L'air refusait de passer dans sa gorge. Elias le gifla une ou deux fois, sur les joues. Ce fut comme s'il lui enfonçait des oursins dans les narines. Ses yeux furent noyés de larmes.

— Tu m'réponds ou tu veux une deuxième tournée ?

— Quelqu'un doit me le donner. Mardi.

— Qui ça ?

— Quelqu'un. Un ami.

— Me bouffe pas l'crâne. T'as des amis qu'ont trois cent mille billets à t'filer ?

— C'est un prêt.

— Ce s'rait pas l'maire, ton ami ?

François reçut la question comme un électrochoc, ce qui n'échappa pas à Elias.

— T'es vraiment trop une brêle...

Il lui emboutit les testicules d'un puissant coup de genou et le laissa tomber au sol. Le corps de François se plia en deux. Il n'osa pas porter la main à son entre-jambe. La bouche ouverte dans un hurlement silencieux, il crut qu'il allait mourir.

Elias s'accroupit et lui souleva la tête par les cheveux. Pour respirer, François devait tousser.

— Trouve un aut' pigeon. Et speede ta race.

Il lui écrasa la tête contre le carrelage et se leva. François, empêtré dans sa souffrance, ne remarqua son départ que dix minutes plus tard, lorsqu'il fut en état de se relever.

La situation était claire. Horriblement claire et d'une parfaite ironie. Les trois cent mille euros n'appartenaient pas à Elias. Ils appartenaient à Robert Martin. Robert Martin qui voulait récupérer son fric. Robert Martin dont les méthodes n'avaient rien à envier à celles de la mafia. Robert Martin qui, non content de baiser sa femme, se trouvait donc être l'homme qui le menaçait de mort.

Et c'était à lui que François avait voulu soutirer de l'argent. Comment avait-il pu être si naïf, aveugle ? Autant attaquer un porte-avions à coups de cailloux ! De critique, la situation de François était devenue désespérée. D'une part, il ne trouverait jamais l'argent à temps, mais surtout, il ne pouvait plus se livrer à la police. Quelqu'un qui encaissait des sommes pareilles en liquide, qui employait des hommes de main pour brutaliser les gens et qui occupait en plus la fonction de sénateur-maire tenait évidemment les flics à sa botte. François n'avait plus d'issue.

Le nœud qu'il sentait dans son ventre depuis plusieurs jours remonta peu à peu jusqu'à sa gorge. Et pour la première fois depuis son enfance, François se mit à pleurer. Profonds sanglots hoquetés, larmes, morve et sang.

Après plusieurs minutes, après s'être totalement vidé, il put réfléchir. Face à la glace du salon, observant un nez qui avait presque doublé de volume et pris une étonnante couleur aubergine, il considéra les possibilités qui s'offraient à lui. Il y en avait deux : tuer ou être tué.

Avait-il la force de tuer ? Sans doute pas. Avait-il le courage de mourir ? Non plus. Pouvait-il trouver quelqu'un pour éliminer Martin à sa place ? La question méritait d'être posée. Il faudrait payer. Il était déjà assez endetté comme ça… À moins… François se rappela soudain avoir fourré quelques billets dans la poche de sa robe de chambre quand le flic était venu l'interroger. Gardant les jambes bien écartées, il monta lentement à l'étage et fouilla le vêtement. Il y avait quatorze billets. Sept mille euros. Combien coûtait l'exécution d'un homme ? Certaines personnes se faisaient tuer pour le contenu de leur porte-monnaie. François pensa un instant à rattraper le Noir et à lui demander son tarif pour supprimer son employeur, mais ç'aurait été un gros risque à courir.

Qui d'autre accepterait de commettre un assassinat contre de l'argent ?

François repensa à cette fille qu'il avait en classe de première. Rachel. Elle avait affirmé vouloir devenir tueuse à gages. L'idée était idiote, bien sûr. Ce n'était qu'une adolescente qui se faisait une vision romantique de la mort. Comment imaginer qu'elle pourrait tuer un homme comme Robert Martin ? Et pourtant… Si elle y parvenait ? Si avec l'inconscience propre à son âge, elle exécutait le contrat sans se rendre compte de la folie de la chose ? Peut-être même sans frémir ? Après tout, des gamines de onze ans pratiquaient des fellations pendant les interros ! Il ne semblait pas si farfelu d'imaginer une tueuse à gages de dix-sept ou dix-huit ans douée en philo et en dessin. Peut-être même sa vocation lui venait-elle d'un précédent meurtre, ou de plusieurs. Que savait François des jeunes d'aujourd'hui ?

Il jeta un œil à la pendule. Il avait un conseil de classe dans vingt minutes. Justement les première L. Il se dit qu'il réfléchirait en route. Il enfila une chemise propre (une sans taches de sang), se donna un coup de peigne, se passa sommairement un gant de toilette sur le visage en contournant le nez. À tout hasard, il imprima une photo de Robert, la découpa pour n'en garder que le visage, et la glissa dans une enveloppe avec les sept mille euros. Ça n'engageait à rien. Ça laissait les portes ouvertes.

À l'école, il passa devant les casiers des élèves pour accéder à la salle où se tenait le conseil de classe. Sans qu'il le cherche, son regard tomba sur le nom de Rachel. Sur une impulsion, il sortit un stylo, écrivit quelque chose au dos de la photo, cacheta l'enveloppe et la glissa dans la fente de son casier.

Ce ne fut qu'en entrant dans la salle du conseil qu'il se rendit compte, au regard horrifié de ses collègues, qu'il avait vraiment une sale gueule.

Et ce ne fut que quarante-deux minutes plus tard qu'il apprit de la bouche d'un parent délégué que Rachel Martin-Kuklinski se trouvait être la fille du maire de Fontainebleau. Apparemment, il était le seul à l'ignorer. Le jour de la rentrée, lors du premier appel de l'année, il avait prononcé « Martinn-Kouklinski » et, peut-être par timidité, Rachel ne l'avait pas repris. Depuis, François n'avait utilisé que le prénom de la jeune fille et il ne lui était jamais venu à l'idée qu'elle avait un patronyme *franco*-polonais.

Une subite hémorragie de sa narine droite le força à quitter le conseil de classe.

SAMEDI 20 DÉCEMBRE 2003

Ils avaient violé une adolescente :
4 lycéens en prison

[…] Après avoir contesté les faits durant l'instruction, ces garçons de bonne famille, qui ont tous poursuivi des études, ont finalement reconnu leurs actes au cours de leur procès. Ils ont présenté leurs excuses à la victime. […]

La victime éprouve encore des séquelles psychologiques du drame. Très perturbée, elle a dû abandonner son cursus scolaire […] et s'est repliée sur elle-même, perdant tous ses amis. […]

JOURNAL DE RACHEL MARTIN-KUKLINSKI

Samedi 20 décembre 2003. Après-midi.

Mon père est un grand malade. Il m'a cassé le nez, ce con. Il aurait pu me tuer. J'avais déjà eu un aperçu de ce dont il était capable quand je l'avais surpris avec un flingue à la main en train de faire gifler Elias par Fisher, mais là ça dépasse tout ce que j'aurais pu imaginer.

Hier, alors que j'étais dans la cuisine avec Elias, il est entré comme une furie et m'a ordonné de les laisser seuls tous les deux. Oui, oui, ordonné, c'est le mot exact, comme si j'étais une sorte de caniche bien dressé. Je ne l'avais jamais vu dans une colère pareille, il m'a carrément fait peur. Du coup, sans moufter, je suis montée à l'étage. Mais dès que je suis entrée dans ma chambre, j'ai entendu des hurlements et des bruits de bagarre. Je suis descendue dans la cuisine à toute blinde, et là j'ai vu mon père complètement enragé, en train de tabasser Elias à coups de tabouret ! Il avait à moitié démoli la cuisine, mais ça n'avait pas du tout l'air de le déranger, il était possédé ! J'ai crié comme une folle pour qu'il arrête, mais il m'a ignorée. Je me suis précipitée, j'avais vraiment peur qu'il finisse par tuer ce pauvre Elias mais, au moment où j'allais me jeter sur lui (oui, j'allais VRAIMENT me jeter sur mon père ! J'étais prête à mordre et à griffer ! Je ne pouvais pas supporter de voir ce qu'il faisait à Elias ! J'avais tellement mal pour lui, j'aurais pu assommer mon père pour le stopper !), au moment donc où j'allais me jeter sur mon père, disais-je, il a brandi son tabouret au-dessus de lui un peu comme une hache, et je me le suis pris dans la face. J'ai valsé à l'autre bout de la cuisine, j'étais total dans les vapes. Le pire, c'est que ça ne l'a pas arrêté. Il prétend qu'il ne m'a pas vue ni entendue, mais après la sauvagerie dont il a fait preuve hier, je suis presque sûre qu'il l'a fait exprès.

D'ailleurs pas presque : j'en suis certaine. Ce fils de pute de père (pardon, mamy) m'a envoyé un gros coup de tabouret en fer dans la gueule pour m'apprendre à me mêler de ce qui me regarde ! C'est impossible qu'il ne m'ait pas entendue : je n'ai jamais crié aussi fort de ma vie, j'en ai encore la gorge râpée. Et je vois mal comment il aurait pu ne pas sentir l'impact dans son dos quand il m'a lattée soi-disant pas exprès. D'autant plus que je suis partie dans le décor en emmenant avec moi quelques pièces de mobilier qui ont dû faire un joyeux tintamarre (à ce moment-là, MOI je n'étais plus en état d'entendre quoi que ce soit mais, quand j'ai repris connaissance (je crois que j'ai dû tomber dans les pommes une ou deux minutes), j'étais au milieu de quelques chaises renversées, dont une était carrément démantibulée, et ça, c'est sûr, ça a dû faire un boucan d'enfer !).

Évidemment, dès que j'ai ouvert l'œil, il est venu me voir comme un hypocrite, avec Elias à côté de lui. Elias dont la joue et le nez gonflaient à vue d'œil, vraiment à vue d'œil. J'ignore comment s'est terminée cette bagarre, j'ignore même le sujet de la dispute (quel douillet euphémisme!), mais les voilà tous les deux penchés sur moi, tels deux vieux amis inquiets. Tout juste s'ils n'étaient pas bras dessus bras dessous pour se soutenir l'un l'autre. Quand je repense à l'acharnement de mon père avec son tabouret, je ne comprends pas comment ils ont pu s'arrêter sans que l'un des deux tue l'autre.

Mon père a pris son air inquiet et m'a demandé comment ça allait et surtout ce qui m'était arrivé! Il n'a vraiment honte de rien! Deux secondes après, ma mère est rentrée. Elle qui était complètement éteinte depuis quelques jours s'est tout à coup réveillée. Elle a vu la cuisine, elle a vu Elias, elle m'a vue, et elle a pété un câble, c'était du domaine de la démence. Elle criait, elle pleurait presque, elle paniquait comme une folle. Mon père a dû la gifler pour qu'elle se calme (comme ça, tout le monde aura eu son gnon hier soir, pas de jaloux). Après, il l'a prise fermement par les épaules et lui a expliqué « ce qui s'était passé ». Si je n'avais pas déjà été allongée avec un sac de haricots verts surgelés sur le nez, je serais tombée à la renverse.

Il a raconté qu'Elias et lui avaient surpris des voleurs dans la cuisine, qu'ils s'étaient battus contre eux, que j'étais arrivée à ce moment-là et que j'avais pris un mauvais coup. Les voleurs, bien entendu, s'étaient enfuis. Pendant qu'il déroulait ce spectaculaire bobard, il me jetait ainsi qu'à Elias des regards appuyés nous invitant à la boucler. Je n'ai rien dit sur le moment, mais ça ne va pas se passer comme ça! J'en ai marre de fermer ma gueule, il y a des choses qu'il faut dire!

Ma mère a appelé les urgences. Elias a dit qu'il avait « un truc à faire » et il est parti, malgré ma mère qui lui disait qu'il devait se faire examiner aussi.

J'ai passé la nuit à l'hôpital. J'ai le nez en plusieurs morceaux, mon piercing a perforé le cartilage (c'est décidé : j'arrête les piercings), et j'ai un traumatisme crânien. Ce matin, je suis passée au bloc pour qu'ils me remettent tout ça en place. À mon réveil, j'avais une énorme attelle sur la tronche et des mèches de gaze dans les narines, que l'infirmière change toutes les deux heures. Je suis restée shootée une bonne partie de la journée. Je vais rester ici jusqu'à lundi, « en observation ». Genre je suis la fille du maire et il faut faire du zèle, quoi. Super week-end. Les vacances commencent bien...

Je ne sais pas à quoi je ressemblerai quand on m'enlèvera le bandage. Le chirurgien fait son faux cul, il me dit que tout ira bien, que dans quelques mois il n'y paraîtra plus, mais merde ! D'abord, ce sont quelques mois qu'il va falloir que je passe avec la plastique d'Elephant Man, et en plus je ne vois pas comment mon nez pourrait redevenir comme avant. J'avais un tout petit nez, mutin et tout, le type qui ne fait pas d'ombre sur les photos, ça me donnait un visage hyperphotogénique. Et maintenant... Maintenant, je vais avoir le nez en patate des boxeurs ! J'en suis sûre ! Je ne sais pas comment je vais vivre ça. Tout à l'heure, j'ai eu une crise de panique, j'ai pleuré comme un bébé, c'était terrible. Pour l'instant ça va mieux. Je ne sais pas ce qu'ils mettent dans leurs médicaments, mais ça fait un peu planer. Mais si mon connard de père m'a défigurée, je ne pourrai jamais lui pardonner ! J'ai dix-sept ans ! S'il y a un moment dans ma vie où je dois être au top, c'est maintenant ! S'il était dans ma chambre maintenant, je le frapperais bien à grands coups de tabouret.

Plus tard, le même jour.

C'est assez glauque un hôpital. C'est plein de malades. En ce moment, on dirait qu'il y a une épidémie de gastro ou je ne sais pas quoi. Hier soir, les urgences étaient pleines de gens qui vomissaient et qui dégageaient une odeur de jus de caca (même avec mon pif encroûté, je pouvais sentir que c'était ignoble, c'est dire !!). Depuis que je suis revenue du bloc, je ne suis pas sortie de ma chambre, mais je n'arrête pas d'entendre dans les couloirs le bruit mouillé caractéristique du dégueulis qui sort d'un ventre pour s'éparpiller sur le carrelage... À tous les coups, je vais choper le microbe. Ma mère a l'air de penser la même chose. À chaque fois qu'elle est allée faire un tour, elle est revenue un peu plus verdâtre, la bouche un peu plus pincée. Elle est restée avec moi presque toute la journée, toujours aussi inutile, mais pour une fois assez silencieuse, c'est déjà ça. J'ai essayé de lui parler de ce qui s'est en réalité passé hier, de lui dire qu'il n'y avait pas de voleur, que mon père et Elias se battaient entre eux, mais elle ne m'a même pas écoutée. À croire qu'elle refuse tout simplement de voir la vérité en face. Elle m'a dit que j'étais encore choquée, qu'il fallait que je me repose. Je ne me suis pas senti la force de protester mais on en reparlera.

Encore plus tard. La nuit est tombée.

J'ai appelé Frédéric, qui est passé me voir en fin d'après-midi (ce qui m'a au passage débarrassée de ma mère, qui a préféré nous « laisser seuls ». Bizarrement, elle avait l'air gênée de se trouver en présence de Frédéric. Est-ce qu'elle s'imagine qu'on sort ensemble ? Est-ce qu'elle veut préserver notre intimité ?). Il a eu l'idée de vider mon casier pour les vacances. Il m'a apporté mes livres et tout ce qui ressemblait à du travail, plus ma Game Boy mais juste pour que je la lui prête. Parmi les trucs qui ressemblaient à du travail, il y avait une enveloppe kraft. Je l'ai ouverte, et dedans se trouvaient une photo de mon père et 7 000 euros en liquide. Pendant une seconde, j'ai pensé que c'était un cadeau de mon père pour se faire pardonner. Même si ça n'avait aucun sens que mon père glisse un cadeau dans mon casier, même si jamais il ne sortirait le centième de cette somme pour me faire un cadeau, c'est la première chose que j'ai pensée. Après tout, une chirurgie plastique pour récupérer le nez de Brigitte Bardot collection 1967 doit bien coûter dans les 7 000 euros...

Avec Frédéric on s'est regardés sans rien piger. J'ai retourné la photo, et il y avait marqué ça :

« Si cet homme n'est pas mort dans trois jours, il faudra rendre ton salaire. »

Avec Frédéric, on s'est regardés vraiment sans rien piger.

L'hypothèse de la blague n'a pas tenu deux minutes. Les billets sont des vrais, c'est presque certain. Ça ferait cher la blague.

Quelquiun qui m'a entendu dire que je voulais être tueuse à gages me propose mon premier contrat, voilà ce que veut dire cette enveloppe. Mais qui pourrait être assez dingue pour croire que je vais exécuter mon propre père ? Inutile de faire la liste des personnes susceptibles de connaître mes projets professionnels, ça remplirait un annuaire. En ce sens, on peut dire que ma technique de com' est assez efficace.

Mais la vraie info, c'est que quelquiun veut tuer mon père. C'est marrant, ce n'est pas la première chose qui me soit montée à l'esprit, mais en fait c'est quand même le plus important ! Quelquiun veut voir mon père mort ! Sachant ce que je commence à percevoir de lui, il ne doit pas manquer d'ennemis, mais là c'est du sérieux. J'ai voulu l'appeler pour le prévenir, mais Frédéric m'a arrêtée. Il m'a suggéré de réfléchir un peu avant de passer ce coup de fil, ne serait-ce que pour savoir exactement quoi dire. Et pour en imaginer les conséquences. Bon, pour être honnête, on a vite fait le tour :

— D'abord, si X (X, c'est le nom qu'on a donné au mec de l'enveloppe. Pas très original si on écrivait un polar, mais dans la vraie vie ça sonne plutôt bien) compte sur moi pour tuer mon père, alors mon père n'est pas en danger pour l'instant, puisque je ne vais pas le tuer. Donc, pas d'urgence, inutile de l'appeler tout de suite.

— Ensuite, X me connaît, il sait comment me trouver. Est-ce que je le connais ? Il sait que, si mon père ou la police sont mis au courant, ce sera par ma faute. Que va-t-il me faire s'il apprend que j'ai craché le morceau ? Il faut se méfier des gens qui s'appellent X.

— Enfin, X doit penser que j'ai une bonne raison de tuer mon père. C'est ça, le plus troublant. Est-ce que mon père cache quelque chose qui pourrait me le faire haïr au point d'avoir envie de le zigouiller ? Lui casser le nez, je veux bien, mais le zigouiller ? Faut pas exagérer. En tout cas, pas pour 7 000 euros !

On a fini par conclure qu'il valait mieux que je raconte tout à mon père de vive voix, avec la photo et l'argent, sinon il ne va rien comprendre, il va me croire folle, dépressive, ou il va paniquer.

Je ne sais pas pourquoi, mais j'ai comme le pressentiment que c'est encore moi qui vais me faire engueuler dans cette histoire.

LUNDI 22 DÉCEMBRE 2003

Le bagarreur au tribunal

[…] [redacted], un colosse de 28 ans, était armé d'une barre de fer. Son adversaire, [redacted], 26 ans, sportif de haut niveau, était armé d'un couteau.

Le premier a eu une fracture du nez, et de multiples plaies au visage. […]

Le bilan médical du second […] faisait état de côtes fracturées et d'une dent cassée. […]

L'audience du tribunal correctionnel n'a pas permis de savoir lequel a commencé à agresser l'autre […]

LES ORIGINES DE L'AMOUR

Avec la pluie, tout le monde avait espéré que l'odeur disparaîtrait. Au moins, qu'elle s'atténuerait. Mais il n'en fut rien. En fait, tout se passait comme si l'eau, au lieu de nettoyer les égouts, avait contribué à les boucher un peu plus. Et comme il faisait encore doux pour la saison, Fontainebleau étouffait sous la puanteur.

Comme s'il n'avait eu que ça à foutre, Robert avait dû passer toute la matinée à discuter avec ses adjoints et ses conseillers municipaux, qui avaient investi un par un son bureau. Au lieu de faire ses courses de Noël comme tout le monde, Gaétan Chalande, le seul élu Vert de la municipalité, avait réussi pendant le week-end à faire signer à trois mille personnes une pétition réclamant la démission du maire. Beaucoup des élus de l'opposition y avaient mis leur nom. La population cherchait un coupable, et tous les doigts pointaient vers Robert. Encouragés par le succès de la pétition, les responsables de la liste « Mieux vivre à Fontainebleau » étaient déchaînés. Ils avaient exigé la convocation d'un conseil municipal extraordinaire et la tenue d'un vote de défiance au maire. Si personne n'avait relevé la proposition, Robert sentait qu'il le devait surtout aux projets de chacun pour les vacances. Il ne donnait pas cher de son siège si la situation n'était pas réglée à la rentrée.

Même ses supporters les plus précieux le lâchaient. « Tu comprends Robert, je suis chargée de l'environnement. Je ne peux pas faire comme si tout allait bien », s'était excusée Annick Lepoutre qui lui était pourtant fidèle depuis plus de quinze ans. Marcel Choukroun, délégué à la voirie, Nicole Gaillard, déléguée au commerce, et deux ou trois autres lui avaient tenu un discours à peu près similaire. Tout le monde se mettait à l'abri.

Tout ça à cause d'une *odeur*.

Robert n'avait pas pu mettre la main sur le patron d'EGC. Il fallait se rendre à l'évidence : il ne reviendrait pas. Même la secrétaire avait déserté l'entreprise. Robert soupçonnait Michel Rousseau de sabotage. La coïncidence était trop belle. C'était sa vengeance pour avoir perdu le marché. Robert se promettait de le noyer dans la merde s'il le retrouvait. En attendant, il avait chargé Leslie de trouver une entreprise pour intervenir d'urgence. La situation était intenable, l'odeur pénétrait les maisons, remontait par les canalisations dans les cuisines et les salles de bains. Les gens tombaient malades à une vitesse affolante, l'hôpital risquait de manquer de lits, tous les médecins de la région étaient pris d'assaut et beaucoup d'entre eux étaient eux-mêmes contaminés. Devant la virulence de l'épidémie, le corps médical commençait à penser qu'il ne s'agissait pas d'une simple gastro saisonnière et des examens étaient en cours dans plusieurs laboratoires pour identifier l'agent pathogène. Robert était anxieux. Il craignait que la propagation ne devienne incontrôlable, que des personnes fragiles ne meurent. Il était le maire. Il savait qu'on le tiendrait pour responsable, que ses administrés pourraient le traîner en justice pour négligence, voire pour empoisonnement.

S'il ne trouvait pas une solution rapidement, il risquait la prison.

Leslie avait contacté toutes les boîtes du département qui s'occupaient des réseaux d'assainissement mais, un 22 décembre, la plupart étaient déjà en congés. Quelques-unes cependant avaient consenti à se déplacer. Devant l'ampleur de la tâche, elles n'avaient pas de miracle à proposer. Leur diagnostic était toujours le même :

« Pour un curage sur quelques dizaines de mètres, ce serait envisageable, mais là c'est tout le réseau qui est bouché. Toute la ville est envahie par cette algue noire. D'où elle vient, j'en ai aucune idée, j'en ai jamais rencontré des comme ça. Les stations de pompage sont complètement engorgées, les pompes sont mortes. Je vais commander les pièces mais ça va prendre au moins deux semaines, peut-être trois ou quatre à cause des fêtes… Et on n'a pas assez de pompes de secours pour installer un système provisoire. De toute façon, où est-ce qu'on déverserait ? Il faudrait des centaines de camions ! En plus, avec cette pluie, ça ne servirait à rien, les égouts se rempliraient aussi vite qu'on les viderait… Moi j'ai jamais vu ça. Comment vous avez pu laisser les choses en arriver là ? »

L'algue noire que personne ne connaissait, Robert l'avait déjà vue quelque part, mais n'arrivait pas à se souvenir où. Il fit porter un échantillon dans un laboratoire. Remonter la provenance de l'algue lui permettrait peut-être de retrouver la trace de Rousseau.

Quand il rentra chez lui, il fut pris à la gorge par un puissant parfum de vanille de synthèse.

— J'ai acheté des bouteilles de parfum d'intérieur pour assainir un peu l'atmosphère, expliqua Éva. Ça devenait insupportable. Tu en es où avec cette histoire ?

— Bon, vous allez me lâcher, tous, avec ça ? Je fais

tout mon possible, d'accord ? Est-ce que je peux penser à autre chose quand je suis chez moi ?

Il alla s'enfermer dans son bureau. Au passage, il nota le retour de Rachel, un énorme pansement en travers du visage. Elle était assise dans un fauteuil du salon en face d'Elias, lui aussi affublé d'un imposant pansement sur le nez. La simple vue de cette paire saugrenue l'irrita encore davantage. Ils ne levèrent pas les yeux à son passage.

Après une bonne demi-heure passée à respirer des effluves de vanille, Robert commençait à regretter l'odeur des égouts. Il se sentait nauséeux. Il n'arrivait toujours pas à se rappeler où il avait vu l'algue. Il n'arrivait à rien. Le fric, Elias, les dettes, Fisher, les menaces de mort, sans compter le message que Catherine lui avait laissé sur son répondeur quand elle avait appris qu'il avait tout raconté à François… Où qu'il portât ses pensées, c'était le bordel. Et maintenant, sa ville entière s'intoxiquait. Il était en train d'envisager l'éventualité de faire intervenir l'armée quand Éva entra dans son bureau.

— Depuis quand tu entres sans frapper ?

— Depuis que tu me trompes.

Allons bon. Une emmerde de plus. Il aurait dû la prévoir.

— De quoi tu parles ? C'est pas le moment.

— Ça fait trois jours que c'est le moment, mais tu passes ton temps à me fuir.

— T'as pas remarqué que j'étais un peu occupé ces derniers temps ?

— Ces derniers temps ? Tu es toujours occupé ! À quand remonte notre dernière discussion ?

Robert soupira d'agacement.

— Bon ben voilà, je suis là. Parle.

— Je sais que tu me trompes, Robert. Ce n'est pas la peine de nier, je sais même avec qui.

La réplique était mauvaise, le ton était mélo. Mais existait-il de bonnes répliques dans ce genre de situation ? Existait-il un ton plus approprié ? Robert n'avait pas envie d'être diplomate. Il n'avait pas envie de se justifier. Il n'avait pas envie d'inventer un joli mensonge.

— Tu n'es plus à jour. Ça fait une semaine que cette histoire est finie.

— C'est tout ce que tu trouves à dire ?

Encore une mauvaise réplique.

— Qu'est ce que je peux dire d'autre ? C'est fini. Tu n'as plus à t'en inquiéter.

— Mais… mais…

— T'avais d'autres questions ? Parce que là je suis sur un dossier important.

— Tu… tu ne peux pas balayer ça d'un revers de la main ! C'est fini ? La belle affaire ! Et jusqu'à quand ? Et depuis quand ça durait ? Et qui sera la prochaine ? Et combien de fois as-tu couché avec d'autres femmes ?

— Des dizaines de fois.

Robert avait prononcé ces mots avec une sorte de soulagement. Sa femme se laissa tomber sur une chaise.

— Des dizaines de fois ? répéta Éva avec une voix chevrotante.

— C'est juste du sexe. Tu connais la différence.

— Mais… Pendant toutes ces années… Mais… Mais je t'aimais !

— Moi aussi je t'aimais. Je t'aime toujours.

— Tu m'aimes ? demanda Éva avec un rire amer. Drôle de façon de le montrer…

Des larmes débordèrent.

— Qu'est-ce que tu aimes chez moi qui te pousse à me traiter comme ça ?

Robert ne répondit pas tout de suite. Elle sanglotait, et la question le prenait au dépourvu. Qu'aimait-il chez elle, finalement ? Il trouvait sa conversation assommante, sa présence ennuyeuse, ne partageait aucune de ses passions. Ils n'avaient pour ainsi dire rien en commun. Pourtant, il l'aimait. Il l'aimait parce que… Parce que…

— Quand je pense à nous, j'ai l'impression d'être quelqu'un de bien. D'avoir fait quelque chose de bien dans ma vie, dit-il, étonné de sa sincérité.

— Quoi ? Mais quel genre d'amour est-ce que… ? Tu aimes l'image que je te renvoie ? Tu m'aimes par narcissisme ? Je ne suis qu'un faire-valoir ? « Oh, regardez-moi ! Regardez comme je suis un homme bon et généreux ! J'ai sorti cette pauvre fille de Pologne, je l'ai tirée de la misère, je lui ai fait un enfant ! » Tu te rends compte de ce que tu dis ?

— Tu deviens hystérique, calme-toi…

— J'ai tout abandonné pour toi !

— Qu'est-ce que t'as abandonné exactement ? Tu veux que je te rappelle où je t'ai trouvée ? Dans une partouze ! Tu étais une prostituée ! Tu étais un objet !

— OUI MAIS J'AIMAIS ÇA ! J'AIMAIS ÇA !

Il y eut un long silence. Robert dévisageait Éva.

— Ne dis pas de conneries, Éva. Je t'ai sauvé la vie.

Les yeux brouillés de larmes, elle soutenait son regard.

— Si tu savais à quel point je m'emmerde au lit avec toi, Robert… Mais je suis restée fidèle. Jamais je ne suis allée voir ailleurs. Et toi… toi tu es allé baiser toutes les autres ! Alors que j'étais là ! J'étais là, Robert, mais tu as arrêté de me voir dès l'instant où nous nous sommes mariés…

— Dans quel état tu serais aujourd'hui, si je ne t'avais pas sortie de là ? La vie que je t'ai offerte est infiniment meilleure que celle que tu as quittée. Rien que pour cette raison, tu devrais être reconnaissante. Tu sais à quoi ressemble la vie des anciennes putes du régime aujourd'hui ?

Nouveau silence. Reniflements d'Éva.

— Tu te rappelles ce jour où tu m'as demandée en

mariage ? Tu te rappelles que tu m'as dit en plaisantant que tu espérais que je n'avais pas d'enfant caché ?

— Oui.

— Eh bien, j'en avais un, souffla Éva. Je l'ai abandonné pour toi.

— Je sais.

Éva leva brutalement la tête.

— Quoi ?

— Je sais. Il s'appelait comment déjà ? Andrzej ? Il avait trois ans.

— Tu savais ?

— Je savais tout sur toi. Je m'étais renseigné.

— Tu savais ?

— N'oublie pas que c'est toi qui as fait le choix de le laisser là-bas.

— Tu savais ?

— Oui, je viens de te le dire.

— Tu m'as manipulée pour que j'abandonne mon enfant ?

— Je ne t'ai pas manipulée. Tu t'es manipulée toute seule.

— Je pensais qu'en sortant du pays, je pourrais mieux l'aider. Que je pourrais le faire venir plus tard.

— Ne mens pas. Tu savais que tu le condamnais.

Robert vit Éva se lever. Chancelante, elle contourna sa chaise et gagna la porte. Elle s'y appuya un moment. Elle parla, très bas, d'une voix grave qu'il ne lui avait jamais entendue.

— Tu n'es pas quelqu'un de bien.

Sans un mot de plus, elle sortit du bureau, et referma doucement la porte derrière elle.

MARDI 23 DÉCEMBRE 2003

Menaces avec un couteau

[redacted], 27 ans, a été condamné à six mois de prison dont cinq avec sursis. [...]

En plein centre-ville, il avait poursuivi avec un couteau un commerçant [...] tout en menaçant de le tuer.

Après une centaine de mètres, la victime avait été obligée de se réfugier dans un magasin et d'appeler la police. « Si je ne me sauvais pas, il me plantait », avait témoigné le commerçant. [...]

ROBERT, CERNÉ

C'était Gaétan Chalande, ce con d'élu Vert avec ses mauvaises dents, ses cheveux gras, sa peau cireuse et ses ongles noirs qui menait la fronde. Il était entouré de la quasi-totalité des élus de l'opposition, de responsables d'associations, et d'une poignée de commerçants et d'entrepreneurs très en vue. Robert avait convoqué ses alliés, mais très peu s'étaient déplacés, et ceux qui étaient présents faisaient leur possible pour ne pas trop intervenir dans la discussion. En fait, Robert se rendait compte qu'il n'avait *pas* d'alliés.

La pétition s'était étoffée de huit cents nouvelles signatures et Chalande se sentait en position de force pour demander des comptes. Robert tenta de reporter la responsabilité des « émanations pestilentielles » sur EGC, mais cela n'eut pour effet que de précipiter les questions gênantes. Pourquoi cette entreprise était-elle injoignable ? Pourquoi n'avait-elle rien vu venir ? Combien coûtait-elle à la commune ? Comment l'attribution du marché avait-elle été décidée ? Chalande exigea qu'on sorte le dossier d'EGC, ce que Robert ne put qu'accepter.

Le dossier était extrêmement léger. Les deux seuls signataires du contrat étaient Michel Rousseau et Robert

Martin. Considérant la somme mise en jeu, il aurait dû y avoir appel d'offres et délibération du conseil municipal. Ça n'avait pas été le cas. En regardant les montants de près et en les comparant avec les colonnes budget et dépenses de la municipalité, Chalande ne tarda pas à découvrir des incohérences. Il s'agissait de toute évidence d'une grosse magouille.

— Il va falloir trouver une explication très convaincante pour justifier toutes ces bizarreries, monsieur le maire…

Le ton de Chalande était devenu protocolaire. Chacune de ses phrases sonnait comme une lettre recommandée avec accusé de réception.

— … car si l'on s'en tient aux documents que vous nous avez fournis, il y a tout lieu de penser qu'il y a eu manipulation des chiffres. Au minimum. Mais on peut surtout se demander quelle est la nature exacte de votre accord avec cette société. La minceur du dossier confine à la cachotterie. Pourquoi n'avez-vous pas jugé utile de consulter le conseil municipal ? Au vu des événements, on pourrait même douter qu'EGC ait touché cet argent en échange d'un travail *réel* ! D'ailleurs, EGC existe-t-elle vraiment ?

Robert marchait de long en large derrière son bureau. De temps à autre, il jetait un regard par la fenêtre et était pris de l'impérieuse envie de l'ouvrir et de sauter. La situation était catastrophique.

— Bien sûr qu'elle existe. Vous avez l'adresse du siège social, c'est à vingt minutes en voiture, vous n'avez qu'à y aller, vous vous en rendrez compte par vous-même. Et vous parlez de manipulation de chiffres, mais pour moi ça ressemble plus à une simple faute de frappe.

— Une bonne dizaine de fautes de frappe, alors…

— Vous savez ce que c'est avec les chiffres. Une erreur en entraîne une autre, qui en entraîne une autre…

Exclamations outrées des personnes présentes.

— Et l'absence de vote ? Et les égouts qui ne sont visiblement pas entretenus comme il le faudrait ? Des erreurs de calcul aussi ?

— Écoutez, je suis aussi étonné que vous, je… je découvre tout ça en même temps que vous… Il doit manquer des pièces, une secrétaire a dû mal classer les papiers… Je suis certain que tout ça va s'expliquer très facilement.

— Eh bien qu'est-ce que vous attendez pour retrouver ces papiers ?

— Ça va demander un peu de temps… Il faut que je voie avec Alain, vous savez que c'est lui qui s'occupe de la propreté, mais il n'est pas là aujourd'hui, il est malade.

— Je vais porter plainte, monsieur le maire. Moi et tous ceux qui voudront bien se joindre à moi (large murmure d'assentiment dans la pièce). Nous verrons au tribunal comment vous avez l'intention de vous justifier. Nous ne sommes plus en train de parler d'un problème d'égout, mais d'un problème de marché truqué.

Le cœur de Robert coula à pic. Il caressa l'idée de se jeter sur Chalande pour l'égorger avec les dents.

— Eh bien, allez-y au tribunal ! Je vous attends ! Vous croyez que vous me faites peur, petit merdeux ? Vous savez pas à qui vous avez affaire !

Au milieu des clameurs de protestation, Robert tenta de franchir le mur humain qui se dressait entre lui et la porte.

— Poussez-vous, siffla-t-il. Poussez-vous ou je vous attaque pour séquestration d'un représentant de la… du…

Chalande porta sa voix au-dessus du brouhaha :

— Mais personne ne vous retient ! En revanche, j'aimerais rester un peu aujourd'hui, pour jeter un œil sur les autres dossiers de la mairie et faire quelques photocopies.

Robert se retourna vers Chalande :

— Vous croyez que vous avez le droit de fouiller dans les documents officiels comme ça ?

— Oui, je le crois. Les contrats publics sont, comme leur nom l'indique, publics. Et je vous rappelle que je suis conseiller municipal.

Sur ces mots, la porte du bureau s'ouvrit brutalement. Deux hommes entrèrent, suivis de près par Leslie.

— Excusez-moi, dit Leslie en se glissant avec peine entre eux. Je leur ai dit d'attendre mais ça fait plus d'une heure qu'ils sont là et… ils ne pouvaient pas patienter plus longtemps… Ces messieurs avaient rendez-vous avec M. Fisher.

Robert détailla rapidement les deux hommes. Entre trente et quarante ans, costumes coûteux mais trop lustrés pour être de bon goût, petites lunettes fashion, cheveux pris dans le gel, chevalières en or, chewing-gums nerveux. Et ils avaient rendez-vous avec Fisher. En résumé : une belle paire de problèmes supplémentaires.

— Bonjour, messieurs, dit Robert en forçant sur son sourire de candidat. Je suis à vous tout de suite.

— Vous savez qu'on n'a pas fini notre discussion ? demanda Chalande.

— En ce qui me concerne, elle est finie, répondit sèchement Robert. Continuez à bavarder entre vous si ça vous amuse, moi j'ai une ville à gérer !

Robert lui indiqua la sortie, mais ni Chalande ni les autres ne bougèrent d'un centimètre.

— Bon, vous le prenez comme ça. Très bien, faites ce que vous voulez.

Robert s'adressa aux deux hommes qui se tenaient à l'entrée :

— On va se voir dans une autre salle.

— Pourquoi pas ici ? demanda Chalande. Vous avez quelque chose à cacher ?

— Occupez-vous de…

Robert ravala ses derniers mots et franchit la porte,

emmenant les deux hommes à sa suite. Il descendit avec eux jusqu'au repère de Fisher, et les fit s'asseoir. Lui-même prit place derrière le bureau, mais préféra rester debout.

— Alors vous êtes qui, vous ?

— M. Fisher nous doit des sous.

— Il est mort, on vous l'a dit, je suppose ?

— Ouais. Mais ça n'annule pas notre accord.

— Votre accord…

— *Notre* accord. Il travaillait pour vous, non ? Donc un accord avec lui, c'est un accord avec vous, non ?

— Heu, sssi… Enfin excusez-moi, je n'ai pas retenu vos noms. Vous faites quoi exactement ?

— On s'occupe de la sécurité des filles.

— … Des filles… D'accord…

Robert n'avait aucune idée de quelles filles il parlait.

— … Et donc Fisher vous devait de l'argent.

— Il nous le doit toujours. Vous nous le devez.

— Combien ?

Les deux hommes échangèrent un regard. Robert remarqua que le plus grand avait une large cicatrice qui partait de l'oreille pour descendre jusque sous sa chemise.

— Dix mille.

Robert savait que c'était un mensonge. Un coup de bluff pour tester sa connaissance du dossier. Il dégaina un petit rictus carnassier de sa spécialité.

— Dix mille ? Non, non, non… Vous devez faire erreur. Ce ne sont pas les termes de notre contrat. Vous avez un papier à me montrer ?

Les deux hommes échangèrent un nouveau regard. Le cœur de Robert battait trop fort, ça devait se voir sur les veines de son cou. Il n'y avait évidemment pas de papier. Il se livrait à un jeu de poker menteur beaucoup plus délicat qu'avec Chalande. Si Fisher devait de l'argent à ces deux hommes, il fallait les payer. Il le *fallait*. Le plus petit prit la parole, en parlant très vite :

— On n'a pas de papier, mais on a d'autres arguments. On fait pas travailler les gens gratis, monsieur Martin. Si vous vous engagez à payer, vous payez, c'est tout. C'est comme ça que ça se passe dans le bizness.

— Je ne dis pas le contraire. Je dis juste que je ne suis pas sûr de la somme. Il va falloir que je vérifie tout ça.

— Allez-y, vérifiez.

— Ça va me prendre quelques jours. Vous comprenez, M. Fisher n'a pas eu le temps de classer ses dossiers avant de… partir.

— Vous avez déjà une semaine de retard.

— Il fallait venir me voir avant !

— Bon. Vous l'aurez quand notre argent ?

— Une semaine.

— OK, on dit une semaine. Avec des intérêts pour le retard. Et en attendant, on arrête de bosser. Si les filles se font maltraiter, ou si un mac veut les acheter, c'est pas notre problème.

— On est d'accord.

Robert raccompagna les deux hommes à la porte et leur serra la main. Ce n'était pas une poignée de main de candidat. C'était une poignée de main d'homme. Les yeux dans les yeux. Une poignée de main qui valait contrat.

À peine la porte refermée, Robert paniqua. Qu'avait fait Fisher dans son dos ? Était-il à la tête d'un réseau de prostitution ? Dans quelles autres affaires trempait-il sans que Robert le sache ? Qu'est-ce qui allait encore remonter à la surface ?

Robert avait toujours cru en l'absolue fidélité de Fisher. Mais seuls les chiens étaient absolument fidèles.

ENCANAILLEMENT DE LA BOURGEOISIE

Elias respirait par la bouche. Après avoir failli s'étouffer dans son sommeil la nuit précédente, il avait fini par se résoudre à aller aux urgences. Son nez était cassé. Sans gravité, mais ils lui avaient posé une attelle. Il n'avait pas pu s'empêcher de rire quand il avait vu Rachel rentrer de l'hôpital avec le même pansement que lui. Même avec la moitié du visage dissimulée, elle conservait tout son chien. Elle était sapée d'un jean râpé et d'un maillot de Zidane, version Équipe de France 1998.

Il avait encore eu un élan de sympathie pour elle, mais elle avait encore essayé d'en profiter et ils avaient encore fini par s'engueuler. Cette meuf ne comprenait vraiment rien à rien. Elle avait son baladeur autour du cou et il avait fait l'erreur de lui demander ce qu'elle écoutait. « Du rap ! » avait-elle répondu en bombant légèrement le torse. « Eminem ! » avait-elle précisé. Il avait émis un grognement qui, dans un langage plus évolué, aurait signifié quelque chose comme « je vois ».

— Ça t'épate, hein ? Tu pensais pas qu'une fille comme moi pourrait écouter du rap, hein ?

— T'écoutes c'que tu veux…

— Allez avoue, tu croyais que j'étais branchée Céline Dion !

— Tu crois qu'on est pareils paske t'écoutes du rap ?

— En tout cas, on n'est pas si différents que ça !

— Tu connais qui d'autre en rap ?

— Ben heu… 50 Cent, par exemple…

— T'sais quoi ? Toute ma vie on m'a craché sur la gueule paske j'écoutais du rap. Et maint'nant, tout l'monde kiffe ! Eminem, 50 Cent… vous avez qu'ça à la bouche ! Maint'nant, le rap, c'est comment tu dis ? C'est *tendance*, c'est ça ? 'tain franch'ment ça m'fout la haine ! Kess tu connais au rap ? Tu connais les premiers NTM ? NWA, ça t'dit kekchose ? T'as entendu les paroles de Fuck da police ? Tu connais Minister Amer ? LL Cool J ?

— C'est pas la peine de m'agresser… Moi je veux bien que tu m'inities…

— C'est pas *cool*, le rap, c'est pas *à la mode* ! C'est pas un truc que tu peux ach'ter comme… comme ton maillot Zidane, là !

— Quoi, mon maillot Zidane ? C'est pas parce que tu passes ta vie en survêt' que forcément, quand je mets un maillot de foot, je te copie. Tu sais, on n'est pas tous en train de mater la banlieue comme des malades pour en tirer les derniers trucs à la mode ! On se débrouille très bien sans vous, les gars !

— Sauf que tu teuma jamais l'foot. C'est un sport de teubés. Tu comprends pas qu'on passe autant d'temps d'vant la télé pour voir des keums courir après un ballon. Mais soudain, en 1998, toutes les geoibour comme toi s'mettent à brailler d'vant l'poste et à s'déguiser en bleu. J'vais t'dire, ça donne des envies d'distribuer des claques.

— Écoute, arrête, j'avais douze ans en 1998… Onze, même. En plus, il est à ma mère, ce maillot.

— Ouais, ben c'est bien c'que j'dis.

Après un long silence boudeur de part et d'autre, Elias avait décidé de rejoindre sa voiture. Il ne parvenait pas à discuter plus de deux minutes avec Rachel sans s'énerver. Il ne savait pas pourquoi.

Il était minuit passé. La pluie avait cessé de marteler l'habitacle de tôle. Plié à l'arrière de son Express, gêné dans sa recherche d'une position confortable par les tiraillements de son nez, Elias était occupé à ne pas trouver le sommeil. Quelqu'un frappa sur la portière arrière. S'extirpant à moitié de son duvet, Elias ouvrit. Éva se tenait là, une bouteille de champagne ouverte à la main, engoncée dans un peignoir de coton un peu léger pour la saison. Elle avait les traits affaissés et les joues écarlates de quelqu'un qui a trop bu.

— Je vous dérange ? demanda-t-elle d'une voix pâteuse.

— Non, mentit Elias.

— Je peux m'asseoir ? dit-elle en s'asseyant sur le bord du pare-chocs. Je me disais... Vous savez, demain c'est le 24 décembre... Le réveillon de Noël... Je suppose que vous n'avez personne avec qui partager ce moment... Alors voilà, je vous invite. On sera entre nous, juste la famille. Mon mari, ma fille et moi. Et vous. J'ai commandé des huîtres. Vous aimez les huîtres ? Ah mais j'oubliais, vous êtes peut-être musulman ? Est-ce que les musulmans mangent des huîtres ? D'ailleurs, est-ce que les musulmans fêtent Noël ? Rassurez-vous, je ne vous traînerai pas à la messe de minuit ! Vous n'aurez qu'à prétendre que c'est un dîner comme les autres, en un peu plus festif peut-être... Et surtout, ne vous sentez pas obligé d'apporter un cadeau, hein !

Elle s'interrompit soudain, semblant se rendre compte de la présence de son interlocuteur, puis laissa traîner son regard dans le vague. Elias ne trouvait rien à répondre. Il ne savait pas si elle attendait une réponse. En revanche, il s'imaginait mal passer la soirée de Noël dans cette famille. Il commença à échafauder un mensonge pour échapper à la proposition.

Avec un léger sursaut – peut-être un hoquet – Éva se rebrancha aussi soudainement qu'elle s'était arrêtée.

— Je vous ai apporté du champagne. Après tout, on peut bien prendre un peu d'avance ! Ah, j'ai oublié les coupes. Ne bougez pas, je vais les chercher.

Elle fit mine de se lever mais resta finalement assise, les yeux perdus. Quelques secondes passèrent. Elle réintégra le présent.

— Je voulais vous remercier pour avoir attaqué ce voleur hier. C'était très courageux de votre part. Ça va, votre nez ? Vous n'avez pas trop mal ?

Elle tendit sa main et heurta le pansement un peu trop fort. Elias recula avec une grimace.

— Oh, pardon !

Elle tapota le nez d'Elias pour se faire pardonner, provoquant une cascade de douleur horripilante. Elias repoussa Éva sans ménagement. Elle n'y prêta pas attention.

— J'espère que mon mari vous paye bien pour votre peine.

— Vot'mari me paye que dalle, répondit Elias avec agressivité.

— Comment ?! fit Éva en roulant de gros yeux alcoolisés. Vous n'êtes pas payé ?

— Non.

— Mais-z-alors… Mais vous travaillez bien pour lui ?

— Oui.

— Et il ne vous paye pas ?

— Non.

— Et vous travaillez aussi pour moi ! Vous m'accompagnez partout ! Mais… mais… mais vous savez ce que c'est ?

Elias ne comprenait pas la question.

— Ce que c'est quoi ?

— C'est de l'esclavage ! lâcha Éva sur un ton mélodramatique. J'héberge un esclave dans ma cour ! Un Noir ! Qui dort dans une voiture !

Elle se pencha et scruta la cabine de l'Express avec intérêt.

— Mon Dieu, mais c'est tout p'tit ici ! C'est à peine plus grand qu'une niche quand on y pense !

Elle perdit l'équilibre et s'affala sur les jambes d'Elias, laissant tomber sa bouteille sur les graviers de la cour. Elias eut un réflexe de recul, mais n'osa pas la relever de force. La tête enfouie entre les genoux d'Elias, elle se débattait sans grande conviction sur le duvet pour se redresser. Elle y parvint finalement.

— Comment me faire pardonner pour ce traitement inhumain ?

Elle s'accrocha aux épaules d'Elias, se hissa à son niveau. Porta sa bouche contre son oreille. Plongea sa main dans son caleçon.

— Baise-moi, esclave.

Horrifié, Elias la repoussa d'un geste brusque. Elle se cogna la tête et se laissa retomber sur lui.

— Baise-moi, baise-moi, grogna-t-elle.

Elle s'agrippa à sa taille, plongea son visage entre ses jambes, lui embrassa le pubis, lui mordit les cuisses. Il essaya de s'en défaire, la poussa, lui tira les cheveux, mais plus il la repoussait plus elle tenait bon. Il sentit son souffle sur ses couilles, sa langue sur sa verge. Il commença à bander.

Renonça à lutter.

Elle leva la tête et contempla le noir organe en train de se dresser.

— Ô mon Dieu, dit-elle. C'est donc vrai !

JOURNAL DE RACHEL MARTIN-KUKLINSKI

23 décembre 2003

... Quand je pense que j'aurais pu ne rien savoir ! Il aurait suffi que je décide de ne parler de la lettre à mon père que demain, ou... À quelques minutes près, je n'aurais jamais surpris leur conversation !

Mon père est un vrai authentique pur salopard !

Je n'en reviens toujours pas !

J'avais un frère en Pologne ! Et il a laissé ma mère l'abandonner !

Il faut dire qu'elle aussi en tient une couche.

Mais elle était à sa merci ! Il l'a complètement utilisée !

Ma mère était-elle une vraie pute ou est-ce que c'était une façon de parler ? Je n'arrive pas à me la représenter dans une partouze. Peut-être plutôt une « courtisane ». Une pute de luxe ? Je ne comprends rien. Ma mère ? Non, ça doit être une figure de style. Il a essayé de la blesser. Quel intérêt aurait-il eu à se marier avec une prostituée ?

Je me sens comme si c'était moi qu'il avait abandonnée. C'est monstrueux. Il n'y a pas d'autre mot. Il n'hésiterait pas une seconde, j'en suis sûre. Sa sévérité, sa distance, maintenant je les comprends mieux. Il ne m'a jamais aimée, il n'a jamais voulu d'enfant, il n'a jamais voulu que j'existe !

Et ma mère ! Comment est-ce qu'elle a pu survivre à un truc pareil ? Ou plutôt, comment a-t-elle pu être aussi égoïste ? Est-ce qu'elle m'aurait abandonnée aussi, dans les mêmes circonstances ? Elle dit qu'elle voulait revenir chercher son fils. Qu'est-ce qui l'en a empêchée ?

Mon père, qui d'autre ? Lui aurait pu le faire sortir de Pologne sans aucun problème, comme il l'a fait pour ma mère.

Je n'ai jamais vu un enculé pareil ! C'est hallucinant, il n'a pas de limite ! Quand je pense que j'ai son sang qui coule dans mes veines...

Pas étonnant que ma mère passe son temps à faire de la charité et à s'occuper des enfants du tiers-monde. Elle doit être bouffée par la culpabilité. Mais quelle conne aussi ! Je n'arrive pas à savoir ce que je pense de son comportement. Est-ce qu'elle est victime ou coupable ? Elle ne peut pas être innocente. C'est quand même elle qui a pris la décision de laisser son fils derrière elle. Mais en même temps, j'imagine que, pour en arriver là, ça devait lui paraître la moins pire des solutions. C'était peut-être la chance de sa vie. Peut-être qu'elle ne pouvait de toute façon pas élever ce garçon. À quoi ressemblait son existence en Pologne ? Elle ne m'en a jamais parlé. Je ne lui ai d'ailleurs jamais demandé.

Mon père la tenait. Elle n'avait pas d'autre choix que de le suivre. Voilà ce que je pense. Il a fait comme d'habitude : de l'abus de pouvoir... PUTAIN, IL SAVAIT, MERDE !

Il savait qu'elle avait un enfant, mais il était tellement sûr de son ascendant sur elle qu'il s'est débrouillé pour qu'elle ne lui en parle jamais !

C'est absolument délirant.

Tu m'étonnes qu'il y ait des gens qui veulent le tuer !

D'un seul coup, ça ne me fait plus ni chaud ni froid.

Qu'il se démerde avec ses ennemis, lui qui est si fort.

De toute façon, ils n'ont pas l'air si malins que ça. Je me demande comment ils vont faire pour récupérer leurs 7 000 euros quand ils s'apercevront que je n'ai pas exécuté leur commande. Il fallait vraiment être con pour penser que je le ferais.

MERCREDI 24 DÉCEMBRE 2003

Menaces au maire de Savins

[…] C'est ce jeudi […] que doit comparaître devant le tribunal [redacted], poursuivi pour avoir réitéré des menaces à l'encontre de [redacted], maire de [redacted]. […]

En octobre 2000, l'homme avait déjà menacé le maire pour des problèmes d'écoulement d'eau d'épuration sur ses terres et avait alors été condamné à de la prison avec sursis. Il est cette fois poursuivi pour avoir payé deux jeunes gens pour « régler son compte » au maire. […]

ÉCOSYSTÈME

— On a retrouvé votre algue, triompha le type du laboratoire au téléphone. Elle vient de la Méditerranée. Une sacrée vicieuse, j'peux vous dire.

À cet instant précis, Robert sut à quelle occasion il l'avait rencontrée : quelque dix mois auparavant, quand sa première cargaison de cigarettes était arrivée d'Algérie. Les caisses, emballées dans du plastique, avaient séjourné un bon moment dans les eaux méditerranéennes. Elles avaient été à dessein enveloppées d'algues, sortes de longues fougères noires censées les camoufler dans leur environnement sous-marin. Pour ne pas risquer d'abîmer la marchandise, Fisher avait consciencieusement passé les caisses au jet puis les avait séchées avant de les ouvrir. Les algues avaient glissé dans un caniveau et s'étaient laissé emporter jusqu'à la première bouche d'égout.

Ce que Robert ne pouvait pas savoir alors – mais que l'expert ès plantes marines du laboratoire se fit un plaisir de lui apprendre – était que cette algue, *Halimeda polysiphonia*, se plaisait particulièrement en milieu acide. En mer, elle poussait surtout à la sortie des canalisations d'égouts. Autant dire qu'elle s'était sentie immédiatement chez elle dans son nouvel habitat.

En recoupant les explications de l'expert et ses propres informations, Robert reconstitua sans peine mais non sans chagrin le scénario de la catastrophe sanitaire qui frappait sa commune.

Après quelques mois de croissance confortable en hiver et au printemps, la canicule qui s'était abattue sur la France durant l'été avait failli avoir raison de la colonie d'algues. Assoiffées, ne pouvant se contenter du mince filet d'eau qui leur était proposé, les algues avaient dû se racornir, se dessécher, s'effondrer en morceaux friables. Mais – s'enthousiasmait l'expert – *Halimeda polysiphonia* possédait un mode de reproduction tout à fait remarquable qui allait finalement assurer sa prospérité : l'holocarpie. Dans son milieu naturel, au moment d'assurer sa descendance, l'algue tout entière se désagrégeait en de minuscules fractions d'elle-même, chacune d'elles formant une spore prête à devenir algue à son tour.

Le processus de dessiccation opéré par la canicule avait encore accru l'efficacité de cette technique en réduisant presque *Halimeda polysiphonia* en poudre. Une poudre de spores, qui au retour de la pluie s'était dispersée sous la ville et avait crû à une vitesse phénoménale, rattrapant le temps perdu et paralysant tout le réseau des égouts en à peine plus de quatre mois.

La situation ne risquait pas de se calmer d'elle-même. La pluie qui tombait régulièrement depuis plusieurs jours avait repris dans la nuit. Dans certains quartiers, l'eau ne s'évacuait plus, stagnant dans les caniveaux et ruisselant sur la voirie. Les canalisations étaient totalement engorgées. Robert avait été obligé de se frayer un chemin entre les flaques pour se rendre à la mairie. Les rues étaient tout simplement devenues irrespirables, une véritable infection. La presse nationale commençait à s'intéresser à l'histoire, Leslie avait reçu une dizaine de coups de fil de journalistes et un camion de France 3 avait été vu sur le parking de l'hôpital, qui maintenant refusait du monde.

À peine Robert eut-il mis fin à la conversation téléphonique avec le laboratoire que Leslie lui passa le préfet. Celui-ci s'étonnait de ce que Robert ne l'eût pas averti plus tôt : il avait appris la situation en recevant un appel du ministère de la Santé qui s'inquiétait de ce qui était passé à la radio. (« *Qu'est-ce qui est passé à la radio ?* » se demanda Robert). Le préfet s'emporta en apprenant que le maire de Fontainebleau n'avait aucune idée de l'étendue exacte des dégâts. Après les quinze mille morts de la canicule, il n'était pas question de prendre les choses à la légère. Avec des inflexions de donneur de leçons, il le somma de fournir un état de la situation avant le milieu de l'après-midi. Robert subit les réprimandes sans rien imaginer pour sa défense. Le préfet voulait connaître les chiffres des hôpitaux et des médecins, le nombre de canalisations touchées, les routes inondées s'il y en avait, il voulait des analyses du réseau d'eau potable et l'état de pollution des cours d'eau, en particulier de la Seine. Il se couvrait. Il ne voulait pas être accusé d'avoir négligé la population. Il était prêt à déclencher un plan ORSEC si nécessaire.

Dehors, Robert pouvait entendre les sirènes des pompiers débordés qui sillonnaient la ville. L'événement prenait des proportions grotesques.

En dehors de Leslie, la plupart des employés avaient pris leur journée pour préparer le réveillon, et les autres étaient en train de chier liquide et de vomir tripes et boyaux à cause du microbe qui terrassait la ville. Habitué à se reposer sur son pouvoir et à déléguer le plus possible un maximum de tâches, Robert se trouvait face à ses limites. Quand il n'y avait plus personne à qui donner des instructions, comment les choses avançaient-elles ? Leslie faisait ce qu'elle pouvait, mais c'était à lui de gérer la situation, à lui de savoir quoi faire, à lui de prendre des décisions. Il passa des dizaines de coups de fil stériles, tomba sur des répondeurs qui lui souhaitaient de bonnes fêtes, s'engueula avec les rares interlocuteurs qu'il réussissait à avoir en ligne… Il perdait le contrôle. Toute sa vie avait consisté à lancer des ordres et à attendre qu'ils soient exécutés. Pour la première fois, il se retrouvait les mains dans le cambouis avec personne en dessous pour se salir à sa place.

Et les égouts n'étaient qu'une partie du problème. Un certain Raymond Vernas était passé dans l'après-midi. C'était le gérant de la société de transports qui possédait les bus de la ville. D'après ce que Robert avait compris, Fisher était en affaires avec lui. D'une manière ou d'une autre, un échange de services était prévu et Fisher n'avait pas rempli sa part du contrat. Le fait qu'il soit mort ne semblait pas peser très lourd dans la balance. Robert avait promis qu'il verrait ce qu'il pouvait faire. Il y avait aussi eu le coup de fil du propriétaire d'un hôtel qui se plaignait d'un retard de deux semaines dans le paiement d'une douzaine de chambres, et le président du club d'haltérophilie qui voulait savoir pourquoi sa « livraison » n'était pas encore arrivée.

Avant de mourir, Fisher avait eu beaucoup de dossiers en cours qui remontaient maintenant les uns après les autres comme les algues dans les caniveaux.

En soulevant une brassée de papiers, le regard de Robert tomba sur la lettre de menace qu'il avait reçue trois jours plus tôt – trois siècles plus tôt. Il avait jusqu'au 24 décembre pour réunir l'argent. Jusqu'à aujourd'hui, donc. Il ne haussa même pas le sourcil. Il avait d'autres chats à fouetter jusqu'au sang, celui-ci attendrait.

Éva tenta de le joindre plusieurs fois. Elle aussi attendrait.

JOURNAL DE RACHEL MARTIN-KUKLINSKI

24 décembre 2003

Ma mère est morte.

Je l'ai trouvée sur son lit, des boîtes de médicaments vides éparpillées autour d'elle. Elle n'avait pas les yeux fermés, c'est comme ça que j'ai su.

Il y avait aussi un pistolet, mais elle ne s'en est pas servie.

Je ne crois pas avoir crié. J'ai essayé d'appeler mon père à la mairie. Il ne répondait pas. J'ai essayé d'appeler l'hôpital. Ils ne répondaient pas. J'ai essayé d'appeler les pompiers. Ils ne répondaient pas. Qu'est-ce qu'ils faisaient tous au moment où ma mère est morte ?

Seul Elias était là. Je suis allée le trouver, comme s'il pouvait faire quelque chose. Je pleurais. Il a été très doux. Il m'a calmée.

Il est remonté dans la chambre avec moi.

C'est lui qui a trouvé la lettre.

Pendant un instant, j'ai cru qu'il voulait me la cacher.

Il essayait de me protéger, je crois.

Cette lettre est adressée à mon père.

Elle lui dit juste « tu n'as pas su m'aimer ».

Tu n'as pas su m'aimer.

J'ai fini par l'avoir au téléphone. Il a fallu que j'explique à sa secrétaire pourquoi je pleurais. L'urgence et les larmes ne sont pas des raisons suffisantes pour que mon père daigne s'intéresser à sa fille. Il faut préciser.

Il a dit : « J'arrive tout de suite. »

Ça fait presque une heure que j'attends.

SURSAUT D'ORGUEIL

En tant que scientifique, François s'était toujours targué de posséder un discernement hors du commun. Il prétendait qu'il suffisait de s'asseoir et de réfléchir pour trouver la meilleure solution possible aux problèmes les plus épineux. S'asseoir et réfléchir, rien de plus. Prendre le temps de considérer la question dans son ensemble, la manipuler, l'éclairer sous tous les angles. C'était presque une forme de méditation. Il disait qu'avec un peu de discipline et moins de précipitation, les pires erreurs de l'humanité auraient pu être évitées.

En considérant ces derniers jours d'un œil objectif, François était bien obligé de se prendre une bonne grosse leçon d'humilité dans la figure.

Il n'avait été que précipitation et bêtise. Il avait négligé la logique la plus essentielle, il avait bâti des raisonnements sur du vide. Il avait été complètement con. Son chef-d'œuvre avait sans conteste été de commanditer Rachel pour tuer son propre père. Qu'est-ce qui lui était passé par la tête ? Il n'arrivait pas à y croire lui-même. Le coup de poing qui lui avait cassé le nez – un énorme pansement en forme de H couché lui barrait le visage – avait dû fausser son jugement. Il avait dû être dans un état second, voire tierce. C'était la seule explication.

Catherine et les enfants étaient malades, victimes de l'épidémie de gastro. Pas de réveillon pour eux ce soir. Devant la demi-douzaine d'huîtres qu'il venait néanmoins d'ouvrir (il fallait les manger, sinon elles allaient se perdre), François ne se sentait pas très bien non plus. C'était peut-être psychologique : des borborygmes immondes lui parvenaient à un rythme régulier des trois chambres de l'étage.

Mais même sans ces bruits, François n'aurait pas réussi à trouver l'appétit. Toute la journée, il avait attendu la visite du Noir. Aujourd'hui, expirait l'ultimatum, quelque chose *devait* se passer. François l'avait d'abord attendu de pied ferme, résolu à percer l'abcès, à lui dire que, si Robert Martin avait quelque chose à lui demander, il n'avait qu'à se déplacer lui-même. Puis il l'avait attendu avec anxiété, doutant que l'autre lui laisse le temps d'exposer ses arguments avant de lui exploser la tête. Maintenant, il attendait sans y croire. Comme le père Noël, le Noir ne viendrait pas. François en était de plus en plus persuadé.

Et tout à coup, il en eut assez d'attendre. Il décida de prendre son destin en main. Il avait passé deux semaines à se faire méthodiquement marcher sur la figure sans jamais élever la voix, et quelque chose en lui se révoltait enfin. Il n'avait rien à se reprocher ! Il avait juste voulu aider un accidenté ! Il n'en pouvait plus de vivre dans la peur à cause d'une bonne action ! Il n'en pouvait plus d'attendre de savoir quel sort lui réservait cette crapule qui se souciait de lui comme d'une mouche, qui ne prenait même pas la peine de respecter ses ultimatums !

Puisqu'il fallait une confrontation, c'était à François de décider du moment et ce moment était venu.

Et puisque Robert Martin risquait d'être violent, voire armé, François décida là aussi de prendre les devants. Il choisit un long couteau de cuisine, le glissa dans la boîte à gants de Clémentine et, malgré les trombes d'eau qui s'abattaient autour de lui, s'engagea sur la route. Direction : le domicile de Robert Martin. Noël ou pas, c'était le moment d'en finir avec cette histoire.

Et si Robert Martin devait mourir ce soir, il mourrait.

Pour François, il s'agissait de légitime défense.

LE RÉVEIL DE L'ESCLAVE

Le mot tapait dans le crâne d'Elias, bourdonnait comme une mouche dans un bocal.

Esclave.

C'était ce qu'il était devenu.

Oui missié, bien missié, pas pwoblème missié.

Dès la première seconde, il avait plié l'échine. Devant le flingue il avait obéi, il s'était assis, il s'était laissé gifler. Et quand il avait pu partir il était revenu, docile, guettant l'approbation du Maître, craignant sa colère. Il avait tout accepté, les ordres, les menaces, les humiliations, jusqu'à se faire presque tuer comme un chien à coups de tabouret. Jusqu'à dormir à la niche, comme l'avait résumé Éva dans son éclair de lucidité alcoolique.

Et plus il s'était enfoncé dans la soumission, plus il s'était senti reconnu, plus il avait été persuadé de gagner en indépendance.

Elias avait déserté sa cité parce qu'il ne supportait plus la pression du groupe, qu'il n'acceptait plus les codes nébuleux et la dictature arbitraire de la banlieue. En rencontrant Robert, il avait cru s'extraire de la masse, se rapprocher du vrai pouvoir et donc, pensait-il, d'une certaine forme de liberté. Mais il s'était trompé.

Il n'avait fait qu'échanger une cage contre une autre. La loi du groupe contre la loi d'un individu. Pris de vertige par sa soudaine autonomie, il s'était précipité dans les bras du premier homme susceptible de le placer sous sa domination.

Cette vérité lui était tombée dessus d'un seul bloc, pendant qu'il sautait Éva.

Il n'avait d'abord pris que son corps, comme un juste retour des choses, une avance sur salaire en quelque sorte. Il avait ignoré ses mots ivres. Cette femme s'offrait, autant se servir. Ç'avait été une baise violente, animale, il l'avait pilonnée brutalement, l'avait insultée et elle en avait redemandé encore et encore et il avait fini par lui coller de telles mandales que son corps s'était couvert de bleus. Il n'avait jamais rencontré une meuf pareille. Elle avait aimé ça. Putain, elle avait kiffé sa race ! Pour que personne ne l'entende, pour que ça dure le plus longtemps possible, elle avait étouffé ses cris en mordant le sac de couchage.

Ç'aurait pu ne jamais s'arrêter, elle ne semblait pas avoir de bornes. Mais devant cet être humain qui jouissait de son propre avilissement, Elias avait perçu pendant une fraction de seconde comme un reflet de lui-même. Un effet miroir resté juste sous la surface de sa conscience mais qui avait suffi à le faire débander.

Il s'était vu esclave et consentant.

Il avait viré Éva de sa fourgonnette et n'avait pas fermé l'œil de la nuit. Au matin, sa décision était prise : partir, mais pas fuir. Il voulait affronter Robert une dernière fois, d'égal à égal. Lui montrer qu'il n'était l'esclave de personne. Lui faire payer son arrogance, quitte à en venir à la baston. Peut-être lui péter le nez, histoire de rétablir un certain équilibre. Et si dans la foulée il pouvait gratter les trois cent mille euros et les garder pour lui, il n'allait pas se gêner.

Il y avait très peu de chances pour que le blonblon ait

pu réunir la somme mais rien n'interdisait d'aller voir. S'il avait la thune, c'était tout bénef. Sinon, tant pis.

Arrivé devant chez François, Elias avait vu par les fenêtres le reste de la famille. Il avait reconnu le garçon pour l'avoir déjà vu avec Rachel le jour où elle lui avait mis ses pansements, puis à sa soirée d'anniversaire. Il n'avait rien contre Rachel, rien contre les amis de Rachel, et avait décidé qu'il n'avait rien non plus contre François. Il était reparti sans se faire remarquer. Martin n'avait qu'à se démerder.

Il avait regagné son Express au milieu de la cour et avait attendu. Il avait le cœur léger et s'était même surpris à siffloter des chants de Noël.

Mais quand, à la fin de la journée, Rachel en larmes l'avait mené auprès de sa mère, la situation s'était nettement compliquée.

Le corps d'Éva portait encore la trace des coups qu'Elias lui avait donnés. Éva qui ne s'était pas lavée depuis la nuit précédente et qui trimbalait sur sa peau et dans ses orifices la carte d'identité génétique d'Elias. Éva qui, cerise sur le gâteau, était morte. Qu'elle se soit suicidée était secondaire. Il y aurait forcément autopsie et c'était Elias qui porterait le chapeau, Robert Martin y veillerait.

Une feuille de papier était à moitié dissimulée sous la main droite de la morte. Elias avait tenté de la récupérer avant que Rachel ne l'aperçoive. Si Éva parlait de sa dernière nuit dans ce message, il valait mieux que personne ne le sache. Mais Rachel avait vu Elias prendre le papier, et il avait dû le lui donner. Elle l'avait lu devant lui, mais pas à voix haute. Elias avait scruté son visage. Il l'avait vue encaisser un choc. Elle ne l'avait pas regardé, pas évité non plus. Il avait compris qu'il n'était pas cité dans le papier.

Rachel avait fini par joindre son père. Elias l'avait attendu sans savoir quoi faire. Il était piégé. Piégé. Qu'il parte ou qu'il reste, il ne s'en sortirait pas. Que valait la parole de l'esclave face à celle du Maître ?

Il y eut un moment où Elias se résigna. Un moment où il s'imagina très bien en prison pour le reste de ses jours, enfermé pour un crime qu'il n'avait pas commis. Mais Robert Martin tardait à venir et Elias avait le temps de réfléchir. Il réalisa qu'il était une fois de plus en train d'accepter la loi du plus fort. Il réalisa que le moment était venu de changer les choses. De changer non pas la loi, mais le plus fort. Il réalisa qu'il allait devoir tuer le maire de Fontainebleau.

Si Elias interceptait Martin avant son retour, il pouvait lui fracasser le crâne au coin d'une rue. Un seul coup suffirait, un coup rapide, dans la nuit, sous la pluie, alors que les rues étaient vides. Un coup anonyme.

Elias connaissait le chemin que Martin prendrait.

Abrité sous sa capuche, une batte de base-ball glissée dans la manche, il partit à sa rencontre.

DÉRAPAGE

Après l'appel de Rachel, Robert était resté abasourdi.

Leslie, qui n'avait probablement pas su trouver la bonne formule pour réunir dans la même phrase « joyeuses fêtes », « mes condoléances » et « il faut que j'y aille, j'ai une dinde à farcir », avait préféré partir sans un mot.

Éva s'était suicidée.

L'information flottait parmi les autres.

Éva s'était suicidée et le préfet attendait son coup de fil et aucun laboratoire ne pouvait analyser l'eau pour le lendemain et Fisher lui avait laissé des ardoises partout et les algues se répandaient et Chalande allait l'emmener au tribunal et l'hôpital faisait dormir les gens dans les couloirs et il n'avait pas eu le temps de trouver un cadeau et c'était quoi déjà cette histoire de trois cent mille euros ?

Le système de classement interne de Robert était hors service.

Il regarda la pendule. Il était 19 h 10. Il réfléchit à ce qu'il devait faire. Il regarda à nouveau la pendule. Il était 20 h 35. Son chronomètre interne aussi déraillait.

Régulièrement, le téléphone sonnait. Il ne décrochait pas.

Il détestait cette connasse. Elle n'aurait pas pu trouver un autre moment ?

Il était fou de désespoir. Comment allait-il s'en remettre ?

Il détestait cette connasse. Elle n'aurait pas pu trouver un autre moment ?

Il était fou de désespoir. Comment allait-il s'en remettre ?

Il détestait cette connasse. Elle n'aurait pas pu trouver un autre moment ?

Il était fou de désespoir. Comment allait-il s'en remettre ?

Robert sortit de l'hôtel de ville peu avant 21 h 00. Il pleuvait toujours, et il était à présent impossible d'éviter les flaques pour la simple raison qu'il n'y en avait plus. Le centre-ville n'était qu'une mare stagnante profonde de quelques centimètres. Les égouts avaient finalement débordé. Fontainebleau commençait à ressembler à une gigantesque station d'épuration à ciel ouvert sur laquelle flottaient en tournoyant tous les papiers, canettes, mégots et autres détritus classiques d'une petite ville. La pluie battante grêlait la surface liquide et éclaboussait les murs, les arbres, les voitures, les vitrines, le mobilier urbain de ce qu'il fallait bien appeler une épaisse couche de merde.

D'après les premières estimations des services de santé (complètement délirantes), pendant les quelques jours précédents, les trois quarts des dix-sept mille habitants de Fontainebleau avaient attrapé le microbe, ou le virus, ou la bactérie, ou le truc. La plupart d'entre eux avaient malgré tout essayé de fêter le réveillon. Ils avaient festoyé. Mangé des fruits de mer, du foie gras, des volailles de luxe, des fromages puissants et des bûches à la crème, bu du champagne et des alcools forts, débouché leurs meilleures bouteilles. Tous ces mets délicats n'avaient pas séjourné longtemps dans les intestins contaminés avant de ressortir en catastrophe. Ils avaient été déversés spasmodiquement dans les lavabos et les toilettes par une population à l'agonie. À cet instant précis, tandis que Robert fermait la porte de la mairie derrière lui, des milliers de litres de vomi et de diarrhée étaient expédiés dans les tuyauteries saturées du réseau des égouts.

Robert resta à l'abri sous le porche, cerné par une odeur atroce, attendant que la pluie se calme pour traverser la place et rejoindre sa voiture. Après plus d'une heure de patience, il admit que la pluie ne cesserait jamais et réalisa qu'il n'en avait plus rien à foutre de marcher dans le caca. Il pataugea jusqu'à sa Jaguar, et s'y enferma.

Il n'allait pas rentrer chez lui. Il allait partir. Rien ne le retenait à Fontainebleau. Rester serait même suicidaire. Il fallait qu'il décampe, à tout prix.

Guidé par un sentiment d'urgence irrépressible, Robert démarra sa voiture et s'engagea sur le fleuve brunâtre qui avait été la Grande Rue. Il fallait quitter la ville. Le rond-point de l'Obélisque était inaccessible, bloqué par des voitures abandonnées au milieu de la chaussée. Mais il y avait des dizaines d'autres façons de sortir de Fontainebleau. Robert connaissait des petites rues à côté de chez lui qui l'emmèneraient directement dans la forêt. Penché au-dessus de son volant, il faisait son possible pour ne pas percuter le décor. La voiture chassait, la visibilité était quasi nulle, rien ne distinguait plus les trottoirs de la route, et les pieds de Robert, nappés d'une substance glaireuse, glissaient sur les pédales. Coup de chance, il était absolument seul sur la route. Il parvint en bas d'une rue en pente où s'étaient accumulées des algues. À cet endroit, l'eau montait jusqu'au châssis et s'infiltrait sous les portières. Les pneus patinèrent en vain, et la voiture cala. Après une dizaine de tentatives infructueuses, Robert se résolut à abandonner sa voiture sur place. Il avait sa carte de crédit sur lui, il pourrait prendre un taxi, un train, louer une voiture. L'essentiel était de déguerpir. Il ouvrit la portière. Dix centimètres d'eau s'engouffrèrent dans l'habitacle. Lorsqu'il mit le pied dehors, il s'enfonça dans les algues jusqu'au genou. Il remonta la pente et voulut se retourner pour jeter un dernier regard à sa voiture, mais interrompit son mouvement à mi-chemin.

Sur le trottoir d'en face se trouvait Rachel. Elle était debout, détrempée, sans rien pour se protéger de la pluie. Ses vêtements étaient plaqués contre son corps et ses cheveux formaient un rideau dégoulinant devant son visage.

— Rachel ? Mais qu'est-ce que tu fais ici ? Tu n'as pas de parapluie ?

— Ça fait trois heures que je t'attends.

— Mais pourquoi t'as pas de parapluie ?

— Maman a laissé un mot pour toi.

La voix de Rachel était atone. Elle était visiblement en état de choc.

— Écoute, je suis désolé, ma chérie, j'ai été retenu… Comment tu vas ? Tu tiens le coup ?

— T'as été retenu par quoi ?

— Par des choses… La pluie… Les égouts.

— La pluie te retient d'aller voir ta femme morte ?

Elle allait vraiment mal. Robert fit un pas vers elle.

— Je suis désolé, j'ai…

— Je ne veux pas de tes excuses. Tu es un…

Sa voix se brisa. Elle tendit les bras vers lui, les deux mains jointes. Dans ses mains, Robert reconnut son revolver, celui qu'il gardait dans le tiroir de sa table de chevet. Rachel pointait le canon sur lui et pleurait.

Robert eut soudain très peur. Il sut sans aucun doute possible qu'elle allait tirer. Son envie de fuir revint à la charge, plus pressante que jamais.

— Rachel…

Elle ne répondit pas. Elle gardait le pistolet levé et continuait à pleurer. Robert n'osait pas le moindre mouvement. Il entendit quelqu'un crier derrière lui :

— Ne fais pas l'imbécile, Rachel ! Pose ton arme !

Robert se retourna. En bas de la pente, derrière la Jaguar, un homme se tenait debout sur le capot d'une Renault 5 orange. Il avait dans la main ce qui ressemblait à un long couteau de boucher. Comme Rachel, il avait un gros pansement blanc sur le nez.

— Tu n'as aucune raison de faire ça ! Tu n'arriveras jamais à t'en remettre si tu fais une chose pareille ! Tu ne te prouveras rien, tu sais !

Rachel regardait François en fronçant les sourcils.

— Monsieur Chardone ?

— Oui, c'est moi !

— Mêlez-vous de ce qui vous regarde ! Vous n'avez aucune idée de ce qui se passe ici ! Rentrez chez vous !

— Je sais très bien ce qui se passe ici, Rachel. C'est moi qui t'ai donné l'argent. Mais je regrette ! J'annule ma commande ! Et tu peux garder l'argent, je m'en fous ! Mais je t'en prie, pose ton arme ! C'est une affaire entre ton père et moi, tu n'as rien à voir là-dedans !

— Mais de quoi vous parlez ? répondit Rachel. C'est vous qui n'avez rien à faire là !

— Écoute-moi, Rachel ! fit François. Lâche ton arme, c'est tout ce que je te demande !

Robert assistait à l'échange sans rien comprendre. François Chardone – que Robert avait fini par reconnaître – était descendu du capot de sa voiture et gravissait la pente avec son couteau à la main, sans se soucier des algues ni du courant. Se pouvait-il que ce minable ait décidé de se venger de l'amant de sa femme en le poignardant ?

Une troisième voix interrompit les autres :

— Laissez-le-moi, j'm'en charge.

C'était Elias. Lui aussi affublé d'un pansement sur

le nez, il descendait la rue en serrant une batte de base-ball dans son poing. Pour la première fois, Robert fut sincèrement heureux de le voir. Du coin de l'œil, il vit que François s'était immobilisé.

— Elias, c'est pas ton affaire ! cria Rachel.

— Rent' chez toi, Rachel, faut pas qu'tu voyes ça.

Robert saisit la balle au bond.

— Oui Rachel, rentre à la maison ! Elias et moi il faut qu'on parle à M. Chardone.

François intervint à son tour en s'adressant à Elias :

— Écoutez, je sais que vous essayez d'être loyal envers votre employeur, mais c'est vraiment juste une affaire entre lui et moi. Restez en dehors de ça.

— Kess tu m'baves avec ma loyauté ? J'lui dois rien du tout, chuis pas son esclave ! Chuis pas v'nu pour toi, tu peux calter.

— Attendez… Est-ce que quelqu'un peut m'expliquer ce qui se passe ? demanda Robert qui perdait complètement pied.

Il n'y eut pas de réponse. Rachel, Elias et François s'entre-regardèrent longuement. Robert passa de l'un à l'autre, guettant quelque chose qui ferait sens. L'espace d'un instant, il les trouva ridicules avec leurs nez cassés et leurs gros pansements blancs. Puis, comme s'ils avaient été guidés par un signal, ils se tournèrent tous vers lui. Sans un mot. Les yeux rivés sur sa personne. Et il les trouva inquiétants. Et il comprit. Et une pure panique le submergea. Fuir, il fallait fuir. Ses jambes démarrèrent toutes seules.

Il glissa sur une algue engluée de merde. Tomba en arrière sur l'arête du trottoir. Et se brisa la nuque au niveau de la deuxième cervicale.

C'était Noël.

JEUDI 25 DÉCEMBRE 2003

Questions sur la mort du sénateur-maire.

[…] Le corps, méconnaissable après avoir été ballotté par le courant sur plusieurs mètres, était coincé au milieu de branchages, d'algues et de détritus en bas de la rue Morot. […] Contrairement à ce qui a d'abord été annoncé, la mort de Robert Martin ne serait pas accidentelle.

Les premiers éléments de l'autopsie montrent de profondes entailles faites avec ce qui ressemble à un long couteau de cuisine. […] Certaines blessures font penser à des coups portés par un instrument contondant, type batte de base-ball. […] Quant au bras droit du maire, une analyse est en cours pour déterminer comment il a été arraché. La police penche pour une arme à feu à balles explosives. […]

« Pour l'instant, nous n'avons aucune certitude, a indiqué le commissaire Bellegarde. Mais a priori le décès a été causé par la rupture de la moelle épinière au niveau de la nuque. Les mutilations sont postérieures à la mort. […] Comme une sorte d'acharnement post mortem. »

[…] Des lettres de menace ont été trouvées dans le bureau du maire. […] Les enquêteurs tentent également de déterminer les circonstances exactes du « suicide » de l'épouse de Robert Martin, survenu un peu plus tôt dans la journée. Leur fille Rachel, très choquée, est sous protection de la police. […]

VENDREDI 26 DÉCEMBRE

La messe de minuit tourne mal : cinq morts.

Une rixe a éclaté à la sortie dc l'église Saint-Louis à Fontainebleau, mercredi après la messe de minuit. Pour une raison inconnue, une cinquantaine d'hommes et de femmes tout à fait respectables, qui avaient participé à la messe et n'ont aucun antécédent judiciaire, des hommes et des femmes âgés pour la plupart entre 40 et 60 ans, se sont livrés à une véritable bataille rangée non loin des marches de l'église. L'affrontement a fait cinq morts (trois femmes et deux hommes) et une vingtaine de blessés, dont quatre dans un état jugé « préoccupant » par les médecins.

Aucune des personnes présentes lors de cette bagarre n'a voulu expliquer les raisons de ce déchaînement de violence. La police ne semble pas en savoir plus mais « n'écarte aucune piste ». [...]

MERCREDI 31 DÉCEMBRE

Fontainebleau sous quarantaine.

Suite à la soudaine épidémie de dysenterie qui a frappé la ville de Fontainebleau, le Premier ministre, sur les recommandations de l'OMS et du ministère de la Santé, a ordonné la mise sous « quarantaine filtrante » de la ville de Fontainebleau.

L'épidémie qui s'est déclenchée de manière brutale il y a environ deux semaines a déjà fait 7 morts dont 2 nourrissons et toucherait selon les premières estimations au moins 10 000 personnes sur les 17 000 habitants que compte la ville : un chiffre totalement inédit dans un pays industrialisé. C'est la première épidémie de dysenterie en France depuis le XIXe siècle et peut-être la première mise en quarantaine d'une ville depuis la Grande Peste, au XIVe siècle.

Selon les premières constatations, l'épidémie serait due à un engorgement des égouts et à la mauvaise conception des canalisations d'eau potable, qui se sont trouvées polluées par les eaux usées lorsqu'elles ont débordé. Cela expliquerait l'extrême rapidité de la propagation de la maladie, qui serait entrée dans les habitations par l'eau du robinet.

Michel Rousseau, P-DG de la société EGC qui assure l'entretien des égouts et du réseau d'assainissement de la ville, affirme avoir alerté à plusieurs reprises lors des dernières semaines le maire Robert Martin sur la panne simultanée de plusieurs pompes et sur l'urgence de les remplacer. Michel Rousseau est actuellement en garde à vue pour déterminer dans quelle mesure il peut être tenu pour responsable du défaut d'entretien des égouts. Quant à Robert Martin, coïncidence ou pas, il a été assassiné le soir de Noël dans des circonstances qui restent encore floues. […]

REMERCIEMENTS

Merci à Pauline MIGEON et Bruno de SA MOREIRA pour leur aide et leurs conseils pendant l'écriture.

Et merci à Sabine HEIM, Jeanne RAUZIER et Jérémie BOCQUET pour leur soutien logistique après l'écriture.

POCKET & EVENE.fr présentent
THRILLER MANIA
CONCOURS LITTÉRAIRE
LE LAURÉAT SERA PUBLIÉ
AUX ÉDITIONS POCKET
Des centaines d'auteurs de Thriller en compétition
Un seul sera élu par les internautes...
Participez dès maintenant au concours
www.thrillermania.com
un prix
POCKET evene.fr
avec le soutien de
metro 13ème RUE

Composé par Nord Compo
à Villeneuve-d'Ascq (Nord)

Imprimé en Espagne par
LIBERDUPLEX
à Sant Llorenç d'Hortons (Barcelone)
en juillet 2010

POCKET – 12, avenue d'Italie – 75627 Paris cedex 13

N° d'impression : 19525
Dépôt légal : avril 2010
Suite du premier tirage: août 2010
S20071/02